KB148167

부자아빠가
알려주지 않는

진짜 은퇴
가짜 은퇴

직장인의
성공적인 노후전략

부자아빠가 알려주지 않는

진짜 은퇴 가짜 은퇴

초판인쇄	2020년 10월 08일
초판발행	2020년 10월 15일

지은이	김동석
발행인	조현수
펴낸곳	도서출판 더로드
마케팅	최관호
IT 마케팅	조용재
교정 교열	권 표
디자인 디렉터	오종국 Design CREO

ADD	경기도 고양시 일산동구 백석2동 1301-2
	넥스빌오피스텔 704호
전화	031-925-5366~7
팩스	031-925-5368
이메일	provence70@naver.com
등록번호	제2015-000135호
등록	2015년 06월 18일
ISBN	979-11-6338-111-2-03810

정가 15,000원

파본은 구입처나 본사에서 교환해드립니다.

부자아빠가
알려주지 않는
진짜 은퇴
가짜 은퇴

직장인의
성공적인 노후전략

김동석 저

도서출판 **더 로드**
The Road Books

노후가 행복하다면 성공한 인생이 아닌가?

이른 아침, 대전의 지인으로부터 한 통의 부고 전화를 받고 충격에 빠졌다. 사람은 과연 무엇을 위해 이 세상에 태어났으며, 무엇을 남기고 떠나야 하는가? 나이 60도 안 되어 떠나는 사람들이 허다한 것이 인생인데, 왜 그리 아웅다웅하면서 살다가 그렇게 허망하게 떠나야 하는가? 고인의 타계 소식은 나에게 충격 그 자체였다. 하루아침에 고인이 된 그분과의 인연은 특별했다. 20년 넘게 함께 근무했다. 생각이 달라 서로 큰소리를 내면서 다투기도 했지만, 우리는 미운 정 고운 정으로 탄탄하게 다져진 특별한 사이였다. 고등학교 교복을 벗자마자 바로 사관학교에 입학해서 대령으로 예편하기까지 그의 36년 군 생활이 얼마나 힘들었는지 나는 그 누구보다 잘 알고 있다. 그분이 정년퇴직을 할 때 다들 이렇게 덕담을 건넸다.

"그동안 힘겨운 군 생활하시느라 정말 고생 많으셨습니다. 이제는 모든 것 훌훌 털어버리고 추자도 등 여러 섬을 다니면서 좋아하시는 낚시 맘껏 즐기십시오. 평일에도 지인들과 여유롭게 골프도 치시고, 힐링의 시간을 마음껏 누리세요."

그런데 정년퇴직 후 1년도 안 되어 갑작스런 병으로 세상을 떠나고 만 것이다. 더더욱 안타까운 것은 퇴직 후 얼마 쉬지도 않고, 할 일이 없으니 너무 심심하다고 하여 다시 취업함으로써 마지막까지 일만 하다 돌아가셨다는 점이다. 그 점이 너무나 안타까워서 나는 이렇게 고래고래 소리를 지르고 싶었다. 당신은 이 세상에 평생 군인이 되려고 태어난 것이 아니라고, 누군가의 남편으로서 또 가장으로서 평생 일만 하기 위해 태어난 것이 아니라고. 어찌하여 자신이 누구인지, 자신이 무엇을 좋아하는지, 정말 하고 싶었던 일은 무엇인지에 대한 생각도 없이, 아무런 도전도 못해 보고 그렇게 일만 하다 떠났느냐고 소리치고 싶었다.

나 역시 33년이란 짧지 않은 군 생활을 했다. 그리고 남들의 만류를 뿌리치고, 26개월 빨리 정년퇴직 대신 명예퇴직을 선택했다. 퇴직 준비기간은 대략 5년 정도였다. 과연 내가 퇴직 후 새로운 세상에서 무엇을 할 수 있을지 고민하고 또 고민하면서 준비했다. 그렇게 만반의 준비를 마치고 퇴직하였고, 그 후에 만난 세상은 나에게 하나의 즐거운 놀이터 같았다. 내가 꿈꾸어 왔던 여러 일들, 강의와 상담, 컨설팅, 글쓰기, 방송, 인터뷰 등 무엇 하나 즐겁지 않은 것이 없다. 명예퇴직을 하면서 철저히 내 자신에게 다짐한 것이 있다. 첫째. 절대로 후배들에게 부끄럽지 않게 살자. 둘째. 새로운 분야에서 일하자. 셋째. 돈보다 내가 원하는 일을 하자. 이 세 가지를 지키며 지금도 일하고 있다. 나는 퇴직 후 이렇게 새로운 인생을 살고 있지만, 은퇴상담을 하면서 만난 수많은 사람들 대부분이 은퇴 후의 삶에 대해 많은 걱정을 하고 있었다. 왜 걱정이 되지 않겠는가? 하지만 걱정만 하고 있을 필요가 없다. 앞으로 맞이하게 될 새로운 인생을 어떻게 준비하는가에 따라서 얼마든지 행복할 수 있기 때문이다. 준비만 철저히 하면 아무런 문제가 없다. 다만 중요한 것은 무엇을, 어떻게 준비할 것인가 고민하는 것이다. 유튜브채널 〈너와 나의은퇴학교〉를 운영하면서, 은퇴전략 상담, 전문가 인터뷰, 현장상담을 해 오면서 내가 느낀 것이 있다. 퇴직 전에 충분한 고민과 준비를 했던 사람들은 처음에는 조금 힘들지만, 차차 적응하여 결국 자신이 꿈꾸던 인생 2막을 제대로 즐기고 있다는 것이다. 문제는 아무런 준비도 없이 퇴직한 사람들과 타의에 의해 갑자기 은퇴한 사람들의 방황이었다. 물론 경제적 문제를 해결한 사람과 그렇지 못한 사람들의 고민은 조금씩 달랐지만, 결국에는 노후 생활이 행복한지 그렇지 않은지로 귀결되고 있었다. 돈만 있다고 해서 다 행복한 노후 생활이 이룰 수 있는 것은 아니다. 경제적 독립을 이루고서도 불안한 노후를 보내는 분들이 있는가 하면, 반대로 돈은 부족하지만 충분히 만족한 노후생활을 즐기고 있는 사람들도 있었다. 이를 보면서 나는 은퇴자들의 노후전략을 위해서 무엇을, 어떻게 준비해야 할지를 고민했다. 성공한 인생에 정답은 없지만, 결국 노후가 행복하다면 성공한 인생이 아닌가? 나는 어떻게 하면 많은 은퇴자들이 노후를 행복하게 보낼 수 있을까를 고민해 왔다. 그 결과 도출된 것이 '진짜은퇴 3대자산'인 경제적 자산, 건강자산, 심리적 자산의 조화로운 삶을 준비하는 것이 성공한 인생의 준비과정이 될 것이다. 내가 경험했던 퇴직과 은퇴는 결코 두려워만 할 것이 아니었다. 준비만 철저하게 한다면 충분히 제 2의 삶을 행복하게 꾸려나갈 수 있다. 경제적인 것만이 다가 아니다. 건강과 행복한 인간관계가 가치 있는 삶의 관점을 제시한다. 그럼, 이제부터 막연하게 생각해 왔던 노후대책을 구체적으로 하나씩 체크해 보자. 목차마다 주어지는 3가지 질문에는 꼭 답해 볼 것을 추천한다.

2020. 9월

오이도 바닷가에서 은퇴전략가 **김동석**

Contents | 차례

01

나를 찾아 떠나는
여행의 시작

모든 직장인에게
퇴직은 시간의 문제일 뿐이다.
남보다 조금 빠를 수도,
늦을 수도 있다.

01

—

나를 향한 질문으로 시작하라

직장인이라면 누구에게나 숙명처럼 다가오는 것이 정년퇴직이다. 퇴직을 앞둔 순간 많은 사람들은 은퇴와 퇴직의 갈림길에서 방황한다. 위기의 순간에는 누구나 당황하게 된다. 그러나 이 순간에 준비된 사람과 준비 안 된 사람의 차이는 확연하게 드러난다. 그 절체절명의 순간 어떤 선택을 하는가에 따라 한 사람의 인생이 달라지는 것이다. 정년퇴직, 희망퇴직, 명예퇴직 등은 그것이 무엇이든 현재 내가 일하던 직장에서 떠나야 하며, 결국 새로운 인생을 선택해야 한다는 뜻이다. 꼭 재취업으로 돈을 벌어야 한다는 말은 아니다. 대한민국은 전 세계에서 7번째로 3050클럽에 가입한 나라다. 세계에서 인구가 5천만 이상이며, 국민소득 3만 불이 넘는 나라가 이렇게 적다는 뜻이다. 남들과 비교하지 않으면 최소한 먹고

사는 문제는 해결되는 나라인 만큼, 은퇴 후에 필수적으로 경제활동을 해야 하는 것은 아니다.

은퇴준비는 정년퇴직을 인정하고, 과거의 나를 찾아 떠나보는 것부터 시작하는 것도 좋다. 직장생활을 하는 동안 잊고 있었던 추억의 장소를 찾아서 떠나보자. 그곳에서 내가 잊고 살았던 어린 시절의 나를 발견할 수 있을 것이다. 아무 걱정 없이 친구들과 뛰어놀았던 초등학교 운동장, 운동회 날이면 시골장터 장사꾼들이 전부 모여들던 곳, 크게만 느껴졌던 중·고등학교 교정도 한없이 작게 느껴질 것이다. 그곳에서 학창시절의 자신을 만나거든 이렇게 물어보자. "친구야 넌 꿈이 뭐였어? 가장 좋아하는 것은? 정말 좋아하는 친구는 누구였어? 그들과 함께 하고 싶었던 것은 뭐였니?" 운이 좋다면 그 지역에 살고 있는 추억의 동창생을 만날 수도 있을 것이다. 은퇴준비의 시작은 '나를 찾아서 떠나는 여행'이다. 나를 향한 질문을 통해서 진짜 내가 누구인지, 무엇을 좋아하는 사람이었는지부터 알아보는 것이다. 은퇴자들 가운데에는 경제적 독립을 이루어 남들이 부러워하는 자산가도 있을 것이며, 아직까지도 힘겹게 가정경제를 책임져야 하는 현실적 어려움을 가진 이도 있을 수 있다. 하지만 중요한 것은 과거의 인생은 내가 선택한 것이 아닌 선택당한 인생이었다는 점이다. 어쩌다 대학졸업 후 이력서 한 장으로 시작한 직장에서 가족을 위해 평생을 보냈다. 거기에는 진짜내가 없다. 하지만 은퇴 이후에는 내가 원하는 인생을 선택할 자격이 있다. 독일의 한 항공사에서 정비사로 일하다가 정년퇴직을 한 다음, 올빼미 아빠로 살아가는 분을 TV에서 우연히 접했다. 이 분은 은퇴 이후에 무엇을 할까 고민하다가, 자신이 살고 있는 지역에 올빼미 개체수가 급격히 줄어들고 있다는 기사를 보고 올빼미 집 지어주는 일을 하기 시작했다. 집 근처 숲을 찾아다니면서 올빼미를 연구·관찰하면서 올빼미에게 알맞은 형태의 집을 지어 폭풍우가 몰아쳐도 안전하도록 단단히 고정하는 일을 하고 있다. 또 자신이 지은 올빼미 집들의 현황을 컴퓨터 지도를 이용해서 관리하고 있다. 덕분에 그 지역에 올빼미 개체수가 많이 늘어나게 되었는데, 그는 이것으로서 은퇴 이후에도 삶의 보람과 건강을 유지하고 있다. 자신이 원하는 새로운 인생을 제대로 찾은 것이다.

　최근 정년보다 2년 정도 일찍 명예퇴직을 한 후배와 전화통화를 한 적이 있었다. 거주지를 물었더니 세종시로 이사를 했다고 한다. 아들 둘은 독립했고, 아내도 직장을 나가고 있었다. 연금 덕분에 먹고사는 문제는 걱정이 없었다. 하지만 자신이 무엇을 할지 결정을 못해 방황하고 있었다. 한 달 정도는 주중에 여유롭게 골프연습장이나 등산을 다녔는데 노는 것도 하루 이틀이지, 이제는 좀이 쑤셔서 도저히 더는 그렇게 못 살 것 같아서 다시 일자리를 찾아야겠다고 했다. 그의 푸념을 듣는 내내 답답함이 밀려왔다. 우리는 평생 일만 하려고 세상에 태어난 것이 아니다. 퇴직과 동시에 먹고사는 문제를 해결했다면, 드디어 내가 꿈꾸던 인생을 살아볼 절호의 기회가 온 것이나 다름없다. 일자리가 아니라 자신이 원하는 인생을 찾아야 할 때인 것이다. 사실 이런 고민은 경제적 독립을 이루지 못한 사람들이 가장 부러워하는 것이다. 그들은 아무리 원해도 그럴 수가 없기 때문이다. 아침에 일어나면 어딘가 갈 곳이 필요하다는 후배에게, 노트북을 챙겨서 세종시 호수공원 근처에 있는 국립세종도서관으로 출근하라고 권했다. 과거 대전에서 근무할 때, 세종도서관 오픈 하던 날부터 주말에 시간만 나면 내가 자주 이용하던 곳이다. 바로 앞에는 그림 같은 호수공원이 펼쳐져 있고, 가장 위층에는 식당이 있어서 멋진 호수를 바라보며 점심을 먹을 수 있다. 한국에 있는 국립도서관 중에 단연 최고라 해도 과언이 아니다. 후배에게 이곳에서 딱 3개월만 책을 읽으라고 추천했다. 어떤 종류의 책이든 눈길이 가는 대로 뽑아 책을 읽고, 도서관에서 운영하는 다양한 문화강좌, 과거 유행했던 영화와 드라마를 원 없이 보라고 했다. 그리고 그 시간을 통해서 남은 미래의 인생을 어떻게 보낼지 생각하는 시간을 가지라고 조언했다. 경제적 독립을 이룬 은퇴자는 철저히 자신이 원하는 인생을 살아야 한다. 100세 인생은 경제적 독립을 이룬 은퇴자에게 자신이 좋아하는 일을 해볼 권리를 준다. 이것을 준비할 최고의 순간이 바로 퇴직한 순간이다. 이 기회를 놓치면 다시는 자신이 좋아하는 일을 찾지도, 도전하지도 못할 것이다.

잃어버린 자신을 찾는데 도움이 되는 한 곳을 소개하고자 한다. '행복공장'에서 운영하는 '내 안의 감독'이라는 프로그램이다. 강원도 홍천에 있는데, 가상 감옥 체험을 하는 곳이다. 소정의 비용을 지불하고, 실제 감옥처럼 핸드폰 없이 실제 수형자의 복장을 한 채, 1.5평의 독방에서 생활한다. 독방 안에서는 독립된 자유를 누릴 수 있다. 잠을 잘 수도 있고, 아무것도 안하고 '멍때리고' 있을 수도 있다. 바쁘게 살아가는 현대인들에게 세상과 단절된 휴식을 제공하고, 자신을 돌아볼 수 있는 사색의 시간을 제공하는 것이다. 종소리가 울리면 작은 문으로 식사를 배급받는다. 은퇴 이후 무엇을 해야 할지 방황하고 있는 사람에게 매우 적당한 곳이다. 한 1주일 정도 세상과 단절된 상태로 독립된 이 공간에서는 온전히 자신을 만나볼 수 있게 된다. 세상의 유혹, 혼탁과 단절된 이곳에서 지나온 자신을 돌아보면서, 은퇴 이후 자신의 계획을 세워보기 바란다. 은퇴한 이들에게만 필요한 곳이 아니다. 뒤돌아볼 시간도 없이 바쁜 시간을 보내고 있는 직장인들도 1년에 한번쯤 이곳에서 자신을 돌아보는 시간을 가지기에도 좋은 곳이다. 특히 은퇴자들에게 이곳을 먼저 추천한다. 은퇴 후 허둥대고 방황하는 삶을 살지 않으려면 누구의 간섭도 없고, 연락도 닿지 않는 이곳에서 스스로 미래에 대한 해답을 찾아보기 바란다.

은퇴상담을 하면서 만난 분들 대부분은 새로운 일자리 정보에만 관심을 가지는 편이다. 그러나 나는 일자리에 앞서 그들이 현재 가지고 있는 재산으로 어떻게 의미 있는 삶을 살 것인지 고민했으면 좋겠다. 은퇴는 돈만의 문제가 절대 아니다. 은퇴한 자신에게 물어보자. 나는 죽을 때 무엇을 가져갈 것인가? 나는 세상에 무엇을 남길 것인가? 죽을 때 가장 후회되는 것은 무엇일까? 이것에 해답으로 은퇴 후의 삶을 준비하면 좋겠다. 설마하니, 죽음을 앞두고 돈을 더 벌지 못한 것을 후회하는 사람은 없을 것이다. 과거와 다른 삶을 살기 위해서는 과거와 다른 생각, 다른 행동을 해야 한다. 이제 은퇴자에게 주어지는 시간이란 선물을 잘 활용해서 멋진 은퇴 후 삶을 준비해보자. 직장생활은 타인의 삶이었지 내 삶은 아니었다. 하지만 은퇴 이후의 삶에서는 오롯이 내 자신이 주인공이다. 내가 나에게 명확한 은퇴목표를 묻고 답하지 않는다면, 남은 인생도 잘못된 목적지에 도달할 것이다. 매일 스스로 묻고 답하자. 나를 향한 좋은 질문을 구체적으로 할수록 빨리 정확한 목표에 도달할 수 있을 것이다.

은퇴준비의 시작. 행복한 노후를 원한다면, 한 번도 해보지 않은 질문을 자신에게 던져라. "남은 인생 어떻게, 무엇을 하며 살 것인가?"

1. 나는 구체적 은퇴 목표를 정했는가?

2. 오늘 은퇴 목표를 위해서 무엇을 할 것인가?

3. 나는 은퇴 목표를 향해 어느 정도 도달했는가?

※ 매일같이 이 질문을 자신에게 반복해서 묻고 답하라!!!

02

—

은기족이 필수인 시대

은퇴, 퇴직이라는 단어는 누구에게나 불편하고 부정적 이미지를 준다. 하지만 시간의 문제일 뿐, 그것은 누구에게나 다가올 미래다. 최근 은퇴 후의 삶을 미리 예측하고 적극적으로 준비하는 사람들이 늘고 있다. 소위 '은기족(은퇴를 기획하는 사람들)' 이다. 은기족은 국내보다는 미국에서 먼저 등장하여 활약하고 있다. 미국에는 은기족의 선구자 격인 '파이어(FIRE)족' 이 있다. Financial(재정) Independence(독립), Retire Early(조기은퇴)의 조합어이다. 대학을 졸업하고 고소득 직종에서 근무하는 20~30세대 미국 직장인들이 주도한다. 독립적인 삶을 위하여 수입의 최대 70%를 저축하며, 조기은퇴를 하겠다는 것이 파이어족들의 계획이다. 이들은 자동차 대신 자전거를 이용하고, 식비를 줄이기 위해서는 매일저녁 마트 할인코너 떨이 상품을 이용한다. 유명 커피숍 대신 텀블러에 커피를 담아서 다닌다. 지나친 짠돌이 인생에 동료들의 곱지 않은 시선마저 이들이 가볍게 넘길 수 있는 이유가 있다. 평생 그렇게 살지 않을 것이기 때문이다. 이들의 목표는 최대한 빨리, 늦어도 40대 초까지는 한화 기준으로 10억 원을 모으는 것이다. 그 돈을 모은 후에는 그것을 배당주 형태의 안정적인 금융상품에 투자하여 매월 생활비를 해결하고, 가족들과 원하는 삶을 사는 것이 그들의 목적이다. 한 30대 파이어족의 인터뷰가 내게는 매우 인상적이었다.

"우리는 60세가 넘어서 황금마차를 타고 싶지 않아요. 30대, 40대에 경험할 것을 돈 때문에 포기하고 싶지 않아요".

이제 한국에도 이런 친구들이 늘어나고 있다. 과거에는 은퇴가 돈의 문제였다면 미래의 은퇴는 돈만이 문제가 아니기 때문이다. 24세인 내 딸아이의 경우도 그러하다. 딸아이는 한 달에 125만원씩 주식으로 저축을 하고 있다. 20대로서 적은 금액은 아니지만, 집에서 출퇴근을 하기 때문에 충분히 가능하다. 여행경비는 별도로 저축을 하고 있다. 중요한 것은 생각의 차이다. 조기은퇴를 원한다면 명확한 목표를 정하고, 구체적 계획을 세우는 것이 먼저다. 국민연금공단 조사에 따르면 은퇴부부의 생활비가 평균 237만원, 개인 생활비가

145만원 이라고 한다. 내가 직접 상담한 부부들은 공통적으로 300만원을 원했다.

　은기족의 시작을 3단계로 정리해 보자. 첫째. 입사와 동시에 시작한다. 둘째. 신혼여행 직후에 시작한다. 셋째. 늦어도 퇴직 5년 전에 시작한다. 은기족의 핵심은 일찍 시작할수록 안전하다는 것이다. 최근 20대 직장인 상담을 하면서, 이제 정말 은기족들이 점점 늘어나고 있음을 알 수 있다. 대학졸업과 동시에 공기업에 취업을 한 젊은이는 최대한 많은 저축과 재테크를 병행하고 있었다. 이유를 물었더니 정년퇴직보다 자신이 원하는 목표를 빨리 달성한 다음, 조기은퇴하여 원하는 인생을 살기 위해서라고 당차게 말했다. 30대 신혼부부는 더욱 더 구체적인 목표를 세우고 나를 찾아왔다. 신랑은 대기업에 다니며, 신부 역시 맞벌이를 하고 있었다. 은퇴목표는 45세에 현금 50억, 건물 2채를 가지는 것이었다. 목표에 이르기까지 대략 20년 정도의 시간이 남았는데, 현재 아파트 장만을 끝내고 몇 건의 투자를 진행하고 있다고 했다. 시간가치를 따져보니 충분히 가능한 목표였다. 은퇴목표를 세울 때에도 이 부부처럼 목표를 분명히 숫자로 기록하고, 남아있는 시간, 현재투자 가능금액 순으로 정리하면 훨씬 가능성이 높아진다. 무엇보다 은기족이 되려고 하는 목표를 분명히 해야 지치지 않고 달성할 수 있다. 막연한 조기은퇴보다는 준비과정에서 꼭 다음의 세 가지를 포함하는 것이 좋다.

첫째. 경제적 독립이다

은퇴 후에 필요한 월 생활비 확보가 가능한 안전한 시스템을 준비해야 한다. 여러 가지 위험요소를 고려한다면, 어느 일정 기간이 아닌, 평생 생활비 걱정 없는 시스템이어야 한다.

둘째. 건강한 취미활동이다

조기은퇴의 목적이 단순히 아무것도 안하고 무위도식하는 데 있는 것이 아니다. 자신의 인생을 의미 있고, 가치 있게 보내기 위함이다. 핵심은 건강하게 사람들과 어울려서 다양한 취미활동을 통해서 좋은 인간관계를 유지하기 위함이다. 무인도에서 홀로 살아가는 인생이 아니다. 따라서 다양한 삶의 경험을 위해서 몇 가지 취미는 꼭 배워두기 바란다.

셋째. 가족 간의 추억 만들기이다

직장인들의 휴식은 여름휴가가 전부다. 그 짧은 시간에 대부분 직장인이 휴가를 떠나니 성수기 바가지요금이 극성을 부리고, 그것을 알면서도 갈 수밖에 없는 이유가 있다. 가족과 함께 할 수 있는 유일한 휴식시간이기 때문이다. 조기은퇴를 한다면 남보다 많은 시간 선물을 받는다. 이 시간동안 가족들과 어떤 활동을 함께 할 것인지 구체적인 계획을 세운다면, '짠돌이'라는 평가를 받는 순간마저 즐거울 것이다. 막연한 목표가 아닌 진짜 은기족이 되려면, 구체적인 목표와 세부적인 계획, 조기은퇴 이후의 삶까지 철저히 준비를 해야 한다. 어쩌면 평생직장이라는 개념이 사라지는 지금이야말로 은기족이 될 가장 좋은 시기이다. 현재 내 나이에 맞는 은기족이 되자. 100세 인생의 시대이다. 70세 은퇴를 60세로 앞당기면 10년을 버는 것이고, 50세로 앞당기면 20년을 버는 것이다. 자신의 나이에 맞는 은기족을 준비하기 바란다. 은퇴 이후 원하는 삶이 있다면 그것을 구체적으로 기록하고, 점검하여 행동으로 실천하자. 그 어떤 성공도 이 과정을 생략하고 달성된 것은 없다. 은기족에 도전하며 행복한 은퇴를 꿈꾸어 보자.

은퇴전략 핵심질문

1. 나의 은퇴년도는 몇 년, 몇 월, 몇일인가?
2. 은퇴 시 원하는 목표 금액은 얼마인가?
3. 매월 생활비가 나오는 시스템은 무엇인가?

03

—

은퇴편지를 써라

❦

은퇴관련 상담을 하면서 많은 분들이 새로운 인생을 어떻게 준비하면 좋을지 방법을 물어온다. 사실 내게 그런 것을 다 해결할 수 있는 도깨비 방망이가 있다면 좋겠다. 알라딘의 요술램프를 구해서 고생한 모든 직장인들에게 최소한 은퇴 후 원하는 것 3가지 정도는 해결해 주고 싶다. 상담을 하면서 은퇴 이후 하고 싶은 일을 물어보면, 대부분 '없다'. ' 여행', ' 휴식' 셋 중 하나다. 구체적으로 자신이 원하는 것을 가지고 상담하러 오는 사람은 극히 드물다. 당연히 스스로 모든 것을 계획하고 있는 분들은 상담이 필요 없을 것이다.

나의 경우를 살펴보자. 2016년 12월 토요일 아침이었다. 일찌감치 과천 사무실에 출근했다. 밀린 업무 때문이 아니라 2017년 은퇴를 앞두고 이후의 계획을 조용히 구상하고 싶었기 때문이다. 돌이켜보니 1983년 2월 고등학교 졸업하고 그해 12월에 해군부사관으로 입대한 후 무려 33년이란 시간을 군에서 보냈다. 어떻게 그 긴 시간을 보냈는지 실감이 나지도 않았다. 해군이 군함을 탄다는 사실도 모른 채 무작정 입대를 했었다. 이후 몇 번의 전역지원서를 제출했지만 반려되었고, 진급과 결혼을 하면서 원치 않았던 직업군인이 되었다. 군 생활은 늘 내 몸에 맞지 않는 갑옷을 걸치고 있는 듯한 느낌이었다. 하지만 군인으로서 배운 것은 어떠한 경우에도 명령에 복종하고, 자신의 임무에 충실해야 한다는 사명감이다. 모르는 것은 배우고, 싫은 것은 참고 견디니 그 또한 무덤덤하게 생활 할 수 있었다. 돌이켜보니 고마운 점이 훨씬 많았다. 책과 공부를 좋아했던 소년에게 군대는 야간대학 진학과 미국유학, 대학원까지 무상으로 공부할 기회를 제공해 주었다. 1990년 초반, 국내에서 IT산업이 막 태동하던 시절, 전산특기로 새롭게 IT분야에서 근무할 기회도 제공해 주었다. 덕분에 군함대신 전산실에서 IT관련 업무만 할 수 있었다. 선생님이 되고 싶었던 꿈도 교관 직책을 가짐으로써 군인들을 가르치면서 선생님의 꿈을 이룰 수 있었다. 한편 이런 모든 것들은 자연스럽게 은퇴를 준비하는 소중한 은퇴자산이 되었다. 돌이켜보면, 군대는 철부지 소년에게 너무나 과분한 수많은 혜택을 제공해 주었다. 어떻게 그 감사함을 표할까? 자신에게 물었다. "군대는 나에게 이렇게 많은 혜택을 주었는데, 나는 군대를 위해서 무엇을 할 것인가?" 거기에 대한 해답을 재능기부 강의에서 찾았다. 당시는 〈태양의 후예〉라는 드라마가 엄청난 인기를 끌고 있을 때였다. 직업군인의 진로라는 주제로 시민대학에서 강의했는데, 강의 후 많은 분들이 질문을 해왔다. 일반인들은 직업군인의 다양한 혜택에 대해 너무 모르고 있었다. 그러면서 직업군인에 관한 책을 한 권 출간하면 좋겠다는 제안을 받았다. 순간, 그래 이거다! 내가 그동안 군대서 받은 혜택에 보답하는 길이 직업군인에 대한 모든 것을 담은 책을 출간하는 것이라는 느낌을 받은 것이다. 그렇게 출간하게 된 책이 『공무원보다 직업군인이 좋은 33가지 이유』란 책이 세상에 나오게 된 계기다. 당시 책을 쓰기 시작하면서 다시 한 번 내 군 생활을 돌아보게 되었다. 나는 그렇게 은퇴준비를 나름대로 의미 있게 착실히 준비를 했다. 나는 은퇴준비의 시작을 자신에게 은퇴 편지를 쓰는 것으로 시작했다. 여러분들에게도 이 방법을 추천한다. 여러분들도 꼭 한번 해보길 바란다. 어릴 때 위문편지, 좀 자라서 연애편지, 군대에서 부모님께 강제로 편지를 써 본 이후, 한 번도 편지를 쓴 적이 없는 여러분들에게 오늘 이 순간 편지를 쓸 기회를 드린다.

지금 직장에서 딱 한 달 뒤 은퇴할 당신을 생각하면서 은퇴편지를 써 보기 바란다. 지금은 손 편지를 써서 우체국을 가는 대신 편리하게 메일로 대신할 수 있다. 그러니 여러분 자신에게 메일로 딱 세 가지 관점에서 은퇴편지를 쓰기 바란다.

첫째. 현재 직장에 대한 고마움을 전하라

청춘을 바친 직장이 싫었던 적도 있겠지만, 돌아보면 직장생활에서 얻은 소중한 자산과 추억들이 틀림없이 있을 것이다. 그것에 대한 고마운 마음을 적다 보면, 지난날 자신을 한번 돌아볼 수 있게 된다. 새로운 출발은 과거를 정리하는 것에서부터 시작된다. 신입사원 시절부터 지금까지 수많은 추억들이 떠오를 것이다. 무엇보다 긴 시간 동안 한 직장에 근무하면서 가족을 부양할 수 있게 해 준 것이 소중한 직장이다. 혹시라도 섭섭했던 일들이 있었더라도, 훌훌 털어버리고 좋았던 것, 즐겁고 행복했던 순간만 기억하기 바란다. 혹시라도 사내 게시판이 있다면 모든 동료들에게 감사의 인사를 예약발송으로 남기는 방법도 추천한다. 가끔 게시판에 퇴직한 선배들의 글을 읽다보면, 그분들과 함께 했던 소중한 추억이 떠올랐던 기억이 있다.

둘째. 자신을 칭찬하자

얼마나 힘들고 어려운 일이 많았을 것인가? 하루에도 몇 번씩 사표를 던지고 싶었던 순간을 참고 참았더니 어느덧 은퇴가 한 달 뒤로 다가온 것이다. 그 힘겨운 순간들을 가족과 자신의 미래를 위해서 잘 참아온 자신을 깊게 위로해 주고, 자신에게 큰 선물을 하나쯤 안겨주기 바란다. 나는 혼자 해외여행이란 선물을 주었었다. 가족들 입장에서 섭섭할 수 있겠지만 혼자만의 여행을 통해서 또 하나의 새로운 에너지를 얻을 수 있었다. 한 직장에서 30년 가까운 시간을 버틴 것 자체만으로 충분히 칭찬을 받을 만 하다. 아낌없이 칭찬하고 가장 행복했던 순간 한 가지만 떠올려보면서, 자신을 위한 최고의 선물도 딱 한 가지만 그 누구의 눈치도 보지 말고 준비하기 바란다. 지금까지 잘 견디어 온 당신은 충분히 그럴 자격이 있는 사람이다.

셋째. 은퇴포부를 밝히자

힘겨운 인생1막이 이제 한 달 남았다. 얼마나 기다렸던가? 이제 그 순간이 왔다. 무엇을 할 것인지, 무엇을 하고 싶은지, 왜 그것이 그렇게 좋은지 남들에게 말하지 못하지만 자신에게는 할 수 있을 것이다. 그동안 가슴속에 쌓아두고 말하지 못했던 것들을 전부 꺼내서 말해보자. 가능한 구체적으로 당당하게 말하자. 그동안 남의 인생을 살았다면, 은퇴 이후 온전히 내 인생을 살아갈 계획을 그려보는 것이다. 당당히 은퇴 이후 삶을 자신에게 말하자. 구체적으로 명확하게 은퇴계획을 작성하면 성공확률이 훨씬 더 높아질 것이다.?

은퇴편지를 통해서 직장생활 내내 도전하고 싶었지만 할 수 없었던 일들, 은퇴하면 가장 먼저하고 싶었던 일들까지 빠짐없이 기록해

보자. 은퇴 이후 무엇을 하고 싶은지 미리 결정해 놓지 않으면, 자칫 잘못된 유혹에 넘어갈 수 있다. 직장생활 동안 퇴근 이후의 시간 관리를 못해서 쓸데없는 야근, 회식장소에 불려간 경험이 있을 것이다. 은퇴 이후의 삶도 마찬가지다. 내가 주도적으로 내 삶을 정하지 않으면, 은퇴 이후에도 또다시 타인이 내 삶을 조종하려고 들 것이다. 그러니 꼭 이런 모든 것을 빠짐없이 자신의 은퇴편지에 담기 바란다.

나는 매일은 아니지만 종종 일기를 쓴다. 아무 생각 없이 일기장을 펼치지만, 쓰다 보면 내면의 나를 만나게 되고 생각하지 못했던 것들이 떠오른다. 그것이 글쓰기가 주는 행복이며, 중년의 은퇴준비의 첫 걸음을 '은퇴편지 쓰기'로 추천하는 이유다. 여기까지 참 잘 왔다. 직장생활의 마무리, 새로운 세상을 만나는 즐거움을 은퇴편지에 아낌없이 담아보기 바란다.

은퇴전략 핵심질문

1. 직장생활 동안 가장 감사했던 것은 무엇인가?
2. 직장생활 동안 가장 후회되는 것은 무엇인가?
3. 은퇴 이후 첫 번째로 하고 싶은 일은 무엇인가?

04

—

인생 사이클 4단계

🌷

50, 60세대의 결혼 연령은 대부분 20대였다. 나 역시 그랬다. 2019년 통계청의 초혼연령 조사에 따르면 남자는 33.2세, 여자는 30.4세라고 한다. 실제 주변을 둘러보아도 대략 35세를 넘기지 않고 결혼을 한다. 정말 세상은 너무나 빠르게 변하고 있다. 과거 부모님 세대는 은퇴 이후 시간이 짧았다. 어쩌면 퇴직금만으로 여생을 보내기 딱 좋은 기간이었다. 지금은 예측 불가능한 시대가 되었다. 과거의 인생 사이클은 25-25-15가 대부분이었다. 교육기 25년, 직업기 25년, 은퇴기 15년으로, 70세를 넘기는 분들이 적었던 시기로서 노후에 퇴직금 그리고 자식들에게 의지하고 살수 있었다. 지금은 전혀 새로운 100세 시대가 시작되었다. 30대 중반에 첫 아이를 출산하고, 대략 돌잔치가 끝난 후부터 유아교육이 시작된

다. 보육기부터 공부를 시작하여 초·중·고·대학 진학, 재학 중 군복무, 대학원 그리고 취준생에 이르기까지 제대로 된 직장에 취업하기 위해 무려 30년의 교육기간을 거친다. 오늘날 정년보장이란 개념이 점점 사라져가는 시대에는 이제 과거의 교육시스템도 변해야한다. 서른을 훌쩍 넘긴 나이에 노량진 공무원 학원을 떠나지 못하는 사람들도 늘어나고 있다. 그렇게 하여 서른 살에 취업에 성공한다고 가정해도 승진과 경쟁에서 살아남아야 하는 또 다른 문제가 있다. 영혼까지 가출해야 정년까지 버틸 수 있다는 말이 생길 수밖에 없는 현실인 것이다. 공무원 신분이 아닌 대기업에서는 평균 50대 초반 명예퇴직을 한다. 60세 정년퇴직을 기준으로 했을 때, 직업을 가지는 기간은 약 30년이다. 문제는 이 시기에 경제적 독립 시스템을 만들었는가에 따라서 남은 인생의 방향이 결정된다는 점이다. 사실 누구나 30년간 교육을 받으면서 제대로 된 경제 공부, 돈 공부는 한 적이 없다. 입시나 취업을 위한 공부를 줄기차게 해왔을 뿐이다. 그래서 막상 취업에 성공하고 나서는 자신의 업무에 도움이 안 되는 과도한 스펙이 허탈하게 느껴지는 경우도 많다. 실제로 고학력, 고스펙이 자신의 맡은 업무에 도움이 되는 비율은 지극히 낮으며, 때로는 그것이 오히려 걸림돌이 되기도 한다. "유학파에 석·박사 학위를 가졌다는 사람이 고작 이렇게밖에 못 해!"라는 인격모독적인 말을 들어가면서 몇 번씩 직장을 옮긴 사람들도 있을 것이다.

문제는 30년 직장생활 동안 경제적 독립을 이룬 사람과 아닌 사람의 차이는 확실하다는 것이다. 나이 60에 정년퇴직을 한 두 친구의 사례를 보자. 한 명은 공무원 출신으로 서기관까지 오르기 위해 힘겹게 야간대학원까지 다니는 등 극성을 떨면서 살았다. 힘들었지만 무사히 60세에 정년퇴직을 했다. 공무원의 박봉에 힘겨운 생활을 했으나, 자녀 둘 모두 대학까지 마쳤다. 은퇴 후 풍족하지는 않지만 절약하면 공무원 연금으로 생활은 가능하다. 또 다른 대기업 임원 출신의 대학 동기는 젊은 시절부터 항상 선두 주자로서 친구들에게 부러움의 대상이었다. 50대에 임원이 되어 각종 모임에서 멋지게 사용하는 법인카드 후광으로 모두 그를 부러워했다. 휴가철이면 회사에서 임원들에게 제공되는 멋진 휴양지를 이용했다. 그러다 57세에 명예퇴직을 하고 관련 회사로 이직하는 등 승승장구했다. 그랬던 그와 나이 60이 되어 술자리를 가지게 되었다. 그런데 의외로 임원이었던 친구가 깊은 한숨을 쉬고 있었다. 살아남기 위해서 몸부림친 시간만큼 가족들은 풍요로운 생활을 즐겼지만, 자신은 몸과 마음에 건강을 잃어 엉망이 되었다는 것이다. 더욱이 지금은 임원시절 때처럼 풍족한 생활을 더 이상 유지할 수 없는 상황이지만, 아내의 소비성향이 바뀌지 않아 국민연금으로만 어떻게 버틸지 막막하다는 것이다. 직장생활동안 앞만 보고 달린 자신을 대신해서 아내가 어느 정도 재테크를 해 왔을 것으로 믿었지만 아니었다. 한마디로 화려하기만 했던 친구의 이면에 숨겨진 민낯을 술자리에서 보게 된 것이다. 그 친구의 자조적인 한 마디가 가슴을 울렸다. "직장생활 동안 잘 나가고 못나가고는 중요하지 않아. 결국 퇴직 이후 누가 돈 걱정 없이 살 수 있느냐 이게 가장 중요한 거 아닐까?"

정년퇴직과 함께 20년의 인생의 황금기가 기다리고 있다. 직장생활 동안 경제적 독립을 이룬 사람은 진짜은퇴의 행복한 삶을 즐길 수 있다. 그런데 명심할 것이 한 가지 있다. 실제 경제적 독립은 돈만의 문제가 아니다. 부부의 기대심리가 더 중요한 요소다. 현역시절만큼 월급을 받을 수 없다는 사실을 인정하고, 자신들에게 필요한 매달 생활비 기준으로 어떻게 살 것인지를 고민한다면 은퇴생활비에 대한 고민은 생각보다 적을 것이다. 물론 이런 걱정이 없을 만큼 충분한 자산을 저축해 놓았다면 최상이다. 하지만 이런 은퇴자는 정말 소수에 불과하다. 은퇴자는 더 이상 하늘의 별을 따겠다는 착각에서 벗어나야 한다. 아무리 노력해도 현역시절만큼의 수입은 불가능하다. 은퇴 이후 만나는 행복한 20년을 돈의 문제로 접근하지 말고, 거주 지역에 있는 문화플랫폼을 활용해서 자신들이 꿈꾸던 삶을 준비할 수도 있다. 황금기 20년을 가장 잘 보내려면 자신에게 딱 한 가지 질문을 던지기 바란다. "죽을 때 후회할 단 한 가지는 무엇인가?" 설마 돈을 더 못 벌었다는 것은 아닐 것이다. 100세 시대라고 하지만 건강하게 이동의 자유를 누릴 수 있는 시간은 80세까지다. 비록 완벽하게 경제적 독립을 이루진 못했더라도 지금 가지고 있는 재산으로 최대한 멋진 인생을 기획해보기 바란다. 인생의 황금기는 바로 퇴직하고 만나는 순간부터 건강하게, 내가 원하는 것을 즐길 수 있는 순간까지이다. 황금기 20년을 더 이상 돈을 벌기 위한 시간으로 낭비하지 말자. 내가 이 세상에 온 이유가 오직 돈을 벌기 위함은 아닐 것이다.

이제 마지막 '의존기' 20년이 남았다. 이때 원하지 않아도 닥치는 것이 건강문제이다. 이 시기에 누구나 꿈꾸는 것이 소위 '9988234' 이다. 구십구 세까지 팔팔하게 살다가 이삼일만 아프고 죽는다는 것이다. '9988234' 가 꼭 욕심만은 아니다. 은퇴자가 하기 나름이다. 올해 87세인 나의 장인은 아직도 매일 자전거를 타고 운동을 하신다. 지나친 건강염려증을 가지고 계신 덕분이다. 한밤중에도 몸에 조금만 이상이 있다고 느끼면 스스로 119를 불러서 응급실로 달려가신다. 그래서 종종 딸들의 애간장을 태운다. 의존기를 병원이 아닌 가정에서 정상적으로 활동할 정도의 건강은 평소 꾸준히 관리해야 가능하다. 의존기에도 현역의 삶을 사시는 분들이 있다. 이발사, 사진사, 작가, 강연자, 문화해설가 같은 일을 하시는 분들은 대부분 건강하다. 그분들이 일을 하는 이유는 돈을 벌기 위함이 아니라 삶에 이유를 두기 위해서이다. 돈 걱정 없이 집안에 들어앉아 무위도식하며 사는 분들보다 내 삶에 이유가 있는 분들이 훨씬 행복한 동시에 끝까지 건강을 잘 유지하게 된다. 100세 시대는 내 인생의 사이클을 스스로 만들 수 있다. 누군가 정해 놓은 시스템은 쉬이 사라진다. 결국 스스로 내 인생을 진단하고 내가 원하는 인생 사이클을 만들어 그것을 실천해나가야 한다. 남보다 조금 빠르거나 늦는 것은 아무런 문제가 안 된다. 중요한 것은 이 사이클을 본인이 현명하게 정의하지 않으면 황금기를 건너뛰어 바로 의존기로 직행할 수도 있다는 점이다. 이 세상에 태어난 모든 사람은 누구나 인간다운 행복을 누리고 죽을 권리가 있다. 단지 이것을 의식하고 준비하는 사람에 따라 그 기간이 달라질 뿐이다. 당신은 어떤 인생 사이클을 선택할 것인가? 뉴스에 따르면 의존기 없이 황금기로 생을 마감하고자 하는 분들이 점점 늘어나고 있다고 하는데, 참으로 고무적인 현상이 아닐 수 없다.

> **은퇴전략 핵심질문**
>
> 1. 내 인생 사이클 4단계는 정의하였는가??
> 2. 황금기의 기간을 늘릴 수 있는 방법은 무엇인가?
> 3. 인생 황금기에 반드시 하고 싶은 한 가지는 무엇인가?

05

—

직장인 은퇴를 준비하는
3가지 방법

누구나 꿈꾸지만 현실에서는 외면하고 싶은
단어 '은퇴' 다. 싫다고 도망가면 따라오고 좋다고 다가서면 멀어지
는 연애시절의 '밀당' 이 따로 없다. 아주 가끔 씩씩하게 은퇴를 외치
며 다니는 동료를 볼 때면 외계인처럼 느껴진다. 다들 정년퇴직에
무관심한 것처럼 보여도, 시간이 흐르면 누구에게나 다가오는 것이
은퇴다. 피할 수 없으면 즐기라는 말이 있다. 즐기는 은퇴준비는 어
떻게 하면 좋을까? 정답은 없지만 내가 생각하는 직장인의 은퇴준비
3단계는 이렇다.

첫째. 나를 발견할 시간 확보

때가 되면 스스로 명예퇴직이나 정년퇴직, 은퇴라는 단어가 자주

떠오르는 순간이 올 것이다. 정년보장이 되는 직장인은 5년 전부터, 정년보장이 안 되는 경우에는 주변 동료들이 하나 둘 퇴직을 할 때부터 슬슬 위기감이 찾아온다. 이때부터는 회사를 위해서 일하는 시간을 줄이고, 객관적으로 자신을 찾아보는 노력이 필요한 시기다. 어차피 한 직장에서 20년이 넘게 근무했다면, 자신의 업무분야에서는 베테랑일 것이다. 남보다 빠르게 업무처리를 하면, 신규프로젝트를 맡지 않는 한 야근까지는 안 해도 될 것이다. 이때부터 자주 자신과 대화를 나누고, 자신을 발견하기 위한 시간을 가져야 한다. 일주일에 하루 정도는 온통 자신을 위해서 시간을 비워 두어도 좋다. 일종의 내 은퇴준비를 위한 요일을 정하는 것이다. 그날 하루는 약간의 허세를 부려 한강의 멋진 뷰가 보이는 최고급 호텔 커피숍서 사색하는 것도 좋다. 일주일에 하루, 안 되면 한 달에 하루라도 그런 시간을 가져야 한다. 회사가 허락한다면 1주일 동안 홀로 휴가를 떠나는 것도 좋은 방법이다. 나는 가족들과 휴가를 떠나는 대신 가끔 가족들은 외가에 보내고, 일주일을 혼자 도서관에서 보낸 적도 여러 번 있었다. 의도적으로 자신과 대화할 시간을 만들었다면 그때는 자신에게 진실해야 한다. 그래야만 은퇴 이후 무엇을 하고 싶은지, 새로운 인생에 대하여 진지하게 고민을 할 수 있다.

둘째. 사적모임 참여

직장의 업무와 전혀 상관이 없는 사람들 모임에 적극 참여하라. 누군가의 소개도 좋고, 인터넷 검색을 통해서 정말 관심이 있는 동호회나 친목 모임에 참여하라. 전혀 낯선 모임에 홀로 찾아가는 것은 쑥스러우니 용기가 필요하다. 하지만 낯선 사람을 오히려 반갑게 맞이해 주는 곳이 그런 모임의 매력이다. 내가 한 달에 한번 모이는 전문강사들 모임인 '에너지클럽'을 찾아 갔을 때도 그랬다. 나 역시 곽동근 소장의 에너지스타 책에서 호기심을 느끼고 그 모임에 찾아가게 되었다. 그곳에서 정말 좋은 사람들을 만났고, 나에게 은퇴 이후 새로운 인맥을 넓히는 최고의 모임이 되었다. 이곳 또한 소개로 찾아오는 사람들이 많았지만 가끔 인터넷 검색을 통해서 찾아오는 사람들이 있었다. 토요일 아침 7시 ~ 10시 휴일 아침에 전혀 낯선사람들의 모임 공간을 용기 있게 찾아오는 그 사람들의 열정은 참으로 대단하다. 그래서일까, 그런 사람들은 모임에 잘 적응하고 금방 사람들과 친해진다. 은퇴 이후 만나는 세상은 어차피 낯선 곳이다. 이런 모임들을 통해서 미리 새로운 경험을 하는 것이 좋다. 따라서 가능한 회사의 업무와 전혀 상관없지만, 자신이 평소 관심 있는 다양한 모임을 찾아서 소통하는 것이 좋다. 은퇴 이후 최고의 친구들이 될 수도 있다. 퇴직하고 나서 연락하는 선배를 좋아하는 후배는 별로 없다. 후배들이 스스로 찾아오기 전에 절대 연락하지 말자. 후배들이 식사 한번 하자고 하면, 시간예약을 해야 할 정도로 바쁜 인생을 준비하자. 그게 멋진 은퇴의 삶이다.

셋째. 배움터 참여

새로운 것을 공부하는데 투자를 아끼지 말자. 퇴직 5년 전부터 매달 급여의 10%는 자기계발에 투자를 시작하자. 책을 구입하고, 새로운 공부를 위해 학원에 등록하거나, 새로운 취미활동을 시작하자. 지금은 저렴한 비용으로 다양한 공부를 할 곳이 너무 많다. 과거와 다른 삶을 살아가기 위해서 공부는 필수다. 그동안 1년에 전공서적을 제외하고 책 한 권 안 읽었다면 반성해야 한다. 일주일에 책 한 권을 목표로 일단 독서부터 시작하자. 하루에 40쪽만 읽으면 일주일에 책 한 권을 읽을 수 있다. 시간이 없다는 것은 핑계다. 점심시간에 약간의 시간만 할애해도 충분하다. 그리고 매달 자기계발 비용을 아낌없이 사용하자. 퇴직 전 5년간의 기록을 보면, 그 사람의 퇴직 이후의 삶이 그려진다. 직장생활에서는 항상 길 안내자가 있다. 그러나 은퇴 이후의 삶에서 안내자는 오직 자신뿐이다. 한 겨울 설악산, 지리산, 한라산을 오를 때 막무가내로 도전하면 정상정복에 실패하거나 죽을 수도 있다. 겨울산행은 특히 위험하여 아주 철저하게 준비를 하고 등산에 임해도 위험할 수 있다. 은퇴 이후 삶은 이것보다 훨씬 어렵다. 내가 한 번도 걸어본 적이 없는 길을 가는 것이기 때문이다. 모든 것의 성공과 실패는 철저한 준비에 달려 있다. 사전 검증과 반복되는 연습 등을 통하여 얼마나 철저히 준비했는가에 달려 있는 것이다. 더욱이 은퇴이후 삶은 절대로 실패하면 안 된다. 청춘시절처럼 만회할 시간이 없다. 직장인은 회사의 창업주가 아니다. 원한다고 하여 내 의지대로 정년을 조율할 수 없다. 원하든 원하지 않든, 직장인이라면 언젠가 회사를 떠날 수 밖에 없는 운명을 가지고 있다. 그렇다면 마지막 선택은 남에게 맡기지 말고 스스로 선택하자. 나는 퇴직 5년 전부터 거의 매일 새로운 모임과 배움터를 거쳐서 귀가했다. 덕분에 퇴직 이후의 사회생활과 무엇을 해야 할지, 누구를 만날지 등을 고민하는 시간을 줄일 수 있었다. 퇴직 후에 진출하고 싶은 분야, 좋아하는 분야를 먼저 선정하라. 그리고 그와 연관된 교육기관이나 소모임을 찾으면 된다. 일단 부딪치고 경험하면서 자신의 진로를 고민하면 된다. 어차피 새로운 분야를 향한 공부는 쉽지 않다. 여기서 다양한 사람들의 경험을 청취하고 공부하면서 새로운 진로 방향을 결정할 수 있다. 자신의 관심분야만 명확히 정하면 주변에 이런 교육기관은 넘쳐난다. 단, 관심이 없으면 절대 보이지 않는다. 회사는 퇴직 이후 내 인생에 관심이 없다. 회사는 월급을 제공한 만큼 성과창출만 기대할 뿐이다. 아무리 내가 회사를 평생직장, 내 회사라고 외쳐보아도 소용없다. 그건 나만의 착각일 뿐이다. 퇴직 이후 멋진 은퇴자의 삶을 살아갈 때, 오히려 전 직장은 고마워할 것이다. 은퇴자에게 회사가 바라는 것은 "역시 OO 출신은 달라."라는 말을 기대할 것이다. 은퇴 후, 무엇을, 어떻게 할 것인지 가능한 빨리 고민해보기 바란다. 내가 제시하는 3단계가 최선은 아니겠지만 퇴직 5년 전부터 전투적 자세로 임해보길 추천한다.

> **은퇴전략 핵심질문**
>
> 1. 1주일에 책 한 권 읽을 시간 어떻게 확보할 것인가?
> 2. 월급의 10%를 자기계발에 투자할 방법은 무엇인가?
> 3. 가장 먼저 공부하고 싶은 것은 무엇인가?

06

퇴직자의 잘못된 착각 3가지

🌸

       퇴직을 앞두고 꿈에 부풀어 있는 사람들을 가끔 만난다. 자신의 능력에 비하면 지금 회사는 자신의 가치를 너무 몰라준다고, 퇴직과 동시에 경쟁회사에 스카우트 되어 멋진 성과를 낼 것이라며 자신감이 넘친다. 자신의 영혼을 불태우며 개발한 성과에 대한 보상도 쥐꼬리보다 작았다며 불평을 터뜨린다. 하지만 회사 관계자들은 전혀 다른 말을 한다. 퇴직은 갑옷을 벗고 전쟁에 나가는 장수와 같다. 전투에서 든든한 우군과 갑옷을 입고 싸워도 때로는 심각한 상처를 입는다. 회사에서 내가 큰 성과를 낼 수 있었던 것은 회사가 그만큼의 인프라를 제공했기 때문이다. 퇴직은 나홀로 갑옷도 없이 싸워야 하는 전쟁터다. 퇴직자들이 크게 착각하는 세 가지를 알아보자.

첫째. 화려한 경력

한마디로 20년 넘게 근무했다면, 소위 산전수전, 공중전까지 전부 경험했다는 말이 된다. 따라서 그런 사람일수록 자신의 화려한 경력에 대한 자부심이 대단하다. 자신의 이력서를 보면서 스스로 감탄사를 연발한다. "야! 정말 이때는 너무 힘들었었지, 그때의 위기상황도 내가 한 건 하는 바람에 잘 넘어갔잖아. 그때 내가 없었다면 벌써 회사 문 닫았을 거야!" 누구나 자신의 경력에 자부심을 갖는다. 하지만 퇴직을 하면 오히려 그것이 독이 될 수도 있다. 퇴직자들은 자신의 화려한 경력을 활용하면 재취업, 창업은 쉽다고 생각한다. 물론 경험은 소중한 자산이다. 하지만 새로운 직장은 그 화려한 경력에 맞는 급여를 맞추는 것에 부담을 가진다. 더욱이 젊은 친구들과 세대 차이에 대한 부담을 느낀다. 생각해보라. 자신의 화려한 경력을 받아줄 회사가 과연 얼마나 될까? 자신이 경쟁사 오너라면 누구를 채용할까? 교장선생님, 경찰고위간부, 평교사 출신 중에서 과연 누가 학교보안관에 적합할까? 화려한 경력은 재취업에 딱 한번 짧은 유효기간에만 필요하다. 그 시간이 지나면 오히려 불리해질 수 있다. 자신의 경력을 지나치게 맹신하지 말라. 경력이 쌓이고 나이가 든다는 것은 회사가 생각하는 유효기간이 끝남을 뜻하며, 그것이 곧 퇴직제도임을 인정해야 한다. 당신의 능력이 '온리 원'급이라면 정년과 무관할 수 있다. 퇴직 이후 자신의 경력만으로는 재취업이 결코 쉽

지 않다. 전직은 단순히 나이 많은 신입사원이 된다는 사실을 명심
하자.

둘째. 화려한 인맥

두 번째 착각이 휴대폰에 저장된 전화번호이다. 퇴직과 동시에 두
가지가 리셋 된다. 명함 속 직장과 직책이 사라지고, 저장된 회사 관
계자들의 전화번호가 잊혀진다. 그런데 퇴직자는 그 사람들이 여전
히 자신의 인맥이고 재산이라고 종종 착각한다. 퇴직하면 직장과 업
무에 관련된 모든 전화번호는 일단 초기화 된다고 생각하라. 그것이
정상이다. 섭섭해 할 이유도 없다. 어차피 회사 업무와 직장 선후배
는 퇴직과 동시에 반납이다. 당연히 새로운 인맥을 찾아야 한다. 나
는 퇴직과 동시에 선후배들의 전화번호는 깨끗이 잊었다. 삭제까지
는 하지 않았지만, 후배들이 전화 한통 하지 않는다고 하여 섭섭해
하지도 않았으며, 후배들에게 전화를 하지도 않는다. 가끔 그리운
친구들이 생각날 때면 그 친구들 덕분에 힘든 생활 잘 견디었구나,
고맙다, 이렇게 생각할 뿐이다. 업무관련 문제로 연결되었던 사람들
의 전화번호도 깨끗하게 리셋 했다. 나도, 그들도 서로 더 이상 만날
이유가 없기 때문이다. 수많은 퇴직자들이 착각하는 것이 퇴직한 자
신을 현직에 있을 때처럼 대할 것이라는 착각이다. 그건 말 그대로
업무 당당자였기 때문에 환대해 주었을 뿐이다. 현직에서도 업무만

바뀌어도 연락을 안 하는데, 퇴직 이후에 동일한 대우를 해줄 것이라는 착각은 순진함 그 자체다. 지인 중에 한 현직 교사는 휴가 때면 명강사라는 대우를 받으면서 정신없이 외부강사로 불려 다녔다. 그는 그것만 믿고 명예퇴직을 하고 전문강사로 나가려 했는데, 주변에서 정말 좋은 충고를 해 주었다고 한다. "당신의 강의 능력도 있지만, 현직 교사라는 신분이기 때문에 외부 초청이 많았던 것이다. 퇴직하는 순간 다른 교사가 그 자리를 대신할 확률이 매우 높다. 신중히 생각하라." 그는 이 말에 정신이 번쩍 들었다고 한다. 사실 이런 분들이 퇴직 이후에 상실감에 빠지는 경우가 많다. "내가 현역시절에 얼마나 잘 나갔는데, 그때 얼마나 많은 선후배를 챙겨주었는데, 퇴직했다고 이렇게 나를 외면할 수가 있나!" 하지만 그게 현실임을 꼭 명심하라. 한마디로 계급장 떼고 천상천하 유아독존이 아니라면 그것은 다 거품이다. 내가 아무리 우겨도 현실은 현실이다. 주변에서 현역시절에 잘 나가던 퇴직자를 찾아보라. 지금 과연 무엇을 하고 있는지. 자신만은 절대 그렇지 않다고 우겨도 소용없다. 현직에 있을 때 인맥은 더 이상 도움이 안 된다. 더욱이 하청업체에게 갑질이나 하고 후배들을 자주 괴롭히던 상사였다면 퇴직과 동시에 그들에 의해 스팸처리 된다.

셋째. 과거형 업무능력

자신이 없으면 업무가 마비된다며 휴가도 제대로 못가는 열정적인 직장인들이 있다. 정기 건강검진을 위해서 딱 일주일만 입원해보기 바란다. 회사에서 전화 한 번 없을 것이며, 업무는 너무나도 잘 돌아가는 신기한 경험을 하게 될 것이다. 나 없으면 안 된다는 착각에서 빨리 벗어나라. 큰 조직일수록 시스템이 일하도록 되어 있다. 당신 한 명 없다고 해서 절대로 회사가 멈추는 일은 없다. 어쩌면 더 잘 돌아갈지도 모른다. 이런 분들은 자신의 능력이면 재취업에 아무런 문제가 없고, 회사에서도 절대로 권고사직 당하는 일도 없을 것이라 믿고 있다. 영원한 직장도, 영원한 회사도 없다. 항상 내가 최고라는 자만심을 버리고, 새로운 것을 찾아서 배우고 적응하는 연습을 해야 한다. 시간의 흐름에 따라 자신의 능력이 옛 것이 될 수 있다. 특히 IT 업종이라면 더더욱 그러하다. 이제 모든 것이 스마트폰 환경으로 변하고 있으니, 한때 PC환경에서 뛰어난 능력을 발휘했던 사람의 능력은 점점 쓸모가 없어진다. 내가 최고라는 자만심을 버리고, 새롭게 변화되는 기술적 변화를 따라가자. 과거의 기술로 미래를 준비할 수는 없다. 현실을 제대로 파악하고 다가오는 미래의 기술적 변화를 예측하지 않으면 안 된다. 더욱 더 중요한 것은 새로운 기술을 과거와 잘 접목해서 자신의 것으로 만들면 최고의 무기가 되겠지만, 이 변화에 적응하지 못하면 쓸모없는 기술이 될 수 있다. 얼마 전 청소년 진로수업 중에 나는 큰 충격을 받았다. 30개 직업군 중에서 청소년들이 뽑은 30위 직업은 아나운서, 29위는 변호사, 1위가 유튜버였다. 청소년들에게 과거 우상이었던 직업은 이제 인공지능, 로봇의 영역으로 대치되고 있다는 것을 그들은 알고 있었다. 무인자동차 시대에 택시운전사는 무엇을 할 것인가? 퇴직 전에 반드시 기술의 변화를 주목하고 자신을 돌아봐야 한다.

퇴직자들은 반드시 상기의 세 가지 관점에서 자신을 돌아보고 앞날을 준비하면 좋겠다.

은퇴전략 핵심질문

1. 직장과 직함이 없을 때 나의 경쟁력은 무엇인가?
2. 업무와 상관없는 인맥은 얼마나 되는가?
3. 현재의 내 기술, 경험은 미래에도 통할 것인가?

07

—

은퇴 후 만나는 세 가지 길

🪷

50대 직장인들이 가장 불안해 하는 것은 언제쯤 퇴직이라는 말이 언급될까 하는 것이다. 최근에는 정년이 보장되는 직장인들까지 이런 고민을 한다. 퇴직은 누구에게나 닥치는 것이니만큼, 이에 대한 준비가 필요하다. 하지만 대부분 마음만 있을 뿐 구체적인 행동은 하지 않고 하루하루를 보낸다. 그러다가 막상 정년퇴직이 1년 앞으로 다가오면 전전긍긍, 불안해서 잠을 못 이룬다. 퇴직을 하면 만나게 될 인생 이모작 유형은 이직(移職)과 전직(轉職) 그리고 창직(創職) 딱 세 가지다. 세 가지 직종마다 유효기간이 다르다. 과연 나는 어떤 선택을 할 것인지 미리 고민하는 것이 유리하다.

이직, 전직, 창직

첫 번째는 이직이다.

이직이란 자신이 하던 분야의 유사업종에 취업하는 경우다. 이 경우의 유효기간은 대략 2년 정도다. 우리가 전관예우라는 말을 언론을 통해서 수없이 접했다. 따라서 지금 퇴직공직자는 연관업체에 일정기간 취업제한을 받고 있다. 사기업은 다르다. 얼마든지 연관기업으로 자리를 옮길 수 있다. 대기업 임원출신들이 퇴직과 동시에 유관업계에 스카우트 되는 경우가 이직에 해당된다. 명심할 것은 유효기간이다. 대기업에서 최고의 실적을 올리고 있을 때가 이직을 선택할 최고의 타이밍이다. 퇴직 이후 또는 실적 하락으로 힘겨운 상태에서는 이직을 해도 그 유효기간은 짧을 것이다. 운이 좋다면 정년퇴직 이후 현직에 있을 때보다 더 높은 연봉으로 취업을 할 수도 있다. 이때도 그간의 사업 경험이나 인맥을 필요로 하는 경우가 대부분이다. 따라서 그 기간은 결코 길지가 않다. 아울러 이직을 준비하고 있다면 평상시 선후배 및 관련기관들과 좋은 인간관계를 유지하기 바란다. 내가 근무하던 부서의 지휘관이 생각난다. 그는 아랫사람들을 인간적으로 힘들게 만들 뿐 아니라, 유관부서의 후배들까지 힘들게 했던 사람이었다. 그는 항상 자신은 전역하면 절대로 군 관련 분야에 취업하지 않겠다고 당당히 말했었다. 하지만 세상일은 마음먹은 대로 되지 않는다. 어떤 사유에서인지 모르겠지만 그는 군 관련 회사에 취업을 했고, 그동안 수없이 괴롭혔던 후배들을 업무상 만날 수밖에 없는 처지가 되었다. 그가 업무관련 전화를 해도 모두 기피할 뿐 받는 후배라고는 단 한 사람도 없었다. 때늦은 후회를 해 보지만 소용없는 일이다. 강압적이고 독선적이지 않으며, 공감하고 소통할 줄 아는 사람이 진짜 리더인 것이다. 이직을 준비하고 있는 사람이 가장 염두에 두어야 할 기본사항이다. 이직자 입장에서 착각하면 안 되는 것이 있다. 이직은 정규직이 아니라, 당신의 경험, 인맥을 잠시 빌리는 것이며, 생각보다 유효기간이 짧을 수 있음을 꼭 명심하기 바란다. 이직에서 살아남는 방법은 스스로 다음 이직할 곳을 찾아가는 것이다. 고액연봉에 스카우트 되었다고 해서 마음 놓고 있으면 절대로 안 된다. 당신의 고액연봉 유효기간은 생각보다 짧다.

두 번째. 전직이다.

전직은 전혀 새로운 업종으로 전환하는 경우다. 기존의 업무가 아닌 전혀 새로운 업종에 도전하는 것으로 큰 용기가 필요하다. 새로운 자격증에 도전을 해보지만, 경력 없는 자격증으로 50대 왕초보가 새로운 일자리를 얻기란 그렇게 쉽지는 않다. 하지만 이럴 때는 단기 근무가 아닌 장기간 할 수 있는 업종을 찾아야 한다. 이미 전직한 사람이 한 2년 근무하고 또다시 새롭게 취업을 하려면 더욱 어렵다. 전직을 할 경우에는 일단 가족의 도움이 필요하다. 대기업 임원, 고위공무원 출신 분들이 새롭게 전직을 하려고 할 때, 아내들이 반대하는 경우가 종종 있다. 사회적 체면을 중시해서 말리는 것이다. 은퇴하고 살아갈 날이 기본적으로 40년이다. 이 기나긴 시간 동안 무엇을 할 것인가? 천천히 오래도록 깊이 생각해 보기 바란다. 50대 은퇴자가 새롭게 전직하려 한다면, 최소한 80세까지는 할 수 있는 일을 선택했으면 좋겠다. 나이가 들수록 새로운 공부, 새로운 일을 찾는 것이 어렵다. 따라서 새롭게 시작하고 준비하는 전직은 우선적으로 자신이 좋아하는 일, 보람을 느낄 수 있는 일을 선택해야 한다. 과거의 직장에서는 월급 때문에 일했다면, 전직으로 시작한 일은 급여는 작지만 스스로 택한 일이기에 훨씬 큰 행복감을 느낄 수 있다. 직업에는 귀천은 없다. 인터뷰를 통해서 만났던 한 분은 30년 간 조선업계에 근무하면서 한 번도 행복하다는 생각을 못했지만, 중국집 조리실장으로 근무하면서 자신이 요리한 음식을 먹고 손님이 '엄지척' 하면서 정말 맛있다는 이야기를 할 때 그전 직장에서 느끼지 못한 무한한 행복감을 느낀다고 말했다. 주방에서 요리를 하고 새로운 메뉴를 만드는 것이 쉬운 일은 아니지만, 건강하면 자신이 원하는 날까지 근무할 수 있고 보람도 있다고 한다. 결국 전직을 결정할 때는 누군가의 추천으로 시작하기보다는 충분한 시간을 통해서 좋아

하고 적성에 맞는 분야를 찾아서 천천히 준비한다면, 전직유효 기간
은 무한대가 될 것이다.

　세번째 창직이다.

　지금은 아주 다양한 업종들이 새롭게 탄생하고 있다. 과거의 경험
을 활용해서 새로운 직업을 만들고, 취미를 활용해서 새로운 업종을
만들기도 한다. 지금은 4차산업혁명 시대로 ,무슨 창직이든 가능하
고 쉽다. 하지만 누구나 도전하는 창직은 블루오션이 아닌 레드오션
이 될 확률이 높다. 따라서 창직은 먼저 사전 경험을 바탕으로 시장
의 반응을 검증한 후에 신중하게 입문해야 한다. 반려견 관련 창직
이 좋은 예다. 반려견을 키우는 인구가 대폭 증가하면서 이와 관련
된 창직이 상당히 많이 늘어났다. 반려견 장례사, 반려견 전문카페,
디지털장례사 등 이전에는 친숙하지 않은 수많은 직업들이 새롭게
탄생하고 있는 것이다. 창직의 핵심은 자신의 관심사가 중심이 되면
안 된다. 철저히 시장의 관심을 반영해서 검증을 거친 후에 시작하
기 바란다. 지금은 유튜브를 활용해서 그 반응을 볼 수도 있고, 각종
SNS를 잘 활용하면 소비자의 반응을 충분히 확인할 수 있다. 하지
만 한 때 반짝하는 업종이면 곤란하다. 50대 창직은 은퇴자금 전부
를 투자할수도 있다. 여기서 무너지면 재기할 시간이 없다. 따라서
고민하고 또 고민하기 바란다. 무턱대고 남의 말만 듣고 창업했다가

실패하는 은퇴자들이 너무 많다.

남이 가보지 않은 새로운 분야의 창업은 정말 틈새시장을 잘 공략하고 검증에 나서야 한다. 창직으로 비교적 빠르게 성공한 분들은 기존의 사업모델을 살짝 비튼 경우가 대부분이다. 또한 자신이 좋아하는 취미를 활용해서 성공한 분들도 많다. '도그워크' 라는 직업을 아시는가? 바쁜 반려견 주인들을 대신하여 반려견과 산책을 하면서 반려견의 건강과 심리적 안정을 돕는 일이다. 반려견을 좋아하는 사람이라면 도전해볼만 하다. 자신이 정말 좋아하는 일을 경험하면서 이것이 새로운 사업이 될 것인지, 시장성은 얼마나 되는지, '반짝사업' 은 아닌지를 충분한 검증을 통해서 시작하기 바란다. 내가 인터뷰 했던 서경련 작가는 교사로 명예퇴직 후『퇴직하길 잘했어』라는 책을 출간했다. 평소 배우기를 좋아하던 작가는 발효에 대한 공부를 하기 위해 돈과 시간을 아끼지 않고 전국 유명한 발효공방을 쫓아다녔다. 그러면서 그동안 교사로서 학생들을 가르치던 경험과 자신만의 교육적 차별화로 발효분야를 개척해서 생활발효 명인 1호에 선정되었다. 지금은 쌀누룩요거트를 만드는 비법을 터득하고, 공방창업 컨설팅, 발효음료 만드는 교육에 이르기까지 너무나 바쁜 인생을 살고 있다. 부산에 살고 있는 작가를 만나기 위해 서울에서 많은 고객들이 비행기를 타고 찾아올 정도라고 한다. 명예퇴직 3년 만에 이룬 결실이라고 한다. 교사로서의 경험, 배움을 좋아하는 습성, 나만의 차별화를 찾아낸 것이 창업성공의 비결이다.

결국 직장생활의 끝은 정년퇴직이며 누구에게나 찾아오는 숙명 같은 것이다. 퇴직을 인정하고 내가 선택할 것은 무엇이며, 어떤 준비를 할 것인지 충분히 고민하는 만큼 좋은 결과를 만날 것이다. 현재 자신의 상황에 맞는 최선의 길을 선택해야 한다. 남들의 영혼 없는 칭찬은 독이 될 뿐이다. 세상에서 가장 정직하게 평가를 내릴 사람은 오직 자신뿐이다. 퇴직 이후 창업은 가능한 돈을 투자하는 것보다는 자신의 지식, 경험을 활용한 지식창업을 우선적으로 추천한다.

은퇴전략 핵심질문

1. 퇴직 이후의 진로는 무엇인가??
2. 퇴직 이후 삶을 위하여 무엇을 준비하고 있는가?
3. 자신이 가장 잘 할 수 있는 분야는 무엇인가?

08

—

한눈팔아도 괜찮아

🌷

대기업 취업자 중 1년 이내 퇴사자가 27%에 달한다고 한다. 그 좁은 문을 통과하기 위해 얼마나 많은 시간과 노력을 들였으며, 합격과 동시에 주변의 부러움을 한몸에 받으며 부모님께 최고의 효도를 했다고 자부했던 사람들이 왜 365일도 버티지 못하고 중도하차를 하는 걸까? 겉으로 보는 것과 직접 마주친 현실이 너무 다르기 때문일 것이다. 사람들은 환상이 현실이 되는 순간, 비로소 이상과 현실의 차이를 알게 된다. 거기에서 파생되는 정체성 혼란, 미래에 대한 불확실성, 무너지는 자존감을 견디지 못하여 스스로 퇴직하고 마는 것이다. 인생에 정답은 없다. 그런 상황에서도 묵묵히 적응하고 노력하는 더 많은 직장인들이 있다. 그렇게 인고의 시간을 견디고 나서 퇴직하면 정말 시간부자라는 호사를 누릴 수 있다. 직장생활 동안 잠시 머무르곤 했던 삼청동, 종로, 명동, 충무로의 수많은 문화공간들을 퇴직 후에는 평일 한가한 시간에 방문하여 주말 가격의 절반도 안 되는 가격으로 마음껏 누릴 수도 있다. 돈을 떠나서 퇴직 이후 무엇을 할 것인가부터 찾아 준비하는 과정이 필요하다. 정년퇴직, 명예퇴직, 희망퇴직 등 종류도 많지만 결국에는 퇴직이다. 모든 직장인에게 퇴직은 시간의 문제일 뿐이다. 남보다 조금 빠를 수도, 늦을 수도 있다. 그동안 이것을 준비하기 위해서 나만의 한눈팔 시간을 확보해야 한다. 직장생활을 대충 하라는 말이 아니다. 근무시간에 확실하게 업무처리를 마치고, 야근을 줄이라는 말이다. '투잡'을 할 수 없는 공무원들은 생계형 야근을 해야 한다고 말한다. 물론 그 작은 수입도 생활에 도움이 되겠지만, 지금 자신이 미래를 준비할 소중한 시간을 낭비한다는 생각을 해 볼 필요가 있다. 퇴직은 예고 없이 찾아올 수도 있다. 우리는 단 1초의 시간도 돈으로 살 수 없다. 과연 생계형 야근으로 미래를 준비할 수 있을까? 매일 새벽별 보기 운동하듯이 근무하다가 어느 순간 희망퇴직을 당하면 자신의 청춘이 한순간에 사라지는 상실감에 빠지게 된다. 회사는 자신의 업무를 완벽하게 처리하고 정시에 퇴근하는 직장인보다 야근까지 하면서도 자신의 업무를 처리하지 못하는 사람을 문제로 본다. 고로 직장에서 한눈팔 시간을 벌기 위해서는 업무에 프로가 되어야 한다. KBS 드라마 〈직장의 신〉을 기억하는가? 주인공 김혜

수의 업무처리는 완벽 그 자체였다. "회사를 위해서 동료를 위해서 일하지마. 오로지 너 자신만을 위해서 일해. 그것만이 네가 여기서 살아남는 방법이야." 드라마 소개 멘트가 제법 살벌하지만, 직장인이라면 한번쯤 자신에게 적용해볼 필요가 있다. 직장생활 동안 새로운 미래를 위한 준비시간을 꼭 가지길 바란다. 세상은 내가 원하는 방향과 반대로 갈 확률이 높다. 지금 신종 코로나19 감염사태가 내가 원하던 일은 아니었을 것이다. 여행업계, 면세점, 숙박, 요식업 등 많은 업종에서 감원에 들어갔고, 일부는 무기한 무급휴직 상태이다. 최고의 연봉을 받던 항공기조종사도 감원위기에 처했다. 신규임용된 조종사들은 지금 비행기 대신 대리운전을 하고 있다는 기사가 현실을 분명하게 말해준다. 언제 어느 순간 나에게도 원치 않았던 퇴직이 찾아올지 모른다. 다만 입사 5년 간은 한눈팔지 말고 회사에 최선을 다해라. 그 시기에 회사의 모든 노하우, 시스템을 전부 배워라. 그 시절 힘겹게 배운 것들이 훗날 새로운 일을 할 때 큰 도움이 될 것이다. 나의 경우, 정말 힘들었던 5년 동안 배운 것으로 33년을 잘 보낼 수 있었다. 무조건 열심히 한다고 해서 빨리 회사에 적응할 수 없다. 업무를 효율적으로 구분하고 분야별로 접근해야만 빨리 적응할 수 있다. 무엇이든 새로운 업무를 대할 때 우선적으로 그 업무의 특성을 분석하고 자신만의 기준을 세워 접근하면 누구보다 빨리 적응할 수 있다.

퇴직이란 개념을 새롭게 자신에게 맞게 정의해 보자. 과거의 삶은 법과 제도의 틀 안에서 남이 정의해 놓은 대로 살 수 있었지만, 미래에는 내가 그 틀을 만들어야 한다. 그러기 위해서는 직장인으로 있는 동안 확실하게 한눈을 팔아야 한다. 퇴직까지의 직장생활은 내가 원하는 삶을 준비하는 단계로 정의할 수 있다. 사람에 따라 단 한 번에 그것을 준비할 수 있는 사람도 있고, 평생을 준비해야 하는 사람도 있다. 중요한 것은 자신의 선택이다. 가능한 직장인으로 한눈팔 시간을 충분히 확보해야 한다. 바쁘다, 시간이 없다는 사람의 특징은 시간 관리를 못 한다는 것이다. 내 시간을 내가 관리하는지, 남이 통제하는지를 점검해 보기 바란다. 퇴근 이후 시간을 남에게 내어주고 있다면 당신의 시간 관리는 남이 통제하고 있는 것이다. 그 증거는 쓸데없는 술자리, 번개모임에 참여하는 것이다. 그 모임이 직장생활의 일환이라면 굳이 말리지는 않겠다. 하지만 분명한 것은 그 모임이 당신의 미래를 책임지지 않는다는 사실이다. 지금 모든 직장인들에게 꼭 필요한 것은 한눈팔 시간을 확보하는 것이다. 변화의 시대를 즐기려면 확실한 미래의 목표를 세우고, 그 준비하는 과정의 일환인 직장생활을 즐기면 된다. 어떤 이는 현직에 있을 때 자신의 업무에만 충실하라고 말한다. 그런데 퇴직과 함께 모든 것을 회사에 두고 내 이름 석 자만 가지고 나와야 한다. 그때부터 새로운 준비를 하기에는 너무 늦다. 현직에 있을 때 차근차근 무언가를 준비해야 한다. 내가 만난 50대 여성분은 미용실을 운영하면서 약간의 여유가 있을 때 인테리어 관련 일을 접하면서 관련업계 사람들을 통해 사무실 청소대행 관련 일을 알게 되었다. 스팀청소기 등 청소관련 장비 사용법을 익히면서 휴일에 직접 따라다니며 경험을 쌓다가 전업을 결심했다고 한다. 미용실에서 장시간 서서 일하고, 많은 미용관련 화학 성분의 재료를 만지는 것이 너무 힘이 들어서 업종변경을 고민하던 중에 만난 기회였다. 그래서 누구보다 더 꼼꼼히 중요한 사항들을 기록하면서 경험을 쌓았다고 한다. 더불어 차분하게 고객확보, 인력관리, 꾸준한 사업지속성을 검증한 후 꼭 필요한 청소대행 장비를 구입한 다음 업종변경을 선택했다고 한다. 초기에는 기존 거래처 사장님의 하청으로 일을 하다가, 6개월 후에 독립해서 청소대행업을 본격적으로 시작했다. 직원은 60대 어르신들이 대부분이어서 성실하고 시간도 잘 지키기 때문에 인력관리 걱정은 없다고 한다. 가끔 50대 주부들이 일하러 오면 불평불만이 많지만, 60대 어르신들은 누구보다 열정적으로 일하고, 농땡이 치는 경우도 없다고 한다. 가끔 까탈스러운 고객의 항의도 받지만, 하루 종일 미용실을 지키던 것에 비하면 매일 새로운 지역을 다니며 새로운 변화를 볼 수 있어서 훨씬 더 즐겁다고 한다. 정년 없이 일할 수 있으며 사람들 의식수준이 올라가면서 현재 청소대행업은 불황이 없다고 한다. 대기업에 다니는 내 친구는 퇴근과 동시에 아내가 운영하는 커피숍으로 달려

간다. 가끔 들려보면 하얀 앞치마를 두르고 열심히 주문과 서빙을 하고 있다. 그 모습을 보고 있노라면 퇴직 이후 부부가 함께 커피숍을 운영하는 것도 좋을 것 같다. 퇴근 후 확보한 시간을 자기계발이나 부부공동 일자리를 찾아보는 것도 점점 늘어가는 추세다. 미래의 일자리를 생각하면 반드시 '직장생활 동안 한눈팔기'를 추천한다. 미래는 준비하고 대비하는 사람에게 엄청난 기회를 제공할 것이며, 아무런 준비 없이 시간을 보내는 사람에겐 끝없는 불안만 안겨줄 것이다. 직장에 최선을 다하고 잉여시간을 잘 활용하여 준비하기 바란다. 대부분 퇴직 이후를 두려워만 하고 있을 뿐이다. 이후를 준비하는 사람은 소수다. 영원한 직장은 역사 속으로 사라졌다. 최근에는 한 시간 일찍 출근하고, 한 시간 일찍 퇴근하는 출퇴근 자율근무제도가 정착되고 있다. 이런 시간을 잘 관리하고 활용하면 하루에 2시간을 벌수 있다. 직장생활 동안 무엇인가 목표를 세운다면 시간을 확보할 명분이 된다. 그때가 한눈팔기를 실행할 최고 좋은 순간이다. 은퇴를 준비하는 직장인들에게 한눈팔기는 선택이 아닌 필수다.

은퇴전략 핵심질문

1. 나는 프로답게 일처리를 하고 있는가??
2. 하루 몇 시간의 한눈팔 시간을 확보할 수 있는가?
3. 지금 즉시 도전 할 일은 무엇인가?

09

—

자식이 묻고 부모가
답하는 시대

🌷

첫 아이를 출산했을 때 자신을 쏙 빼 닮은 아이를 보면서 DNA의 신비를 몸소 경험했던 기억이 있을 것이다. 하지만 기쁨과 신비함도 잠시, 유치원 시절부터 부모자식간의 보이지 않는 전쟁이 시작된다. 부모의 욕심과 자식이 원하는 것 사이에 보이지 않는 괴리감은 그야말로 총성 없는 전쟁이다. 청소년이 되면 밥 먹는 시간을 제외하고는 늘 방문을 걸어 잠그는 자녀들 때문에 얼마나 많은 속앓이를 했던가? 그때마다 자녀들에게 커서 무엇이 되려고 그러냐는 말을 수없이 던졌을 것이다. 대답 없는 자녀들에게 실망하고 소리친 기억들도 한번쯤 있을 것이다. 어느덧 직장에서 정년퇴직을 앞두고 있는데 아르바이트 하고 돌아온 아들이 부모에게 묻는다고 가정하자. "아빠 내 친구 아버지 정년퇴직이 다음 달인데 걱정이 많더라고,

퇴직 이후 무엇을 할 것인지 아무런 준비를 안했다고 말이야. 엄마, 우리 아빠는 정년퇴직하면 뭐할 거야?" "글쎄…." 아마 마땅한 대답이 떠오르지 않을 것이다. 이제 우리는 한 번도 생각하지 않고 살았던 정년퇴직 이후의 삶에 대해서 이제 고민을 시작해야 한다. 가능한 빠르게 그것도 막연히 어떻게 되겠지 할 것이 아니라 매우 구체적인 계획을 가지고 자녀들 물음에 답해야 한다. 그것이 왜 필요할까? 만약 정년퇴직을 몇 년 앞두고 있다면 자녀들 교육비, 결혼비용, 노후생활비에 대한 구체적인 플랜까지 포함해서 해답을 찾아야 한다. 만약 아들의 질문에 명확한 해답을 가지고 있다면 얼마나 좋을까? 자녀의 물음에 준비된 부모는 세 가지 이점이 있다. 첫째. 자녀들에게 경제관념을 심어줄 수 있다. 대학생인 두 자녀의 교육비, 결혼비용을 위해 아빠 월급에서 저축을 하고 나면, 정작 엄마, 아빠의 노후준비는 시작도 못하고 있음을 정확히 알리는 것이다. 현재 상태를 유지하면 엄마, 아빠의 노후생활비는 너희에게 의지해야 할지 모른다는 사실도 명확히 알려준다. 그렇게 되면 자녀들이 스스로 아르바이트로 용돈을 해결할 것이며, 결혼비용까지 스스로 알아서 마련할 테니 엄마, 아빠는 노후준비나 하라고 말할지 모른다. 이제 자녀들도 더 이상 부모에게 의지하지 않고 스스로 독립할 준비를 할 것이다. 둘째. 은퇴계획을 자녀와 공유할 수도 있다. 시골에서 자란 부부는 자녀들이 출가하면 무조건 시골로 귀향할 계획을 가지지만, 자녀들은 부모님이 수도권에 살기를 바란다. 최소한 전철이 연결된 도시에 부모님이 살아야 자신들 결혼 이후에도 편하게 방문할 수 있으니 시골은 안 된다고 말릴지도 모른다. 지인 중에 실제 이런 분이 있다. 딸만 둘인데 둘 다 서울과 경기도에서 교편을 잡고 있으니, 무조건 전철로 이동할 수 있는 곳에 머물기를 원해서 할 수없이 평택 서정리에 자리를 잡았다. 셋째. 은퇴생활비 저축을 일찍 시작할 수 있다. 대학생 자녀들이 아르바이트로 용돈을 벌고 결혼자금도 스스로 해결하겠다고 선언을 한다면, 자녀들에게 지출되던 돈을 개인연금 저축으로 돌릴 수 있다. 자녀들이 부모님께 은퇴계획을 묻는 이유가 있다. 그들도 어느덧 성인이 되었기 때문이다. 자신들의 미래도 걱정이지만 부모님 미래도 걱정이 되는 것이다. 따라서 내가 부모님께 무엇을 도움 받고, 어떤 도움을 줄 것인지 미리 확인하고 싶은 것이다. 미래에는 점점 더 자식이 부모를 부양하기 어려울 것이다. 왜냐하면 직장의 다변화에 따라 지금 50대에게는 어느 정도 정년보장 제도가 있지만, 미래에는 보장되지 않을 확률이 높다. 부모에게 은퇴 후의 삶에 대해 질문을 던지는 것은 자녀들도 자신들의 역할을 명확히 알기 위해서이다. 속상하게 생각할 필요가 없다. 지금 퇴직을 앞두고 있다면, 미래에 자식들에게 의지하지 않는 삶을 준비하는 것이 최선이다. 그것이 자식들이 원하는 바이다. 어느덧 훌쩍 자라서 부모의 미래를 묻는 자식에게 나는 어떤 해답을 준비해야 할까? 지금까지 자식들에게 숱하게 물었던 커서 무엇이 될 것인가 하는 질문에서 이제 거꾸로 자식의 질문에 부모가 답해야 하는 순간이다. 청소년 시절, 아들의 미래가 답답했던 것처럼 자식들이 걱정하는 부모의 미래가 되면 안 된다. 미래는 변화무쌍하여 정말 어떻게 될지 아무도 모른다. 부모가 자식을 끝까지 책임져야 할지 아니면 자식이 부모를 책임질 수 있을지 알 수 없는 미지의 세계가 은퇴. 프랑스의 소설가 폴 브루제의 "생각하는 대로 살지 않으면 사는 대로 생각하게 된다."는 명언을 아주 오랫동안 내 카톡 프로필로 사용했다. 퇴직 이후 멋진 은퇴의 삶을 살고 싶다면 지금부터 신중히 생각해야 할 것이다. 귀찮다고 포기하고 어떻게 되겠지 하고 막연히 생각한다면 영원히 멋진 은퇴는 없을 것이다. 자녀들의 질문 "아빠는 정년퇴직하고 뭐할 거야?" 여기에 대한 멋진 해답을 부부가 함께 찾아보기 바란다. 성인이 된 자식과 미래를 서로 의논할 수 있다면 그것이 곧 축복이다. 자식이 부모에게 은퇴 이후의 삶을 물어온다면 행복하게 생각해야 한다. 다만 그 질문에 확실하게 답할 수 있어야 한다. 자식의 물음에 당당히 답하는 부모가 되어야 하는 것이다.

은퇴전략 핵심질문

1. 내가 꿈꾸는 은퇴 이후 삶은 무엇인가?
2. 나는 은퇴를 위하여 어떤 준비를 하고 있는가?
3. 은퇴 준비를 위해 지금 내가 해야 할 단 한 가지는 무엇인가?

10

진짜은퇴 3대자산

❀

〈나만의 은퇴관점을 발견하라〉

인생을 살면서 우리는 수많은 일을 경험한다. 하지만 동일한 경험도 사람마다 느끼는 감정은 다르다. 결국 동일한 상황을 어떻게 해석하고 받아들일지는 각자의 선택에 달려 있다. 지금 코로나19 바이러스로 전 세계 경제와 자영업자들이 파산공포에 휩싸여 있지만, 어떤 사람은 이를 기회로 받아들이고 있다. 동일한 상황을 놓고 어떤 해석과 접근을 하는가에 따라서 결과는 완전히 달라진다. 평소 소자본 사업을 준비하고 있던 지인은 코로나19 바이러스의 충격을 기회로 삼았다. 바로 온라인 쇼핑몰을 개설하고, 코로나19로 가장 많은 사람들에게 필요한 품목 한 가지에 집중했다. 마스크, 손세정제 중에서 손 세정제에 집중했다. 간편하게 휴대할 수 있는 휴대용 손 세

정제를 만들어 판매함으로써 엄청난 매출을 올리고 있는 중이다. 실제로 많은 사람들이 예방 차원에서 1회용 손 세정제를 가지고 다닌다. 우리 인생에서 만나는 수많은 상황을 어떻게 해석하는가에 따라서 위기가 곧 기회가 된다. 누구나 피할 수 없는 은퇴 역시 마찬가지다. 은퇴관점을 어떻게 바라볼 것인가? 이것이 후반기 자신의 미래 인생을 결정하게 될 것이다. 돈, 건강, 가족, 가치, 일 등 여러 가지를 놓고 결정해야 한다. 나는 과연 어떤 관점으로 무엇을 선택할 것인가? 과거를 바꿀 수는 없지만 미래는 선택이 가능하다.

대전에서 근무할 때 사무실 직원들과 지리산 천왕봉 등산을 간 적이 있었다. 오르는 도중에 산장에서 1박을 한 다음, 다음날 새벽에 일어나 머리에 랜턴을 켜고 등반을 시작했다. 힘들었지만 기어이 천왕봉 정상에서 일출을 볼 수 있었다. 일정 때문에 하산은 힘들지만 가장 빠른 돌계단 코스를 선택했다. 돌이켜보면 정상에서 찍은 사진 한 장 말고 지리산에 대한 추억은 없다. 다시 한 번 지리산 등반을 한다면 나는 어떤 코스를 선택할까? 분명 빠른 코스보다 지리산의 절경을 제대로 즐길 수 있는 계절코스를 선택할 것이다. 그 시절 과거의 추억은 바꿀 수 없지만, 새로 도전하는 지리산 등반의 추억은 내가 어떤 코스를 선택하는가에 달려 있다. 다시 한 번 직장생활로 타임머신을 타고 돌아갈 수 있다면 무엇을 바꾸고 싶은가? 높은 직위, 잘못된 인간관계, 망쳐버린 프로젝트. 뒤쳐진 승진, 임원들과 끝없이 대립각을 세운 일, 절대 양보할 수 없었던 팀원들의 성과 등등이 있을 수 있다. 하지만 아직 과거로 돌아가는 타임머신은 개발되지 않았다. 좋은 소식은 미래가 우리에게 다양한 선택의 기회를 제공하고 있다는 사실이다. 과거는 역사지만 미래는 희망이다. 미래를 선택하는 기준을 세 가지로 점검해보자.

첫째. 나만의 가치관을 세우자.

직장생활은 개인의 가치관이 아닌 직장의 가치에 맞게 살게 된다. 그것이 누군가에게는 아픔이 되었을 것이다. 경쟁자들에게 받은 마음의 상처 역시 많이 남았을 것이다. 이제 은퇴 이후 내 삶에 가치관을 세워보자. 돈이 아니라 진정한 내 삶의 가치관을 찾아보자. 그동안 한 번도 이런 생각을 해볼 시간이 없었을 것이다. 새로운 인생길을 시작하는 지금, 그동안의 경험을 통해서 내가 지키고 가야할 나만의 가치관을 정립하자.

둘째. 무엇을 버릴까.

새로운 가치관을 세웠다면 그것에 어울리지 않는 행동들은 모두 버리자. 그런 행동은 어쩌면 반성일지도 모른다. 오로지 성과만을 위해서 다른 동료들 마음에 상처를 주고 외면하면서도 그것을 옳은 일이라고 생각했던 수많은 일들을 떠오를 것이다. 그 행동에 대한 용서를 구하고 더 이상 그런 일은 하지 않겠다고 맹세하자. 오로지 출세를 위해서 모든 비난을 감수하던 사람들이 주변에 얼마나 많았던가? 출세에 눈이 멀었던 그들이 언젠가 그것을 깨우칠 날이 있길 바란다.

셋째. 끝까지 지키자.

은퇴 관점에서 선택한 자신의 가치관을 반드시 지키자. 이것은 욕심을 버리면 가능하다. 자신의 목표가 돈이나 권력이 아닌 명예라면 더욱 더 지키려고 노력해야 한다. 은퇴관점을 명확히 선택하기 위해서는 서둘지 말자. 은퇴 이후의 삶을 선택하기 전에 충분히 고민하자. 많은 사람들이 은퇴를 돈의 문제라고 정의한다. 돈만 있으면 무엇이든 가능하다고 생각한다. 정말 그럴까? 대한민국 최고의 부자인 이건희 회장이 과연 세상에서 가장 비싼 침대에 누워 은퇴를 돈의 문제라고 생각할까? 물어볼 수는 없지만 아닐 것이다. 고인이 된 스티브잡스 역시 이렇게 말했다. "이제야 깨닫는 것은 평생 배 굶지 않을 정도의 부만 축적되면 더 이상 돈 버는 일과 상관없는 다른 일에 관심을 가져야 한다는 사실이다. 그건 돈 버는 일보다는 더 중요한 뭔가가 되어야 한다. 인간관계가 될 수 있고, 예술일 수도 있으며 어린 시절부터 가졌던 꿈일 수도 있다. 평생에 내가 벌어들인 재산은 가져갈 도리가 없다. 내가 가져갈 수 있는 것이 있다면 오직 사랑으로 점철된 추억뿐이다." 은퇴자들에게 매우 의미 있는 말이다. 은퇴 이후의 삶에서 돈보다 소중한 것이 너무 많다. 돈은 별로 중요하지 않을수 있다. 돈이 그렇게 많은 재벌가 회장님들도 80세 이전에 세상을 떠났다. 모든 사람에게 공평하게 주어지는 은퇴 이후의 삶에서 나는 무엇을 어떻게 선택할 것인가? 아픈 사람들 입장에서 가장 부러운 것은 건강일 것이다. 건강만 자신 있다면 무엇이든 가능할 것이고, 돈을 떠나 한적한 숲속에서 자연인의 삶으로 충분히 행복할 수 있을 것이다. 하지만 이것도 가족이 함께 하지 못하고 홀로 자연인으로 살아가는 것은 진정 자신이 꿈꾸는 삶은 아닐 것이다. TV스페셜 영상으로 무인도 섬에서 은퇴부부가 함께 살아가는 모습을 잠시 본 적이 있다. 아무도 없는 무인도 생활이지만, 작은 텃밭을 가꾸며 살아가는 노부부에게는 더 이상 부러울 것이 없었다. 밑창이 벌어진 신발을 끈으로 묶어 사용하면서도 무엇이 그렇게 즐거운지 연신 싱글벙글거린다. 밥상을 차리면서 남편이 농사일을 제대로 안 도와준다고 불평을 터뜨리는 아내의 모습마저 내 눈에는 세상에서 제일 행복한 은퇴부부처럼 보였다. 가장 중요한 것은 각자의 은퇴관점을 선택하는 것이다.

진짜은퇴 3대자산

나는 행복한 노후를 위한 은퇴관점을 진짜은퇴 3대자산으로 정의한다.

첫째. 경제적 자산(돈)

둘째. 건강 자산(건강)

셋째. 심리적 자산(가족, 인간관계)

은퇴가 더 이상 돈만의 문제는 아니다. 경제적 자산, 건강 자산, 심리적 자산의 조화로운 삶을 사는 것이 진짜은퇴다. 은퇴자에게 이중단 한 가지라도 부족하다면 가짜은퇴인 것이다. 은퇴에 관한 목표가분명하지 않은 사람들의 특징은 은퇴를 돈만의 문제로 생각하는 것이다. 은퇴목표가 확실하다면 이 세 가지 자산의 조화로운 삶을 고민하면 된다. 전반기 인생은 내가 원하는 삶이 아닌, 그냥 살아가기위한 삶이었다. 은퇴 이후의 삶은 꼭 진짜은퇴 3대자산의 조화를 이루는 삶이 되어야 한다. 진짜은퇴 3대자산을 간단히 정리하면 돈, 건강, 가족이다. 은퇴상담을 받으러 온 많은 분들이 뒤늦게 공감하는 부분들이다. 이제 진짜은퇴 3대 자산을 어떻게 준비하면 좋을지다음 장에서 구체적으로 만나보자.

※ 다음 장 은퇴진단지 점검으로 현재 은퇴점수를 매겨보자.

은퇴전략 핵심질문

1. 경제적 자산은 어떻게 준비할 것인가?

2. 건강 자산은 잘 관리하고 있는가?

3. 심리적 자산인 가족과의 관계는 잘 유지하고 있는가?

은퇴진단지[체크하기]

○, ×

항목	내 용	구분
1	은퇴 이후 정착할 곳을 정해 놓았다.	
2	월 생활비가 나오는 시스템을 만들고 있다.	
3	자녀들이 독립계획을 세웠다.	
4	나만의 투자원칙이 있다.	
5	부부가 함께, 각자 즐기는 취미가 있다.	
6	급여의 10%를 자기계발에 투자한다.	
7	퇴근 후 일정을 별도로 관리하고 있다.	
8	자신을 브랜딩할 SNS 활동을 하고 있다.	
9	직장과 별도의 취향공동체 활동을 하고 있다.	
10	경제적 독립을 이루고 하고 싶은 일이 있다.	
○ 숫자를 기록한다.		
※ 범례 : 1 – 5 개 : × 위험, 은퇴준비 즉시 시작 　　　　5 – 8 개 : ▲ 보통, 점검 필요 　　　　8 – 10개 : ● 양호, 지속 관리		계

※ 은퇴진단지 체크로 내 은퇴상황을 사전에 점검해보자.

02

연금치즈의
유혹에서
벗어나라

연금치즈의 유혹을
빨리 버릴수록
고민의 깊이만큼 다른 대안을
찾게 될 것이다.

01

—

어디서 살 것인가

정년퇴직 후 전쟁터 같았던 직장에서 벗어났다. 더 버티고 싶었던 분들도 있을 것이다. 웹툰 『미생』의 명대사처럼 "직장은 전쟁터지만, 사회는 지옥이다." 그만큼 먹고사는 문제가 어렵다. 운명처럼 다가온 정년퇴직, 가장 먼저 무엇을 선택할 것인가? 그간 힘겹게 유지했던 사회적 체면을 버리고 이제는 부부중심으로 생각해보자. 자녀교육을 모두 마쳤다면 퇴직 이전의 삶과 똑같이 살 이유가 없다. 이제 부부중심으로 어디에서 살 것인지를 고민해야 한다. 은퇴상담을 하면서 만난 상담자들 대부분은 경제적 문제인 은퇴생활비 걱정을 가장 먼저 이야기한다. 금융기관, 정부통계가 말하는 은퇴부부 월 생활비 평균기준을 예로 들면서 준비가 안 되었는데 어떻게 해야 하나 하는 고민을 가장 먼저 털어놓는다. 그럴 때 내가 쓰는 망치가 있다. 이름하며 뿅망치, 아이들 장난감으로 부드러운 플라스틱으로 만든 붉은색 뿅망치이다. 이것으로 머리를 툭툭 치면 '뿅뿅' 소리가 난다. 이 뿅망치로 머리를 치면서 "은퇴 이후 어디에서 살고 싶나요?" 그러면 이렇게 대답한다. "살고 싶은 곳은 많지만, 문제는 돈이죠. 결국 은퇴시점의 경제여건에 맞추어 살아야 되겠죠." 대한민국 교육의 힘은 참으로 대단하다. 언론, 금융기관에서 얼마나 열심히 노후생활비 홍보를 하고 세뇌교육을 했는지 정부통계 수치를 줄줄이 꿰면서 말한다. 뿅망치를 들고 한 번 더 물어본다. "그럼 금융권 통계가 말하는 노후부부생활비(2019년 기준 243만원 ~ 325만원 조사기관별로 다름)를 가지고 청담동에서 살 수 있을까요? 제주도나 강원도에서 '나는 자연인이다!' 하고 살면 전부 똑같은 생활비가 들까요?" 그제야 자리를 고쳐 앉으며 "그럼 어떻게 해야 하나요?" 라고 묻는다. 은퇴관점에서 내가 지속해서 주장하고 싶은 것은 절대로 은퇴가 돈만의 문제는 아니란 것이다. 물론 은퇴시점에 돈은 반드시 필요하다. 다만 내가 어디에 살 것인가에 따라서 그 금액은 달라진다. 정년퇴직 이후 더 이상 출근할 필요가 없다면 현재 거주지에 살 것인지, 아니면 외곽으로 이사를 할 것인지, 다른 지방으로 이사를 갈 것인지를 신중히 결정해야 한다. 이 과정에서 실수하면 안 된다. 절대로 즉흥적으로 생각해서는 안 된다. 이 문제에서는 부부 각자의 생각이 다르다. 남자에게 집은 직장생활 동안 잠시 쉬는 휴식공간이었지만, 여자에게 집은 생활터전이자 아이들을 통해서 만난 다른 엄마들과의 소중한 공동체 공간이다. 따라서 여자는 모든 사회적 인맥이 연결되어 있는 지역을 쉬이 떠나려 하지 않는다. 충분히 부부가 함께 고민하고 결정해야 한다. 살 곳을 결정하고 나면 거기에 맞는 월 생활비를 산정하고 준비를 시작하면 된다. 노후생활비를 계산하는 첫 번째 질문이 왜 '어디에 살 것인가?'로 시작해야 하는지 이해되었을 것이다. 대부분 은퇴준비를 생활비 위주로 생각하는데 이것은 지역에 따라 다르다. 세 명의 사례자의 이야기를 들어보자.

첫 번째—전업주부

교사로 시작해서 결혼과 동시에 퇴직하고 전업주부로서 남편 월급에 맞추어 알뜰하게 살았으며, 남편 퇴직 전 집 장만과 은퇴 후 살 집까지 전부 마친 상태였다. 강남에서 강북으로 옮긴 것도 건강을 고려해서 산이 가깝고, 운동하기 편리한 곳으로 이사를 했다. 생각보다 일찍 퇴직하게 된 남편이 사업을 원하자 그동안 저축해 두었던 돈으로 지원해 주었다. 다행히 지금까지 사업체는 잘 운영되고 있다. 그녀는 상당한 재력가 임에도 불구하고 검소함 그 자체였다. 입고 있는 옷도 전부 20년 정도 지난 것들이었다. 스스로 유기농 자연식 위주로 식단을 관리하고, 건강에도 자신이 있기에 별도의 건강보험도 준비하지 않고 있었다. 노후에 부부가 머물 곳을 실버타운이 아닌 오피스텔로 정하여 미리 마련해 두고 있었다. 오피스텔은 문정동 법조타운 근처 젊은이들 거리에 있다. 현재 60대 초반인데 남편이 사업을 접고 은퇴한 다음에 그곳으로 이사를 해서 젊은이들 거리에서 지내고 싶다고 한다. 필요한 모든 경제적 준비는 끝난 상태였다. 멋진 부부의 은퇴 이후 삶이 그림처럼 내 눈에 다가왔다. 일찌감치 노후에 어디에 살 것인지를 정하고, 거기에 맞는 준비를 끝낸 정말 모범적인 은퇴준비자였다.

두 번째-50대 직장인

대기업에 다니는 직장인이다. 정년퇴직까지 5년 정도의 시간이 남았고, 그때면 자녀들 공부도 전부 마치기 때문에 어디에 가서 살든 상관이 없다. 현재 살고 있는 과천의 아파트 가격이 대략 15억 정도다. 부동산 가격이 강남만큼 비싼 지역이 과천이다. 문제는 정년퇴직 이후 생활비를 계산해보면, 국민연금을 받을 수 있는 나이가 되려면 3년 정도 기다려야 한다. 받을 수 있는 금액도 대략 월 200만 원 정도이다. 현 생활을 그대로 유지하기에는 한참 모자란다. 본인 기준으로 월 300만원 정도면 노후생활비로 적당하다고 말하는데, 과연 그의 아내도 그 생각에 동의할지가 궁금했다. 무엇보다 부족한 매월 생활비를 어떻게 해결할 것인지 계획을 물었더니, 그것이 가장 큰 고민이라고 답했다. 그래서 내가 딱 5분 거리로 주거지만 옮기면 해결 가능하다고 했더니, 아내가 동의를 안 한다는 것이다. 과천에서 지하철 2정거장 거리로 이사를 하면 인덕원인데, 과천과 동일한 아파트 평수를 유지한다고 해도 대략 7~8억 정도의 여유자금이 생긴다. 그 돈을 안전한 금융상품에 투자하여 노후생활비를 해결하자는 남편의 의견에 아내가 막무가내로 안 된다는 것이다. 은퇴 이후 거주지를 어디로 정하는가에 따라서 노후생활비는 달라진다. 이 문제로 심각하게 다투는 부부도 많다. 이것은 현실적인 문제다. 누가 옳고 그름의 문제가 아니다. 부부의 은퇴생활에 가장 중요한 것이 무엇인지를 놓고 그 조건에 맞는 거주지를 먼저 결정해야 한다. 그리고 해당 거주지 중심의 은퇴생활비를 계산해서 부족한 부분을 해결하면 된다.

세 번째–전남 고향으로 내려간 친구

10년 넘게 소식을 알 수 없었던 친구다. 여러 사람들에게 수소문한 끝에 간신히 전화번호를 받아서 지난 1월초에 전화를 했다.

"친구야 오랜만이다. 잘 지내고 있지? 요즘 어떻게 지내?" "백수가 뭐 하겠냐? 당구장에서 시간 보내고 있지." "팔자 좋구나. 부럽다." "그래 너도 잘 지내지?" "그럼 나야 잘 지내지." "너 시골백수에 2가지 종류가 있는데 알고 있냐?" "몰라, 뭔데?" "짜식, 공부 좀 해라. 첫 번째 백수는 돈 걱정 없는 백수로서 백 가지 놀 것만 찾는 사람이고, 두 번째 백수는 돈 벌기 위해서 백 가지 일을 찾아다니는 백수지. 나야 뭐 시골에서 농사짓고 농한기에는 당구치고 노는 첫 번째 백수지. 시골 살다보니 생활비 얼마안 들어, 연금 200정도 받으면 충분해. 겨울철 이렇게 열심히 놀고, 봄이 오면 농사지으며 마음 편히 산단다. 봄 되고 꽃 피면 놀러 한번 와, 얼굴보고 소주한잔 하자." "오케이, 친구야."

결국 노후생활비는 어디에 살 것인지를 기준으로 준비하면 된다. 지나친 욕심은 금물이다. 돈 무조건 많으면 좋다고 생각하는 것도 죽음 앞에 아무런 소용이 없다. 지금은 100세 인생시대다. 은퇴하고도 적어도 40년은 더 살아야 한다. 어떻게 살 것인가를 두고 부부가 치열하게 고민해보기 바란다. 어디에 살 것인지를 정하기가 쉬울 것 같지만 절대 그렇지 않다. 그러나 이 부분을 깊게 고민하면 할수록 멋진 은퇴의 행복한 삶이 다가올 것이다. 쉽게 결론을 내리지 말고, 천천히 지역을 선택하고 방문해서 체험을 통한 경험을 쌓길 바란다. 은퇴 이후에 남는 시간은 이럴 때 쓰는 것이다. 잠시 여행으로 머무는 것과 그곳에 정착하는 것은 전혀 다르다. 종합적으로 잘 따져서 최고의 거주지를 만나기를 바란다. 은퇴 전에 살 곳을 정하면 좋지만, 그렇지 못했다면 서둘지 말고 어떤 지역을 선택할지 기준을 정하고 탐방을 시작하라. 결론적으로 노후생활비의 핵심은 '어디서 살 것인가?'를 가장 먼저 결정하고, 그 지역에서 생활하는데 필요한 월 생활비를 기준으로 준비하는 것이다. 막연히 통계자료로 공포감을 느낄 필요가 없다. 300만원으로 불안한 서울 생활 대신 150만원으로 강원도에서 행복한 은퇴를 즐길 수도 있기 때문이다.

은퇴전략 핵심질문

1. 퇴직 후 어디에서 살 것인가?
2. 그곳에서 무엇을 할 것인가??
3. 적정 생활비는 얼마일까?

02

—

뺄셈으로 시작하자

직장생활 시절을 돌아보면서 정말 자신에게 꼭 필요한 돈과 시간을 쓴 것이 얼마나 되는지 한번 생각해보자. 아마 살짝 쓴 웃음이 지어질 것이다. 왜냐하면 '정말 나에게 꼭 필요했는가?' 라는 질문에 선뜻 'yes' 라는 대답이 나오지 않기 때문이다. 이 물음이 곧 그토록 힘들게 달려온 직장인들 모두의 자화상이다. 월요일 아침, 누군가가 멋진 새 넥타이를 매고 나오면, 슬며시 자기의 넥타이를 흘깃 보면서 비교해 본 경험은 누구나 가지고 있을 것이다. 어쩌다 부서에서 등산이라도 간다면, 우선 무엇을 입을지, 등산화가 너무 낡은 것은 아닌지, 배낭은 적당한지부터 고민하기 시작한다. 하지만 퇴직하고 나면, 더 이상 남들과 그런 비교를 할 필요가 없다. 은퇴의 시작인 것이다. 아쉽지만 그동안 지출 가능했던 월급도 함께 사라진다. 이제 더 이상 나에게 월급을 주지 않는다는 사실을 인정해야만 은퇴 이후의 새로운 삶을 시작할 수 있다. 직장인으로서 누렸던 혜택은 생각보다 많다. 법인카드, 판공비, 법인소유 콘도사용, 직장의료보험, 조의금, 축하금, 자녀학자금지원 등등. 그러나 은퇴 하는 순간 이 수많은 혜택들이 몽땅 사라진다. 이제 모든 지출은 내 통장 안에서 해결해야 한다. 직장생활 동안의 지출을 뺄셈으로 줄이지 않으면, 도저히 방법이 없다. 더 이상 직장 시절 때의 품위유지비용 지출도 불가능하다. 냉정하게 은퇴 현실을 제대로 인식해야 해답을 찾기가 쉽다. 돈이 부족하다고 해서 우울할 필요는 없다. 돈은 조금 부족하지만, 이제 시간 부자가 된 것이다. 이것을 어떻게 행복한 시간으로 만들 것인지 고민하면 된다. 그 시작이 바로 뺄셈목록을 작성하는 것이다. '내가 그 동안 무슨 큰 영화를 누렸다고 빼라는 거지?' 라는 반발심도 생길 수 있다. 그러나 빼지 않고는 생활할 수 없다. 막막한 여러분들께 팁을 하나 드리자면, 은퇴생활을 시작하는 시점에서 처음이자 마지막으로 럭셔리 여행을 기획하라는 것이다. 그곳에 가서 탁 털어놓고 아내와 솔직하게 현재 재무상황을 점검하면서, 매달 지출될 생활비 목록에서 무엇을 줄일 것인지 의논하는 것이다. 아내에게 매달 급여통장에서 자동이체 되는 항목을 물어보라. 아내에게 쪼잔하게 보일 수도 있다. 눈총을 받을 수도 있다. 그러나 은퇴 이후 행복한 삶의 시작이 뺄셈이라는 사실을 아내에게 정확히 이야기하고 의논해야 한다. 그렇게 급여통장에서 자동이체 항목을 정리하고 그 금액을 확인하는 순간, 둘 다 놀랄 수도 있다. 틀림없이 생각했던 것보다 많을 것이며, 그동안 아무생각 없이 생활할 수 있도록 해준 회사에 감사한 마음도 들 것이다. 나 역시 처음으로 급여통장에서 자동이체 항목을 전부 액셀로 작업을 했더니, 무려 145만원이나 되어 놀란 적이 있었다. 이런 지출 항목은 그저 숨만 쉬고 있어도 매달 통장에서 지출되고 있다. 무엇을 줄여야 할 것인가? 이제부터 전쟁이다. 지나치게 높은 보험료도 이번 기회에 은퇴에 맞게 리모델링하자. 집안 곳곳의 렌탈 제품들도 꼭 필요한 것이 아니라면 과감히 정리하자. 정수기, 비데, 인터넷, 핸드폰 요금제, 남아있는 자동차 할부요금까지 모든 것을 하나씩 줄여라. 업무상 매달 지출되던 각종 모임 회비도 정리대상이다. 급여통장 말고 각자 매달 지출하던 항목들도 함께 점검해보는 것이 좋다. 어차피 이제 정기적인 수입이 끊긴 상태다. 정리된 자동이체 항목을 기준으로 우선순위를 정해서 바로바로 줄여나가야 한다. 두 번째는 매월은 아니지만 고정지출 항목들이 있다. 자동차세, 재산세, 자동차보험료, 정기건강검진료, 경조사비 등이다. 혹시라도 자녀들에 대한 지출항목이 있다면 이것도 기록하기 바란다. 자녀들이 직장에 다닌다면, 이제 자녀보험료 같은 것은 과감히 자식들에게 물려주어야 한다. 상담자 중에는 자녀 휴대폰 요금까지 내 주는 분도 있었다. 은퇴와 동시에 자녀들에게 은퇴 계획을 알리고 협조를 부탁해야 한다.

　다음은 부부의 인간관계에 따른 모임 회비에 관한 부분이다. 조금이라도 그 모임이 필요하지 않다는 생각이 든다면 과감히 정리하는 것이 좋다. 나는 은퇴 이후 군대 관련 모임은 딱 한 가지만 유지하고 있다. 30년이 넘은 가족 같은 모임이다. 이제는 집안에 불필요한 것이 무엇인지 살펴보기 바란다. 내가 어디에 살고 있는지에 따라서 뺄셈의 우선순위가 다를 것이다. 수도권이면 자동차가 꼭 필요한지 생각해보기 바란다. 한국의 수도권만큼 대중교통이나 공유차량서비스가 잘 갖추어진 도시도 없다. 혹시라도 고작 마트에나 가는 용도로 쓰고 있다면, 그 비싼 자동차세, 보험료, 수리비, 유지비용을 지출할 필요가 있는지 생각해 보아야 한다. 2000cc 정도의 차량이면 한 달에 50만원 정도 지출된다. 골프 역시 뺄셈의 우선순위에 반드시 넣어야 한다. 골프는 직장생활 동안 품위유지 항목 1순위였다면, 은퇴 후 가장 부담이 많이 되는 항목이다. 주말골퍼 노릇은 더 이상 불가하며, 부부가 함께 한 달에 단 한번 라운딩해도 상당히 부담되는 금액이 지출된다. 은퇴 이후, 행복한 삶은 돈으로 살 수 있는 것이 아니다. 과거와 같은 라이프스타일을 유지하고 싶다면, 새로운 일자리를 찾아야 한다. 은퇴 이후 행복의 시작을 뺄셈으로 시작했다면, 줄인 것만큼 또 다른 것을 행복으로 채우면 된다. 은퇴 전에는 시간이 없어서 오로지 주말에만 비싼 요금을 주고 문화생활을 했다면, 이제는 평일 할인요금으로 동일한 여가를 즐길 수 있다. 남는 시간을 잘 활용하면 무료로 멋진 갤러리를 방문할 수도 있다. 돈이 부족하다고 불평하지 말라. 지금은 미니멀라이프 시대이다. 대한민국의 문화·복지는 가히 세계최고 수준이다. 집 근처 복지시설에서 수준 높은 강좌를 아주 적은 비용으로 등록할 수 있다. 직장인들이 상상하기 어려운 저렴한 비용으로 취미, 건강, 스포츠, 인문학, 예술에 관한 프로그램 참여가 가능하다. 직장인으로 살아가는 동안 타인을 위한 품위유지를 하고 살았다면, 이제는 오직 내 자신을 위한 멋진 라이프스타일을 추구하자. 시간부자로 충분히 행복할 수 있다는 사실을 명심하고, 내 주변의 소소한 행복 여행지를 찾아서 떠나보자. 나 역시 출퇴근 하면서 보지 못했던 내 집 근처의 멋진 명소들을 자전거를 타고 천천히 걸으면서 발견하고 유레카를 외치곤 했다. 지출되는 모든 항목에 반드시 필요한 이유를 기록하고, 적은 비용으로 대체할 수 있는 방법을 찾으면, 생각보다 많은 비용을 줄일 수 있을 것이다. 월급 없이 살아가는 최선의 방법은 고정지출을 줄이는 것이다. 뺄셈으로 허전한 마음 행복한 시간으로 채워라. 직장인으로 사는 동안 로망이었던 평일에 마음껏 놀아보는 자유를, 이제 시간부자로서 행복하게 즐기기 바란다.

1. 매월 자동이체 항목을 알고 있는가?
2. 자동이체 항목을 줄일 수 있는 기준은 무엇인가?
3. 구독경제를 대체할 방법은 무엇인가?

03
—
연금치즈는 과연 좋은 것일까

세계적인 베스트셀러 가운데 짧고 간결한 자기계발서로서 출간부터 지금까지 한결 같은 사랑을 받고 있는 책 스펜스 존슨의 『누가 내 치즈를 옮겼을까?』는 지금 다시 읽어보아도 깊은 깨달음을 준다. 어떤 순간에 어떤 책을 읽는가에 따라 그 감동은 다르다. 적어도 정년퇴직을 앞두고 계신 분들, 막 은퇴생활을 시작한 분들은 꼭 다시 한 번 읽어보길 추천한다. 나는 왠지 연금이라는 것이 이 책에서 말하는 치즈 같은 생각이 든다. 그래서 난 이것을 '연금치즈' 라고 부른다. 연금치즈 과연 좋은 것일까? 정말 어느 날 책 속의 주인공 꼬마인간처럼 사라진 치즈를 찾아서 헤매는 순간이 오면 어떻게 될까? 심각히 고민해 보아야 한다. 만약 내 노후생활비 전부를 공적 연금에 의존하고 있다면? 국가의 늘어나는 채무로 인해서 연금이 줄어든다면 어떻게 될까? 항상 유비무환의 자세가 필요하다. 준비를 했는데도 아무런 일도 일어나지 않는 것은 좋은 것이다. 꼭 만약을 위해서 준비한 것을 사용할 필요는 없다. 군인들에게 막대한 비용을 들여서 매년 훈련을 시키는 것은 전쟁을 억제하기 위한 것이지, 전쟁을 일으키기 위한 것은 아니다. 내 연금치즈가 사라진 이후에 대한 준비를 착실히 해 놓았는데, 죽는 날까지 공적연금을 변함없이 받을 수 있는 행운을 누린다면 국가를 향해 "땡큐~"를 외치고 감사하면 된다. 하지만 코로나19 사태로 국가의 곳간이 급격히 줄어드는 것을 보면서, 그럴 가능성은 점점 낮아지는 것 같아서 꼭 연금치즈 이야기를 하고 싶다. 정치권의 복지논쟁은 점점 국가부채를 수직상승시키고 있다. 은퇴상담을 하면서 다양한 직종의 공무원들을 만날 때마다 은퇴계획, 노후생활비에 대한 언급을 하면, 대부분 앵무새처럼 자랑스럽게 공적연금으로 살겠다는 말을 한다. 그간 공직자 생활이 얼마나 힘들었을지 누구보다 잘 알기 때문에 그런 방법으로 편히 쉬고 싶은 마음도 충분히 공감한다. 30년 가까운 기간 동안 얼마나 많은 수모를 견디면서 정년퇴직을 했을지, 내 눈앞에 선하게 그려지기 때문이다. 나 역시 33년 간 그 시간을 경험했다. 하지만 국가부채현황을 알고 있는지를 물어보면 여기에는 전혀 관심이 없다. 연금치즈는 하늘에서 떨어지는 것이 아니다. 국가의 재정상태가 안정적이라는 전제조건이 달려 있다. 매년 급격히 불어나는 국가부채는 2019년 기준으로 1천750조, 국민1인당 부채는 1천 409 만원이다. 2020년 코로나19사태로 훨씬 더 많은 국가부채가 생길 것이다. 국가의 재정상태는 점점 악화되지 양호하게 개선되기는 어렵다. 그래서 공무원들에게 이런 이야기를 하면 대부분 귀를 닫는다. "에이, 그렇다고 설마 연금을 안 주겠어요?" 맞다. 어떻게든 연금은 지급할 것이다. 다만 그 규모는 줄어들 확률이 높다. 공적연금에 의존하는 퇴직자는 반드시 이 문제를 생각해보기 바란다. 대부분의 운전자가 교통사고가 안 날 것을 기대하지만 매년 자동차보험을 드는 것과 같은 이치다. 나는 늘 이렇게 조언한다. "나 역시 군인연금을 받는다. 하지만 언젠가 연금이 50% 삭감되는 순간을 생각하고 별도의 준비를 하고 있다. 그러니 꼭 연금의 50%는 없다고 생각하고 노후생활비 계획을 세워야 한다." 이렇게 조언하지만 대부분 귀담아 듣지를 않는다. 연금치즈에 의존하는 은퇴생활에는 크게 세 가지 문제점이 있다. 첫째. 경제활동을 방해한다. 50대 후반에 은퇴하면 OECD 평균은퇴 연령 65.3세까지 충분히 경제활동을 할 수 있는데, 연금치즈 유혹에 빠져 의존적인 생활을 선택한다. 이 시기에 사라질 치즈를 생각하고 새로운 치즈를 찾을 충분한 시간을 낭비하는 것이다. 둘째. 은퇴준비 골든타임을 놓치게 만든다. 행복한 노후가 돈만의 문제는 아니다. 비록 남들보다 적은 노후생활비를 가지고 참으로 행복한 은퇴생활을 하고 계신 분들도 많다. 이분들은 최소한의 비용으로 행복한 노후를 즐기는 방법을 찾은 분들이다. 이것은 대부분 퇴직 후 2년의 시간을 어떻게 보내는가에 달렸는데, 연금치즈 유혹에서 벗어나지 못한 사람들은 이 골든타임을 아무런 준비 없이 보내게 된다. 셋째. 건강을 잃는다. 건강관리의 핵심은 규칙적인 생활습관에 달려있다. 정년퇴직과 동시에 하루 24시간의 자유가 주어진다. 그런데 연금치즈의 달콤한 유혹에 빠지게 되면, 매일같이 집안에서 TV 리모컨만 관리하게 된다. 갑자기 찾아온 불규칙한 습관의 변화는 급격히 사람을 노화의 길로 안내한다. 만약 정년퇴직자에게 연금치즈가 없거나 부족하다면 어떤 선택을 할 것인가? 아마도 위에 언급한 세 가지와 다른 길을 찾아나서지 않을까? 적당한 스트레스가 건강관리에 도움이 된다고 한다. 프랑스의 마크롱 대통령은 강력하게 연금개혁을 외치고 있다. 42개로 나누어진 연금을 단 한 개로 통합하겠다는 것이 기본 골격이다. 이유는 한국과 다르지 않다. 저출산·고령화 사회에 따른 연금고갈 문제를 해결하기 위한 그 나라 정부의 불가피한 선택이다. 과연 한국은 지금의 공적연금시스템을 그대로 유지하며 평생 안정적으로 공적연금을 지급할 수 있을까? 통계수치를 제대로 보는 사람들은 그렇게 믿는 것 자체가 넌센스라 말한다. 물론 나만의 기우이길 바란다. 그토록 믿고 있던 연금치즈가 사라지고 방황하는 은퇴자의 모습이 나에게는 오버랩된다. 책 속에 이런 문구가 있다. "과거의 사고방식은 우리를 새로운 치즈가 있는 곳으로 인도하지 않는다." 과거 우리 부모님 세대는 70세를 넘기는 분들도 적었다. 노후생활이 짧은 만큼 연금치즈로도 충분히 달콤했다. 과연 100세 시대에도 그 긴 시간을 과연 연금치즈에만 의존해서 살 수 있을까? 연금치즈의 유혹을 빨리 버릴수록 고민의 깊이만큼 다른 대안을 찾게 될 것이며, 새로운 치즈를 보다 빨리 만날 수 있을 것이다.

은퇴전략 핵심질문

1. 연금치즈는 과연 나에게 무엇인가?
2. 연금치즈가 사라진다면 나는 어떻게 할 것인가?
3. 새로운 치즈는 어떻게 찾을 수 있을까?

04

—

자산 건강검진을 받아라

대한민국은 전 국민 의료보험 혜택을 기본으로 제공하는 전 세계에서 몇 안 되는 나라다. 직장생활 동안 반드시 1년에 한 번씩 건강검진을 받고 그 결과를 제출하는 것이 의무이다. 혹시라도 전반기에 건강검진을 끝내지 않으면 관련 부서에서 독촉을 한다. 덕분에 직장생활을 마칠 때까지 건강상 큰 문제는 없었다. 문제는 은퇴 이후다. 간섭하는 사람이 없으니, 1년에 한 번하는 건강검진을 놓치는 경우도 발생한다. 건강은 건강할 때 지켜야 한다고 다들 말하지만, 이상과 현실이 불일치하는 것이다. 바쁘다는 핑계로 몸이 주는 적신호를 무시하다가 병원에 입원하고 나서 후회해보아야 소용없다. 은퇴 이후의 삶에서 가장 중요한 것이 건강이다. 그런 만큼 내 자산의 건강상태도 중요하지 않을까? 자산전문가를 찾아가서 꼭 상담받기를 추천한다. 단 자신의 모든 사생활까지 전부 노출해야 진짜 상담이 가능하다. 하지만 처음 만나는 사람에게 내 모든 자산을 낱낱이 밝히는 것이 생각보다 쉽지는 않을 것이다. 이런 분들에게 셀프자산 건강검진을 제시한다. 은퇴 이후 돈 걱정을 조금이라도 적게 할 수 있는 방법이라면 무조건 해야 한다. 딱 세 가지 관점에서 해보기 바란다. 가능하면 은퇴한 첫날 바로 하는 것이 가장 좋다. 그래야만 가족 모두가 은퇴라는 현실을 인정하고 함께 노력하는 좋은 계기를 만들수 있다.

첫째. 진실성의 원칙(부부 간의 투명한 자산공개)

한밤중 갑자기 복부 통증이 심해서 앰뷸런스를 타고 응급실에 도착한 환자에게 의사가 묻는다. "저녁식사와 야식으로 무엇을 먹었는지 말씀해주세요." 이 상황에서 환자가 의사에게 과도한 음주와 과식한 사실을 숨긴다면 어떻게 될 것인가? 치료에 중요한 골든타임을 놓칠 수 있다. 환자는 자신의 모든 상황을 정확히 이야기해야 한다. 의사는 신이 아니다. 알아서 해줄 것이란 믿음을 버리고, 간밤에 무엇을 먹었는지 정확히 알려주어야 의사는 정확한 처방을 내리고 환자를 살릴 수 있다. 은퇴 이후 자산 건강검진에서 가장 중요한 것이 부부의 진실성이다. 부부가 손을 잡고 진실의 문을 함께 열기 바란다. 특히 맞벌이 가정의 경우는 더욱 더 그렇다. 한국의 정서상 대부분 살림을 여자들이 책임지고 있다. 남편들은 일하기 바쁘다보니 아내가 알뜰하게 가정경제를 잘 이끌어 가고 있을 것이라 믿고 있다. 실제로 출장, 야근, 접대, 회식 등으로 휴일에도 제대로 가족과 대화할 시간이 부족하기 때문에 가정경제가 어떻게 돌아가는지 모르는 경우가 대부분이다. 아내의 입장에서는 최대한 알뜰하게 월급을 쪼개서 생활비, 저축, 투자를 병행했을 것이다. 사실 재테크가 내 마음처럼 되는 경우보다 잘 안 되는 경우가 더욱 많다. 짧은 지식, 친구들의 권유, 컨설팅업체의 말만 믿고 투자한 각종상품들의 수익률이 어떤지도 이 기회에 점검하기 바란다. 중요한 것은 한 가지도 빠트리지 않고 모두 부부의 공동테이블에 올려놓는 점이다. 혹시라도 부부 중 어느 한 사람이 몰래 누군가의 보증을 섰다고 하더라도 모두 꺼내 놓아야 한다. 마이너스 통장, 남은 할부금도 부채라는 사실을 알아야 한다. 진실성의 원칙이 무너지면 자산 건강검진은 무의미하다. 그러기 위해서는 절대로 과거의 일은 서로 탓하지 않기로 약속해야 한다.

둘째. 불안요소 검증

부부기준으로 은퇴 이후 가장 불안한 것이 무엇인지 우선순위로 나열한다. 가정마다 다를 수밖에 없다. 어느것 하나 동일한 상황인 가정은 없기 때문이다. 공통적인 것이 있다면 자녀학자금, 결혼자금, 노후자금을 어떻게 해결할 것인가 하는 정도일 것이다. 은퇴라는 상황이 심리적으로 힘들지만, 1년 정도는 퇴직금으로 당장 생활비 걱정은 안 할 것이다. 하지만 매월 고정지출금을 기준으로 퇴직금을 계산하면 1년이 빠듯할 것이다. 은퇴 이후 2년이 골든타임이라는 사실을 명심하자. 힘든 직장생활을 마친 보상의 의미만으로 떠나는 해외여행이 어쩌면 골든타임을 놓치는 순간이 될 수 있다. 은퇴 이후 마주치는 다양한 불안요소를 모두 나열해보자. 단순히 돈 문제를 넘어서 건강상태, 가족 간의 관계, 집 문제 등 모든 것을 점검한다는 마음으로 나열하면 된다. 불안한 요소를 전부 기록했다면 절반은 성공이다. 가족이 공동으로 불안요소를 찾았으니, 자연스럽게 함께 해결책을 만드는 과정에 동참할 것이다.

셋째. 해결책 기준 세우기

자신에게 강하게 심어주어야 할 것은 은퇴라는 현실감이다. 은퇴 전의 습관을 바꾸는 것이 쉽지 않지만, 지갑에 신분증처럼 사용하던 명함이 사라졌다는 사실을 인정해야 하는 것이다. 그것이 눈앞에 닥친 불안요소를 해결하는 첫 번째 일이다. 가장 시급한 것부터 우선순위를 정해서 기록하자. 모든 것의 점검이 끝났다면 이제 퇴직금으로 약간의 휴식기를 가져라. 이때는 무조건 투자를 피해야 한다. 성급하게 돈을 더 벌겠다고 나서는 투자는 성공보다 실패확률이 훨씬 높다. 가지고 있던 자산까지 날리는 노후파산의 또 다른 원인이 되기도 한다. 너무 급하게 일처리를 하려고 상대방에게 강요하지 말아야 한다. 서로 배려하고 이해하는 마음이 필요하다. 또한 혼자서 해결하려 하기보다, 부부가 함께 고민하기 바란다. 한 상담자는 퇴직을 앞두고 우연히 휴일에 오피스텔 분양사무실을 구경 갔다가 안정적인 월세를 보장한다는 말만 믿고 대출까지 포함해서 오피스텔 3채를 분양 받았다. 하지만 세입자를 못 구하여 공실 상태가 지속되었다. 게다가 오피스텔 가격이 계속 하락하여 손실을 감수하고 매물로 내 놓아도 팔리지 않고 있다. 조금 부족했지만 연금으로 생활하는데 큰 문제가 없었는데, 원칙 없이 아내 동의도 없이 투자한 것이 은퇴 이후의 삶을 더 비참하게 만드는 원인이 되었다. 은퇴시점에 내 자산의 건강검진은 반드시 필요하다. 무엇보다 내가 제시한 세 가지 원칙을 중심으로 부부가 함께 고민해보는 것이 좋다. 각자의 상황에 맞게 거주하고 있는 아파트 규모를 줄이자. 고급 아파트 대신 살고 있는 아파트를 새 아파트처럼 리모델링 한다면, 명품 아파트가 될 수 있는 것처럼, 은퇴자산도 어떻게 운영하는가에 달려 있다. 승자와 패자의 차이는 패자가 하기 싫어하는 일을 승자가 실행한다는 점이다. 자산건강검진을 통해서 불안요소를 찾았다면 가능한 빨리 해결을 위한 실질적인 행동에 나서길 추천한다. 여기에서 망설이는 분들이 많다. 행복한 은퇴를 원한다면 가장 빨리 불안요소를 해결할 방법을 실천으로 옮기기 바란다. 그 시간은 짧을수록 좋다. 행동하지 않는 지식은 죽은 것이다. 아무리 좋은 방법도 실행하지 않으면 아무 일도 일어나지 않는다. 행복은 많이 가질 때 찾아오는 것이 아니라 불안요소가 없을 때 비로소 찾아온다. 자산은 많지만 늘 불안한 것이 있다면 절대 행복하지 않을 것이다. 적은 자산으로도 불안 없이 행복할 기회는 얼마든지 있다. 은퇴 이후에 어떤 행복을 추구할지, 그동안 한 번도 해보지 않았던 자산건강검진을 통해서 부부만의 행복을 그려보는 것이 좋겠다. 퇴직과 함께 경기의 전반전은 끝났다. 이제 진짜 승부인 후반전이 남았다. 휴식시간에 점검한 은퇴자산 건강검진표를 보고 잘 실행한다면 후반전 진짜승부에서 멋진 승리를 할 수 있다. 고통 없이, 노력 없이 찾아오는 행복은 절대 없다.

은퇴전략 핵심질문

1. 가족의 자산 현황을 구체적으로 알고 있는가?
2. 가장 불안한 요소는 무엇인가?
3. 가장 먼저 무엇을 실행할 것인가?

05

—

자산 중심에서 소득중심으로

은퇴상담을 하면서 내가 빠지지 않고 물어보는 것이 은퇴 시 필요한 자산목표액이다. 그러면 보통 대략 10억 정도를 제시한다. 문제는 이것이 자산중심이라는 것이다. 왜 노벨경제학 수상자 로버트 머튼 교수가 은퇴준비를 '자산중심에서 소득중심으로' 변경하라고 조언했을까? 우리의 노후자금은 보통 세 가지 위험에 노출되어 있다. 유동성, 금리, 장수 위험이다. 이것들의 핵심이 바로 자산중심이기 때문이다. 은퇴자들의 자산 대부분은 아파트 한 채가 전부다. 그래서 생긴 말이 '하우스푸어'다. 비싼 아파트에 살면서도 생활비, 건강보험료, 재산세, 아파트관리비를 낼 돈이 부족하기 때문이다. 15억짜리 아파트에 살면서 월 소득이 100만원도 안된다면 어떻게 살 것인가? 따라서 노후준비를 자산중심에서 소득중심으로 바꾸라는 말은 매우 의미심장하다. 경제적 독립을 위한 준비는 2단계로 분리해서 접근해야 한다. 직장기의 목표는 자산중심으로, 은퇴기 목표는 소득중심으로 구분해서 거기에 맞는 준비를 해야 한다. 신입사원 시절부터 명확하게 정년퇴직시까지 자산목표를 세우고, 거기에 맞는 재테크를 시작해야 한다. 젊음, 시간, 급여라는 3가지 자원을 가지고 최대한 적극적으로 자산을 늘려가야 한다. 투자의 3요소 즉 수익성, 안전성, 환금성을 기준으로 접근하면 된다. 시간적 여유가 있으니 지나치게 안전성 위주의 저축상품만 고집할 필요는 없다. 이 시기는 오히려 위험을 감수하면서 적극적인 투자에 임해야 할 시기다. 아파트, 오피스텔, 주식, 토지 전문가를 찾아다니며, 공부와 투자를 병행해야 한다. 실패 없는 성공은 없다. 때로는 실패를 경험할 수도 있지만 만회할 시간이 충분하다. 지나게 무리한 투자만 아니라면 적극적으로 투자에 임해야 한다. 올해 첫 직장생활을 시작한 우리 딸은 매달 125만원씩 주식저축을 하고 있다. 금리가 너무 낮아서 적금대신 주식저축을 선택한 것이다. 결혼할 때까지 매달 월급날 주식을 사는 것이다. 가장 안전한 종목 2개를 선택해서 주식저축을 하고 있는데, 지금까지 괜찮은 수익률을 보이고 있다. 주식이 위험한 것은 잦은 매매를 하기 때문이다. 직장인들이 처음부터 퇴직할 때까지 주식저축을 한다면 이것도 좋은 재테크가 될 수 있다. 우리 딸 같은 경우는 4년을 목표로 주식저축을 하고 있는데, 최소한 은행적금보다는 좋은 수익률을 확신한다. 안전하다는 이유로 은행적금을 선택하는 순간, 행복한 노후보장은 어려울 것이다. 내 경우도 3번 정도 이사를 하면서 아파트 사고팔기를 한 결과, 대출 없는 내 집 마련에 성공했다. 어떤 종류의 투자에도 정답은 없다. 경험을 통해 자신만의 해답을 찾아가는 시기가 바로 직장기이다. 어떠한 위험도 없이 직장생활 동안 경제적 독립을 이룰 방법은 없다. 이 시기를 놓치면 기회는 더욱 더 멀어진다. 운전면허 취득 후 무서워서 운전을 안 하고 장롱면허로 살아가는 분들도 있다. 무엇을 하던 용기가 필요하다. 그 용기를 직장기에 최대한 발휘하라. 모든 것은 타이밍이다. 직장기는 자산을 늘릴 최고의 기회다. 퇴직을 하고 나면 은행대출부터 안 된다. 나 역시 퇴직한 후 갑자기 몇 달 정도 쓸 돈이 필요해서 국민은행에 대출심사를 받으러 갔다가 낭패를 당한 적이 있었다. 재직증명서, 4대보험납입 내역서가 필수였기 때문이었다. 직장이 있을 때 대출금리도 가장 저렴하다. 직장에서 저리로 대출을 해주는 곳도 꽤 있다. 이것도 그 직장인에게 주어지는 복지혜택이다. 절대로 놓치지 말고 잘 활용하기 바란다. 직장기에 재테크에 관심을 가지게 되면 직장인으로서 누릴수 있는 다양한 기회가 보일 것이다. 관심이 없는 사람들은 퇴직 이후에야 뒤늦은 후회를 한다. 부부가 퇴직 전에 자산목표를 세웠다면, 매년 점검하고 진행상황을 파악해야 한다. 맞벌이 부부 싸움에 원인이 직장에서 주어지는 다양한 아파트 청약기회, 무이자대출, 사택신청 기회 등을 놓친 것이라면 좋겠다. 서로 바쁘다고 재테크를 미루다 보면 금방 정년퇴직이다. 세상의 모든 부자는 자신의 돈으로 투자하지 않는다. 은행의 저금리, 회사의 저금리 대출을 활용할 줄 알아야만 남보다 유리하게 부자가 될 수 있다. 정년퇴직을 하고나면 이런 모든 기회는 사라진다. 직장기에 경제적 독립 시스템을 구축하지 못하면, 은퇴기는 더욱 어렵다는 사실을 꼭 명심해야한다. 은퇴기를 맞이하면 이렇게 모은 자산을 소득중심으로 바꾸어야 한다. 퇴직과 동시에 월급 없이 살아야 한다. 월급은 사라져도 매달 날아오는 고지서와 자동이체는 사라지지 않는다. 이것을 직장기에 준비한 자산을 정리해서 소득중심으로 만들면 된다. 일단 매월 생활비를 계산해서 목표금액을 결정해야 한다. 내가 상담한 사람들 대부분이 희망하는 부부기준 생활비는 월 300만원이었다. 2020년 기준 국민연금 평균수령액 92만3천856원이다. 그렇다면 부족한 200만원의 고정소득이 나오는 시스템만 만들면 된다. 막연하게 생각하지 말고 국민연금을 제외한 금액만 해결하면 된다. 퇴직 후 국민연금을 받으려면 대략 몇 년은 기다려야 한다. 이때 부족한 생활비는 퇴직금이나 개인연금으로 보충하면서 가능한 소득중심 시스템을 만들어나가면 된다. 걸림돌은 퇴직 후 10년이 가장 많은 돈이 필요한 시기라는 점이다. 자녀학자금, 결혼자금, 부모님 병원비, 해외여행 등 많은 돈이 소비되는 시기인 것이다. 이때 명심 할 것은 퇴직 후 공격적인 투자는 안 된다. 퇴직 후 딱한 번의 잘못된 투자로 전 재산을 날리기도 한다. 부부중심으로 부족한 200만원을 해결하는 방법은 각자 다를 것이다. 만약 서울 아파트 한 채가 전 재산이라면 그것을 팔아서 수도권 지하철 역세권으로 이사를 가면 된다. 남은 여유자금으로 안정적인 금융배당주 상품으로 월 200만원을 만들 수도 있다. 남들은 배당주도 위험하다고 하는데, 기업은행은 국가소유 지분이 많아서 안정적이지만 현재 배당수익률은 8.07%이다. 상가나 오피스텔보다 관리도 쉽고 수익률도 높다. 무엇보다 자산을 소득중심으로 만들어 놓았지만, 어쩔 수 없이 목돈이 필요한 경우 즉시 현금화가 가능한 것이 장점이다. 각자 자신에게 맞는 소득중심 상품을 결정했다면 철저히 전문가의 도움을 받기 바란다. 마지막으로 한 채뿐인 아파트를 주택연금에 가입하면 평생 내 집에 살면서 죽을 때까지 주택연금을 받을 수 있다. 상담 중에 아파트를 꼭 막내아들에게 물려주고 싶다는 한 어머니가 있었는데, 과연 그 아들에게 매달 생활비를 달라고 하면 그 아들이 과연 응할지 모르겠다. 100세 시대에는 부모님이 돌아가실 때면 자식 나이도 70세다. 가장 좋은 부모자식 관계는 철저히 경제적 독립 관계를 유지하는 것이다. 자식에게 물려줄 재산이 있다면, 그것으로 자식에게 의존하지 않을 소득중심 시스템을 만들어야 한다. 그래야만 훨씬 더 건강한 부모자식 관계를 유지할 수 있다. 직장기에는 자산중심으로 공격적인 투자를 하고, 은퇴기에는 자산을 정리해서 소득중심으로 바꾸는 것이 은퇴전략의 핵심이다. 노후준비 과정에서 부부 중 한사람이 일방통행식으로 강요하면 안 된다. 충분히 의논을 하고 최종결정을 하기 전에 꼭 해당분야 전문가 상담을 받기 바란다.

은퇴전략 핵심질문

1. 직장기의 자산목표 금액은 얼마인가?
2. 현재 어떤 투자를 하고 있는가?
3. 매월 생활비가 나오는 시스템을 계획하고 있는가?

06

—

하이브리드 은퇴전략
(반연금+반기술)

은퇴자들이 가장 많은 시간을 보내는 곳은 집이다. 대부분 이 공간을 퇴직 전과 다르게 좀 더 안락하게 꾸미고 싶어 한다. 북유럽의 스웨덴처럼 쉽게 편안한 집을 연출하도록 해 주는 '이케아' 가구 열풍은 그렇게 시작되었다. 얼마 전 우리 집에서도 거실의 좌탁을 치우고, 멋진 세라믹 식탁을 구입하기로 결정했다. 거실에서 편안하게 식사도 하고, 차도 마시고, 업무도 볼 수 있는 공간으로 변화를 주고 싶었다. 하지만 그 목적에 맞는 식탁 하나 고르는 것이 그리 만만치 않았다. 일단 인터넷으로 여러 곳을 찾아 가격, 기능을 비교했다. 마지막으로 직접 오프라인 매장 서너 곳을 방문해 보았다. 내가 일단 마음에 드는 매장을 방문해서 가격을 알아보니, 생각보다 비싸서 아내가 동의해줄 것인지 내심 걱정도 되었다. 토요일에 아내와 함께 재방문을 했다. 아주 특별하게 20개 한정판으로 나왔다는 그 세라믹식탁을 아내도 마음에 들어 했다. 조금은 비쌌지만 오래 사용하기로 마음먹고 구입했다. 이 식탁을 결정하게 된 아내의 입장을 들어보았다. 평상시 4인 가족으로 편하게 사용할 수 있으며, 혹시라도 결혼한 아들 식구나 손님이 오면, 좌우로 식탁을 넓게 펼칠 수 있는 일명 하이브리드형 식탁이어서 마음에 들었다고 했다. 문득 우리의 은퇴 준비도 저렇게 하면 좋겠다는 생각이 들었다. 퇴직의 기쁨과 자유는 곧 생존의 문제로 다가온다. 매달 들어오던 고정월급이 사라지고 은퇴 전과 다른 삶을 살아야 한다. 어떤 준비를 해야 할까? 내가 만난 두 사람의 하이브리드 은퇴전략을 만나보자. 첫 번째, SK에서 정년퇴직한 60대 가스충전원이다. 이분은 대기업에서 정년퇴직을 했지만, 국민연금이 145만으로 부부의 노후생활비로는 부족했다. 퇴직 후 과거 직장상사로 근무했던 분이 가스충전소에 근무하고 있어서, 인사차 한번 찾아갔다가 취업을 추천받고 재빠르게 가스안전관리자격증을 취득했다. 그 자격증으로 우리집 근처에 위치한 가스충전소에 취업했다. 주 1회 휴무에 월 200만원을 받는다. 어려운 일도 아니고 무엇보다 정년이 없다. 반연금, 반기술을 활용한 전형적인 하이브리드 은퇴전략의 성공사례다. 국민연금을 합치면 정부에서 기준으로 내세운 은퇴부부 생활비 237만원보다 많다. 무엇보다 정년퇴직 후 다시 출근하는 남편을 아내가 가장 좋아한다고 한다. 자녀들이 출가했기 때문에 부족한 노후자금 마련을 위해 저축을 병행하며 70세까지 일할 생각이란다. 지금은 충전소를 찾을 때마다 자주 안부를 묻는 이웃이 되었다. 직장생활을 마칠 때 완벽한 노후준비를 할 수 있다면 얼마나 좋을까? 하지만 현실 속에서 그런 사람이 얼마나 될까? 남들이 볼 때 걱정이 없을 것 같은 사람도 다 한두 가지 어려움은 다 가지고 산다. 가장 현실적인 노후생활비 부족을 어떻게 해결할까 하고 고민하는 분들께는 무리하게 자영업에 뛰어들기보다 이런 하이브리드 은퇴전략을 추천한다. 기본 생활비는 국민연금으로 충당하고 부족한 것은 자신의 기술로 정년 없는 일자리를 찾아서 해결한다면 그것이 최고의 방법이 아닐까? 은퇴자의 삶에 꼭 필요한 것이 규칙적인 생활이다. 하루에 적당히 시간을 보낼 일자리는 건강관리에도 중요하다. 내가 이분과 수다를 자주떠는 또 다른 이유가 있다. 사실 이곳에 근무하다 보면 대화의 시간이 부족해진다. 그래서 시간이 허락하면 여러 가지 이야기를 자주 들어준다. 아내, 손주, 옛날 직장시절 이야기까지 때론 훌쩍 30분이 그냥 가버린다. 그렇게 이야기를 들어주면 고맙다면서 자동세차 쿠폰을 서너 장 건네주신다. 그러면 그날 내 차 가스충전비는 공짜가 된다. 통상 가스충전 금액이 2만원인데, 이곳 자동세차 비용은 5천원이다. 자동세차권 4장을 얻으면 그날 가스충전은 공짜인 셈이다.

두 번째 분도 비슷한 경우다. 25년 간의 군 생활을 마치고 사정이 생겨 희망퇴직을 한 경우다. 40대 중반으로 나름대로 일자리를 찾기가 어렵지 않아서 군인연금을 받으며 부족한 생활비는 새로운 일자리에서 충분히 해결이 가능했다고 한다. 문제는 50이 넘어서면서 재취업에 문제가 발생했다. 자녀들이 대학 다니기 때문에 한창 돈이 들어가야 하는데 막막한 현실에 고민이 많았다고 한다. 새로운 직장을 선택해도 얼마나 다닐 수 있을지도 걱정인지라 남은 노후를 생각한다면 새로운 길을 선택해야 했다. 고민 끝에 정년 없이 적은 월급이라도 받을 수 있는 직장을 선택하기로 했다. 늦은 나이에 너무 어려운 기술을 배우기보다 현실적이고 취업이 용이한 가스안전관리자격증을 선택했다. 천안에 있는 가스안전교육원에서 4박5일간 교육을 수료하고 자격증 시험에 합격한 후 몇 차례의 도전 끝에 충전소에 취업했다. 누구나 할 수 있는 일반 주유소 아르바이트와 달리 가스충전소는 반드시 자격증이 있어야 한다. 덕분에 이곳은 정년 없이 일할 수 있으니 최고의 직장이라고 말한다. 기본생활비는 군인연금으로 해결하고, 부족한 부분은 취업으로 해결했다. 이분의 선택도 하이브리드 은퇴전략이다. 하루 8시간 근무를 하는데 이번 달은 오후 3시부터 밤 11시까지 근무한단다. 일단은 큰 스트레스가 없고 체력적으로 힘든 일이 아니어서 충분히 만족한다고 했다. 자녀들 모두 결혼시키고 나면 언제까지 일할지 모르지만, 주변에 퇴직을 앞두고 고민하는 친구들을 보면 자신이 가장 행복하다고 말한다. 지금

5060세대의 기본이 100세 인생이다. 부족한 노후생활비가 걱정이 된다면, 여러분만의 하이브리드 은퇴전략을 구상해보면 좋겠다. 50대 퇴직자 입장에서는 딱 70까지만 이런 전략으로 버티면 된다. 사실 50대 이후 70세까지 지출이 가장 많다. 자녀결혼식, 친구나 친척들의 길흉사 등 외면하기 어려운 지출고지서들이 날아오는 시기다. 퇴직 후 가장 많은 지출시기를 이렇게 반연금, 반기술로 버티고 나면 그 이후는 건강관리만 잘하면 지출비용이 많이 줄어든다. 이때부터는 연금만으로 생활이 가능할 수 있다. 세상에서 가장 자신을 잘 아는 사람은 자신이다. 누구나 할 수 있는 일보다 약간의 차별성이 필요한 분야에서 본인이 도전가능한 일로 하이브리드 은퇴전략을 구상해 보길 추천한다. 약간의 시간, 노력, 돈이 들어도 꼭 필요한 분야를 공부해서 자신의 기술을 가지고 하이브리드 은퇴전략에 도전해보자.

은퇴전략 핵심질문

1. 부족한 노후비용은 얼마인가?
2. 내가 좋아하는 일로 취업이 가능한 곳은 어디인가?
3. 어떤 준비과정을 거치면 가능할 것인가?

07

자산대신 자립심을 물려주자

      금수저, 흙수저 이야기가 한창 사회적 이슈가 되고 있을 때, 누구나 한번쯤 우리 부모님은 어디에 해당되고 나는 지금 어떤 상태일까? 하는 생각을 해본 적이 있을 것이다. 어린 시절의 내 경우, 어쩌면 흙수저보다 아래의 또 한 단계가 더 있다면 거기에 해당되었을 것이다. 그런데 역설적으로 부모님 재산을 물려받아서 잘된 경우보다 잘못된 경우가 더 많다. 이유가 무엇일까? 부잣집 도련님이 어려운 상황을 경험 했을 리 없고, 스스로 무엇에 도전하기보다는 완성된 결과물만 항상 이용해 왔기 때문일 것이다. 부모의 입장에서는 당연히 자식이 고생하는 것이 싫다. 그래서 누구나 자식들에게 아낌없이 지원하려 애쓴다. 계속 이렇게 부모의 지원이 가능하다면 얼마나 좋을까? 하지만 세상은 돌고 돈다. 한 순간 사업실패로 부모가 파산하면 온실 속 화초로만 자란 자식은 어떻게 될 것인가? 겨울이 닥치면 거친 눈보라 속에서 얼어 죽을지도 모른다. 그래서 부모의 재력과 상관없이 항상 스스로 자립할 수 있도록 자녀들을 교육해야 한다. 내 고향 후배의 경우다. 초등학교 시절, 강원도에서 좋은 옷 입고, 기사 딸린 자동차를 타면서 살았지만, 그의 부모는 자식들에게 항상 스스로 살아나가는 법을 철저하게 교육했다. 그러던 어느 날, 갑자기 친구네 집안 사정이 어려워지면서, 고향을 떠나 타지역으로 이사를 가서 가난한 삶을 살게 되었다. 하지만 부모님이 자립심을 길러준 덕분에 초등학교부터 신문배달을 시작했고, 아르바이트를 하면서 대학을 졸업했다. 부모님 재산으로 사업을 시작하는 경우 실패 확률이 높은 이유는 그 돈을 버는 과정에 자신이 참여하지 않음으로서, 돈 벌기가 얼마나 힘들고 어려운 것인지 잘 모르기 때문이다. 설령 자신이 시작한 사업이 망해도 그것이 나의 피 같은 돈이란 생각을 하지 못하는 것이다. 고향친구들 중에도 부모님이 유산으로 물려주신 논밭을 팔아 식당이나 편의점, 치킨가게를 열었지만 대부분 실패했다. 반면에 부모님 유산으로 고향에서 묵묵히 농사를 짓고 있는 친구들은 대체로 행복하게 살고 있다.

　나는 자식에게 무엇을 물려줄 것인가? 이것은 내 은퇴 이후의 삶과 직결된다. 퇴직하고 여유가 없는 부모가 자식의 미래까지 책임질 수 없기 때문이다. 어린 자식을 어떻게 아르바이트를 시킬 수 있느냐고 말하는 부모도 더러 있다. 하지만 평생 경제적으로 책임질 수 없다면, 자식들이 스스로 자립할 수 있도록 독립심을 길러 주어야 한다. 나의 형수님은 방학 때만 되면 놀고 있는 딸들에게 늘 이렇게 말했다고 한다. "아빠 혼자 벌어서 힘들다. 엄마가 너희들 용돈이라도 벌려면 식당에 나가야 되겠다." 아르바이트를 하라고 강요할 필요도 없다. 그러자 딸들은 "엄마 우리 용돈은 우리가 알아서 할게."라는 반응이 돌아왔으며, 그 이후부터는 자기 용돈은 스스로 벌어 썼다. 그렇게 자란 세 명의 조카딸들은 전부 출가해서 수도권에 내 집 마련을 하고 산다. 때때로 형님이 조카들이 자주 넓은 집으로 이사를 간다고 나무라면, 형수님은 이렇게 말씀하신다. "우리가 도와줄 것 아니고, 자신들이 감당할 형편이 되니까 하겠죠, 내버려 둬요." 어려서 부모님께 배운 대로 조카들은 전부 그렇게 수도권에 내 집 마련을 했다. 어떻게 해야 내 집 마련의 꿈을 이룰 수 있는지 부모님을 통해 배웠기 때문이다. 자식에게 물려줄 최고의 자산은 자립심이다. 나 역시 마찬가지다. 아이들에게 청소년 시기부터 강조한 것은 부모의 역할은 대학졸업까지만 지원한다는 것이었다. 학자금 지원은 도와주되, 그 외의 경제적 지원은 없다. '외벌이'였던 우리 형편에 할 수 있는 최선이기도 했다. 아들은 용돈을 아르바이트로 해결하면서 대학을 졸업했다. 대학졸업과 동시에 취업했으며, 1년 전에 결혼했다. 내가 지원해준 것은 딱 대학 학자금까지였다. 딸아이는 전문대학 졸업 후 4년제 대학 야간부에 편입했다. 대학 진학 이후 내내 자신의 용돈은 물론 학비까지 스스로 일하면서 해결했다. 가끔 등록금이 부족해서 도움을 요청하면 부족한 부분만 채워주었다. 지금은 졸업 후 취업과 동시에, 매달 결혼자금 목표를 세우고 실천해나가고 있다. 은퇴자들은 다양한 경우의 '자녀 리스크'를 만난다. 집집마다 자녀들 상황은 다르다. 분명한 것은 은퇴를 앞두고 자녀들 문제가 걱정 된다면, '어떻게 하면 자녀를 독립할 수 있도록 도울 것인가?' '스스로 자립할 수 있는 방법은 무엇인가?' 라는 면에 제1순위를 두고 해결점을 찾아야 한다. 우리는 종종 언론에서 재벌 3세 자녀들의 마약사건을 접하게 된다. 스스로 번 돈으로는 절대 그렇게 하지는 않았을 것이다. 대학생들이 시급을 받고 번 돈으로 좋아하는 '치맥'을 마음껏 즐기지 못하는 이유는, 3시간 동안 힘겹게 노동한 대가로 받은 돈이 겨우 치킨 한 마리에 생맥주 한 잔 값이란 사실을 잘 알고 있기 때문이다. 그래서 소비를 줄이고 검소한 생활을 하게 된다. 자식이 진짜 돈 걱정 없이 살기를 원한다면 자산이 아닌 스스로 자립하는 방법을 가르쳐주어야 한다. 자산은 은행통장의 기재된 숫자에 불과하다. 스스로 그것을 만들어 낼 줄 알아야 한다. 은퇴자의 고민 중 한가지인 자녀 리스크 해법은 이것밖에 없다는 것이 내 생각이다.

1. 자녀의 첫 아르바이트 경험은 몇 살 때인가?

2. 자녀는 자립심을 어떻게 길러주고 있는가?

3. 대학졸업과 동시에 자녀를 독립시킬 계획은 있는가?

08

—

새로운 소득을 경험하라

🌸

생애 첫 소득경험이 언제였는지 기억나는가? 그 떨리던 순간의 기억이 누구에게나 있을 것이다. 직장을 떠나면 튼튼한 갑옷으로 언제나 나를 든든하게 보호해주던 울타리를 벗어나 전혀 새로운 세상에 나가서 돈을 벌어야 한다. 새로운 곳에서 돈을 번다는 것은 20대 초반 힘겨운 시절에 경험했던 생애 첫 소득 같은 경험이나 다름없다. 나는 과연 무엇으로 어떻게 새로운 세상에서 소득경험을 할 수 있을까? 현직에 있을 때 이것을 경험하는 것이 훨씬 용이하다. 소위 현직 프리미엄이 있기 때문이다. 여기서 착각하지 말아야 할 것이 있다. 퇴직 전 사회에서 새로운 소득을 경험하라는 것은 현직 프리미엄이 없는 업종을 말하는 것이다. 현직 공무원 신분으로 관련 기관에서 강의를 하고 강사료를 받는 것은 현직 프리미엄이다. 단 착각하면 안 되는 것이 퇴직과 동시에 프리미엄이 사라진다는 점이다. 현직 프리미엄이 퇴직 후에도 여전히 유효하리라고 생각했던 사람이 퇴직과 동시에 방황하는 것은 당연하다. 현직에 있을 때 러브콜을 많이 받던 강사가 퇴직해도 당연히 그렇게 될 줄 알고 명예퇴직을 선택했다가 '멘붕' 상태가 된 경우도 많다. 내가 말하는 퇴직 전 소득경험은 '차포 떼고' 오직 자신의 경험이나 지식, 재능을 가지고, 전혀 새로운 세상에서 당당히 자신의 능력을 거래 할 수 있는지를 경험하라는 것이다. 대부분 정년퇴직을 하면 새롭고 낯선 분야에서 소득을 창출할 가능성이 높다. 소수의 사람들이 유사한 분야로 진출을 해도 그 유효기간은 짧다. 정년퇴직을 하면, 은퇴라는 관점에서 100세 인생을 위한 긴 여정을 준비해야 한다. 많은 돈을 벌기 위함이 아니라, 내 존재가치를 세상에 증명하고 건강한 삶을 위한 경제활동이 필요한 것이다. 문제는 은퇴 이후에 이런 점을 생각하고 준비하려면 시간이 부족하다. 가능한 한 퇴직 전에 자신의 경험을 활용할 분야를 찾아도 좋고, 전혀 새로운 분야의 공부를 시작해도 좋다. 또는 지인들과 늘 함께 하던 취향공동체를 활용해도 좋다. 그것이 무엇이든 퇴직 전에 시장에서 그 가능성을 검증하는 노력이 필요하다. 그 첫걸음이 바로 퇴직 전 소득경험이다. 많은 돈이 아닌 시급 이상의 수입을 목표로 잡으면 된다. 그 이유는 자영업을 시작한 사장님들이 돈과 시간을 투자하고도 최저시급 이상 수익을 올리기 힘들기 때문이다.

　나 역시 퇴직 5년 전부터 깊이 생각하고 준비했었다. 1년에 100권 이상 다양한 책을 읽었지만 무엇을 할지 손에 잡히는 것은 없었다. 하지만 꾸준히 저녁시간을 활용해서 지역의 시민대학, 평생교육원을 찾아다니면서 배움을 멈추지 않았다. 이런 나를 주변사람들은 잘 이해하지 못했다. 다행히 이런 나를 묵묵히 지켜봐 준 사람들은 내 가족이다. 항상 저녁마다 무엇인가를 배우러 다녔다. 가장 많이 지출한 것은 책 구입이었다. 매월 급여의 10%가 넘는 비용을 자기계발에 투자했다. 근무지인 대전의 한 시민대학에서 '크리스토퍼리더십' 과정을 수강할 때였다. 나는 항상 1번을 좋아했다. 어떤 발표를 하든, 나중에 하게 되면 앞 사람을 보면서 더 긴장이 된다. 그래서 항상 충분한 준비를 한 다음에 첫 번째로 발표했다. 적극성도 남다른 편이었지만 그렇게 해야 마음이 편했다. 그 점을 좋게 보았는지 당시 교육팀장이 나에게 '크리스토퍼 강사' 활동을 제안했다. 당연히 무보수 재능기부 강사였다. 하지만 사전에 여러 가지 다양한 리더십강의를 들었고, 리더십교육에 흥미를 가지고 있었기 때문에 무조건 'OK!' 했다. 재능기부 강의를 위한 두 번의 강사 연수과정도 자비로 부담해야 했다. '무박3일' 과정이었다. 모든 수강생들이 너무 열정적이어서 잠까지 반납하면서 팀 단위로 발표 연습을 했다. 이 과정을 통해서 훗날 더더욱 열정적으로 일에 매진하게 되는 동기를 부여받았으며, 매우 다양한 분야에서 경험을 쌓은 많은 사람들과 끈끈한 전국적 인적네트워크를 구축하게 되었다. 그것은 나에게 큰 수확이었다. 그렇게 하여 나는 재능기부 강사 활동을 시작했고, 은퇴 이후 강사로서 살아갈 목표를 세웠다. 강사 활동은 나에게 흥미, 열정, 즐거움, 재미를 주었다. 대전에서 활동을 하다가 본격적인 은퇴준비를 위해 마지막 근무지를 서울로 옮기게 되고 지금에 이르렀다.

가능한 한, 퇴직 전 소득경험은 자신이 은퇴 이후에 삶을 보낼 지역에서 해 보길 추천한다. 정말 자신이 좋아하는 분야만 찾는다면 배울 곳은 너무나 많은 곳이 서울이다. 돈은 아예 들지 않거나 적게 든다. 관심만 있다면 무엇이든지 배울 수 있는 곳이다.

퇴직을 몇 년 앞두고 주변 지인들에게 SNS 활동을 제안 받았다. 보안상 당시 군인 신분으로서는 블로그, 카페, 페이스북 같은 활동에 약간의 제약이 있었다. 물론 지금은 모든 것이 자유롭지만 그때만 해도 그랬다. 하지만 용기를 가지고 블로그를 시작했다. 그냥 하루의 일상, 내가 좋아하는 책, 배움, 모임 활동 등 관심이 있는 것들을 기록하여 블로그에 올렸다. 서울에서 어떤 강의를 시작할까 하고 고민했는데, 내 성격상 남들이 만들어 놓은 것을 그대로 따라하는 것은 하고 싶지 않다. 여러 분야를 찾아서 분석하던 중에 '퍼스널브랜드'란 개념을 알게 되었다. 그때부터 이 분야에서 활약하는 기존 고수들의 책과 강의를 통해서 나만의 8시간짜리 프로그램을 만들었다. 여기에는 용기가 필요했다. 『퍼스널브랜드로 승부하라』라는 조연심 작가 책을 우연히 접하고 난 후, 퍼스널브랜드에 관한 여러 종류의 책을 읽고 나만의 프로그램을 준비하던 시기였다. 어떻게 조연심 작가님을 만날 수 있을까 고민하던 차에 인터넷 검색을 통해 퍼스널브랜드 전략 특강을 '우고스'라는 곳에서 진행한다는 것을 알게 되었다. 지인을 통해서 조연심 작가님 전화번호를 받아 무작정 전화를 했다. 지금 생각해보면 참으로 낯 뜨거운 일이었다. 여자들 위주로 참여하는 교육프로그램에 무작정 전화를 해서 참여 가능성을 묻고, 당일 저녁 7시 교육프로그램에 참여했다. 그렇게 맺은 조연심 작가님과는 아직도 소통을 하고 있다. 그때 조연심 작가님이 해준 말씀이 아직도 기억에 생생하다.

"김 선생님 같은 열정이면 무엇이든 가능할 것 같아요. 이렇게 전화하는 것도, 여성들 위주 프로그램에 참여하는 것도 쉬운 일은 아니거든요. 김 선생님의 용기를 응원합니다."

그곳에서 처음 만난 강사님으로부터 전문대학 군사학과 강의 의뢰를 받기도 했다. 그렇게 준비해서 만든 나만의 '개인브랜드전략'

프로그램을 강사들 워크숍에서 시범강의를 했다. 평가는 매우 긍정적이었다. 그리고 더 보강해서 어느 휴일에 드디어 유료강의를 오픈했다. 공간대여료 수준의 적은 금액이었지만, 이를 통해서 시장에서 내가 만든 지식상품의 거래 가능성, 작지만 새로운 소득 경험을 하게 되었다. 퇴직과 동시에 블로그를 통해 서울시청에서 동기부여 강의를 의뢰 받았다. 퇴직 후 첫 강의였다.

은퇴 이후에는 많은 돈을 버는 것보다 자신의 경험, 지식, 배움을 어떻게 소득으로 연결할 것인가를 고민해야 한다. 중요한 것은 아주 작은 소득경험을 통해서 자신감부터 축적해야 한다는 것이다. 가능하면 퇴직 전에 소득에 구애받지 말고 다양한 소득 경험을 많이 해보길 추천한다. 다른 생각할 여유도 없이 직장에 '올인' 하다가 퇴직했다는 분들도 많이 만났다. 모든 직장인들에게 퇴직은 숙명이고, 은퇴 이후의 새로운 삶은 필수다.

나는 어떤 은퇴를 준비할 것인가? 그 시작을 퇴직 전 새로운 소득 경험으로 제시한다. 너무 거창하게 생각하지 말고 어깨 힘 빼고 내 경험과 가치를 세상에 나눈다는 마음으로 시작하면 한결 쉬울 것이다. 퇴직 후에 만나는 사회는 새로운 세상이다. 처음 학교에 입학하는 초등학생 같은 순수한 마음으로 시작하면 무엇이든 가능하다. 용기를 가지고 준비하고 도전하기 바란다.

1. 어디서 무엇을 하면서 살고 싶은가?
2. 퇴직 후 도전하고 싶은 새로운 분야의 소득경험은 무엇인가?
3. 그것을 위해서 지금 어떤 준비를 하고 있는가?

09

—

경제적 독립 시스템을
준비하라

겨울방학 시즌 중 청소년 리더십 과정 마지막 날에 학생들의 진로 멘토로 참여한 적이 있었다. 강의장 입구에는 참여한 학생들이 각자 미래의 꿈을 적어서 포스트잇으로 붙여 놓았는데 놀랍게도 거기에 '건물주'가 있었다. 청소년들의 꿈이 건물주가 된 이유는 무엇일까? 직장생활로 힘들어 하는 부모님의 현실을 피부로 느끼고, 각종 매스컴에서 건물주의 매력을 홍보한 결과일 것이다. 최근 어린이 유튜버 보람이 부모님이 강남 소재의 95억짜리 빌딩을 매입했다고 한다. 언제까지나 인기 유튜버 생활을 유지할 수 있을 지 알 수 없으니, 자녀의 불안한 미래를 위해서 안정적 임대소득이 발생하는 빌딩을 매입한 것이다. 연예인들도 마찬가지다. 대부분 현재의 인기가 사라졌을 때, 가장 안전한 방패막이 되어주는 건물주를 선호한다. 직장인들도 모두 건물주를 꿈꾸지만, 결코 모두가 건물주가 될 수 없는 것이 현실이다. 그럼 우리는 어떤 선택을 해야 할까? 무엇보다 퇴직 전에 나만의 경제적 독립시스템을 만들어야한다. 어려운 것이 아니다. 목표를 확실하게 세우고 그것에 적합한 재테크를 실행하는 것이다. 내가 만난 한 상담자의 이야기이다. 대기업에 다니는 남편의 해외근무를 따라 외국에 나갔다가 5년 후에 한국에 돌아와 보니 친구들과 자신의 재산 규모가 서너 배나 차이가 나서 충격을 받았다고 한다. 5년 전 한국을 떠날 때는 별반 차이가 없었는데, 그 친구들은 매우 여유롭게 살고 있었고 자신은 여전히 허덕이는 삶이었다는 것이다. 한국을 떠나있던 5년의 시간 동안 과연 무슨 일이 있었던 걸까? 그들은 폭등하는 아파트 가격을 보고 과감한 갭 투자를 통해서 재산을 늘렸다. 반면 외국에 있었기에 그 기회를 놓친것이 친구들과 자신의 자산규모가 벌어진 이유였다. 하지만 여기서 놓치지 말아야 할 것은, 친구들이 그 기회를 놓치지 않고 실행을 했다는 사실이다. 아무리 좋은 기회가 와도 위험하지 않을까하는 두려움에 쳐다만 보고 실행하지 않으면 미래는 달라지지 않는다. 그녀는 어떻게 다시 친구들을 따라잡을까 고민했는데, 가장 큰 걸림돌은 자신의 마음에 벽을 깨는 것이었다고 한다. 하지만 "절대로 빚 지지 않고 살겠다."라는 마음을 내려놓으니 방법이 보였다. 이미 수도권은 너무 비싸서 접근이 불가했다. 은행대출로 대전시 역세

권 다가구 주택을 매입 후 리모델링 해서 월세를 놓았다. 1채에 10가구, 매달 월세가 들어오는 건물주가 되자, 매일 월세를 받는 것으로 목표를 바꾸었다. 2채를 더 매입해서 현재는 30가구가 되어 결국 꿈을 이루었다. 매일 월세를 받는 건물주가 된 것이다. 남편 퇴직이 8년 정도 남았지만 조기퇴직을 권고할 예정이라고 한다. 현명한 아내 덕분에 남편은 가장 유리한 시점에 희망퇴직금을 받고 퇴직할 준비를 하고 있다. 경제적 독립시스템을 완성했으니 조기퇴직 후 여행이나 하면서 그동안 꿈꾸던 새로운 일에 도전할 것이라 한다. 이 부부는 워렌버핏의 "잠자는 동안에도 돈이 들어오는 방법을 찾아내지 못한다면, 당신은 죽을 때까지 일만 해야만 할 것이다."라는 조언을 받아들여 꿈을 이룬 셈이다. 모든 은퇴자가 꿈꾸는 것이 이런 경제적 독립시스템을 만드는 것이다. 이것은 직장생활 동안 어떤 재테크를 선택하는가에 달렸다. 동일한 월급을 받지만 퇴직 시 자산규모가 각각 다른 것은, 각자의 재테크 결과가 다르기 때문이다. 『부의 추월차선』이란 책은 이렇게 말한다. "부자로 가는 추월차선은 속도가 정해져 있다. 내가 어떤 속도로 달리는 차선을 선택할 것인가 이것이 중요하다. 안전한 인도를 선택한 사람은 가난할 것이며, 서행차선을 선택하면 평범한 삶이 될 것이며, 추월차선을 선택한다면 부자가 될 것이다." 부의 추월차선에서 자전거, 오토바이, 자동차의 속도는 내가 선택하는 투자상품의 성격이다. 안전한 인도에서 자전거로 달리거나, 서행차선에서 오토바이를 몰면서 추월차선의 자동차보다 빨리 경제적 독립을 이룰 수 있을 것이란 착각을 버려라. 재테크는 누구에게나 정직한 결과를 돌려준다. 정년퇴직이란 제한된 시간 동안 경제적 독립을 이루기 위해서 나는 어떤 차선을 선택할 것인가? 만약 어떤 목표도 없다면 어떤 차선을 선택하던 상관없다. 절대로 목표에 도달할 수 없을 테니까. 은퇴시점의 목표를 분명히 하고 어떤 차선을 선택할지 결정하라. 설마 아직도 은행 저축으로 경제적 독립을 이룰 수 있다고 믿는 사람은 없길 바란다. 과거 1990년대는 저축이 최고의 재테크가 될 수 있었다. 당시의 저축예금 금리는 상상할 수 없을 정도로 높았다. 80년대는 18%, 90년대는 10% 초반, 2000년 7.8 였지만 지금은 0.5% 금리로 물가상승률을 적용하면 마이너스 금리나 마찬가지다. 직장생활 동안 지나치게 안정적인 저축만 선택한다면 경제적 독립은 불가능하다. 직장인들은 세상 모든 것이 오르는데 내 월급만 안 오른다고 한다. 어차피 퇴직 전에 경제적 독립시스템을 만들기로 정했다면, 퇴직 시점을 기준으로 다양한 포트폴리오가 필요하다. 중요한 것은 퇴직 후 내가 일하지 않아도 생활비가 나오는 시스템을 준비하는 것이다. 노후생활비가 많으면 많을수록 좋다는 목표를 세우면 안 된다. 은퇴자에게 필요한 것은 은퇴생활비 걱정이 없는 경제적 독립시스템을 만드는 것이지, 엄청난 부자가 되는 것이 아니다. 은퇴자의 목표는 오로지 경제적 독립시스템을 만드는 것이다. 결국 직장생활 동안 우리가 선택할 재테크는 크게 3가지 범주를 벗어나지 않는다.

투자상품	투자의 3요소			
	수익성	안전성	환금성	평균수익률
수익형부동산	▲,●	▲,●	▲	3 – 5%
금융(펀드,주식)	▲,●	X	●	5 – 10%
토지(땅)	●	●	▲	2 – 3배

투자의 3요소를 잘 따져보고 시기에 적합한 투자상품을 선택해야 한다. 단기, 중기, 장기로 나누어서 직장시절에는 때로 조금 공격적인 투자에 나설 필요가 있다. 실패하더라도 만회할 기회가 충분하기 때문이다. 정년퇴직 이후 공격적 투자는 무조건 말리고 싶다. 이때는 실패를 만회할 시간이 없다. 한 번의 실패가 바로 노후파산으로 이어질 수 있다. 정년퇴직 후 경제적 독립 준비가 안 되어 방황하는 사람들을 많이 만났다. 대부분 열심히 저축하고 산 것이 잘못은 아니지 않은가 항변한다. 분명히 말하지만 그것은 잘못이다. 명백한 잘못이다. 빌게이츠는 이렇게 말했다. "가난하게 태어난 것은 당신의 잘못이 아니지만, 죽을 때 가난하게 죽는 것은 당신의 잘못이다."

똑같이 입사해서 동일한 월급을 받았는데, 서로 다른 은퇴성적표를 받았다면 그 결과는 명백히 당신의 잘못이다. 은퇴가 돈만의 문제는 아니지만, 경제적 독립이 안 되면 다른 것은 아예 생각할 수도 없다. 우리가 원하는 은퇴 이후의 멋진 인생을 살아가는 데에 있어서 경제적 독립은 선택이 아닌 필수다. 정년퇴직까지 경제적 독립시스템이 완성되지 않았다면, 무리한 투자대신 은퇴를 몇 년 미루는 것도 좋은 방법이다. 행복한 은퇴의 핵심은 경제적 독립시스템의 완성에 달렸다.

은퇴전략 핵심질문

1. 나는 어떤 부의 추월차선을 선택할 것인가?
2. 내가 꿈꾸는 경제적 독립시스템은 무엇인가?
3. 나는 지금 무엇을 준비하고 있는가?

10

—

자녀 리스크 골든타임을 잡아라

🌷

　　퇴직한 가장에게 가장 큰 고민사항은 무엇일까? 그것은 자녀의 장래문제다. 은퇴라는 관점에서는 더욱 더 그렇다. 모든 것은 타이밍에 달려있다. 이것이 골든타임이다. 골든타임의 뜻은, 환자의 생사를 결정지을 수 있는 사고 발생 후 수술과 같은 치료가 이루어져야하는 최소한의 시간이다. 그렇다면 자녀 리스크를 해결할 골든타임은 언제일까? 대학졸업 후 2년이다. 유치원부터 대학까지 공부한 기간만 따져 봐도 대략 20년이다. 문제는 이 기간 동안 자녀의 독립적 사고, 경제교육을 얼마나 시켰는 지와 연결된다는 것이다. 한번 돌아보라. 오로지 단 한번 써먹기 위한 수능공부에만 '올인' 하지 않았던가? 대학 입학 후 얼마나 허탈했는지 제대로 공부했던 사람들은 알 것이다. 대학에서는 또 취업을 위한 교육에만 집중했다. 그렇게 취업을 하고 보니 지나친 고학력, 고스펙은 업무에 별 도움이 안 되는 것들뿐이다. 고득점 토익성적이 무슨 소용인가? 막상 1년에 한 번도 외국인을 만나 대화할 일도 없는 것이 현실이다. 오히려 초등학생들이 도전하는 컴퓨터 활용 능력이 훨씬 더 도움이 된다. 이제부터라도 정신 바짝 차리자. 청소년 시절부터 착실하게 경제교육, 돈 공부를 가르친 부모들에게는 자녀 리스크가 없다. 일찌감치 독립심을 길러주었기 때문이다. 실제로 초등학교 시절부터 자녀의 용돈을 주식저축 통장으로 만들어 준 부모들을 만나보면 대학 이후부터 용돈을 준 적도 없다고 말한다. 자녀 리스크 골든타임이 왜 대학졸업후 2년일까? 졸업과 동시에 치열한 취업시장에 이력서를 들고 전투를 시작한다. 그들은 자신이 좋아하는 곳이 아니라, 자신의 스펙으로 도전 가능한 회사에 수없이 이력서를 보낸다. 대부분 100통 이상 이력서를 제출하고 몇 군데 실제면접까지 거친다. 그러면서 몇 번의 실패를 경험하는 동안 취업한 친구들이 훈장처럼 사원증을 목에 걸고, 직장동료들과의 연애이야기를 풀어놓기 시작하면 초라한 자신을 돌아보며 무기력증에 빠지고 만다. 실패를 거듭했기에 용기도 나지 않는다. 그래서 도전대신 문을 걸어 잠그고 자기 방에 쳐 박히고 만다. 그 다음은 대안이 없다. 한 번도 실패의 경험을 쌓지 못했던 청춘들이 사회에서 경험하는 첫 번째 실패가 그렇게 부모에게 큰 낙심이 된다. 부모의 역할은 청소년 시절부터 경제관념, 돈 공부를 가르치고 자립심을 길러주는 것이다. 자녀가 대학생이라면 분명히 선언을 해야 한다. "부모의 역할은 대학졸업 까지다. 대학졸업 이후에는 어떠한 경제적 지원도 없다. 가능한 한 독립해서 살고, 아니면 집에 생활비를 내고 살아라." 부모의 지원범위가 여기까지라는 것을 분명히 선언해야 한다. 대학졸업 후 2년 이내 취업을 못하고 독립하지 않으면, 소위 말하는 캥거루족이 될 확률이 매우 높아진다. 이런 이야기를 들으면 캥거루가 화를 낸다고 한다. 자신들은 새끼를 딱 1년만 품안에 넣고 다닐 뿐 그 이후부터는 독립을 시킨다. 자녀 리스크를 가지고 있는 많은 상담자들을 만나면 하나같이 해결방법이 없다고 한다. 사실은 부모에게 문제가 있다. 청소년 시절부터 좋은 학원, 좋은 대학을 보내는 것만을 부모의 역할로 생각했기 때문이다. 진짜 자녀들이 좋아하는 것, 장래하고 싶은 것에 관해서 진지하게 이야기를 나누어 본 부모가 얼마나 있을까? 한 상담자의 경우 한 집에 살지만 아들 얼굴보기가 어렵다고 한다. 자신의 방에서 게임만 하고 나오지를 않는다는 것이다. 다들 출근하고 아무도 없을 때 혼자 나와서 식사를 한다고 한다. 문제는 이런 상태의 아들 통장에 계속 용돈을 넣어주고 있다는 사실이다. 청소년 시절부터 부모의 역할, 경제적 상황을 명확히 설명하고 자녀들에게 교육하는 것이 최선의 방법이다. 다시 한 번 명심해야 할 것은 대학졸업 후의 2년의 시간이다. 이때 취업을 하고 독립을 하는 것이 최선이지만, 자녀들은 편한 집을 두고 떠나려고 하지 않는다. 부모는 안쓰러운 마음에 결혼 전까지 함께 살기를 원한다. 또 다른 상담자의 경우, 30세가 넘은 두 명의 아들이 취업을 한 상태로 부모님 집에 살고 있었다. 문제는 결혼에 대한 의지가 없다는 것이다. 60세 넘은 엄마가 언제까지 아들 뒷바라지를 할 것인가 물었더니 아들 장가갈 때까지란다. 그럼 결혼도 안하고 독립도 안 하면 어떻게 할 것인가? 자녀 리스크 골든타임을 명심하라. 은퇴자에게 가장 좋은 것은 부모 자식이 불편한 관계가 안 되게 하는 것이다. 그러려면 함께 살지 않아도 언제든 만나서 웃을 수 있는 독립적 관계를 유지해야 한다. 결혼을 안 해도 당당히 독립해서 멋진 삶을 사는 자식을 보면 얼마나 좋은가? 가끔씩 만나 여행도 하고, '맛집' 순회 데이트를 다니면서 자식 자랑하는 즐거움이 은퇴자의 행복이 아닐까? 나는 우리 아들딸들에게 항상 고맙게 생각한다. 어려서부터 아버지가 해줄 수 있는 것은 대학졸업까지 지원해주는 것이 끝이며, 그 이후는 알아서 살아야 한다고 누차 강조했다. 가끔 아내와 딸이 다툴 때도 있지만 항상 우리 부부는 아이들에게 감사한다. 부모의 의지대로 살아주고 있기 때문이다. 자녀 리스크를 가지고 있는 상담자들이 공통적으로 하는 말 "이제 다른 걱정은 없다. 먹고사는 것, 건강문제까지, 다만 우리 애들이 제발 독립했으면 좋겠다. 오직 걱정은 이것뿐이다." 캥거루족 자녀를 상담이라도 받게 하려고 노력했지만, 그것마저 무산이 되자 너무 힘들어서 극단적인 선택을 한 어머니의 사례도 있다. 실제로 지방의 한 아파트에서 있었던 일이다. 남편은 실직상태, 두 자녀는 방에서 나오지도 않고, 60세가 넘은 엄마 혼자 벌어서 생활을 했다. 그렇다고 힘들게 일하는 엄마의 집안일을 도와주는 사람도 없었다. 늦게 집에 돌아와 빨래, 청소, 밥상 차리기까지 온갖 것들을 혼자 도맡아 처리했다. 언제까지 이런 생활이 지속될지, 더 이상 앞이 보이지 않자 엄마가 한 최종선택이었다. 4차산업혁명시대가 도래했다. 직업의 안전성은 사라지고 평생직장도 더 이상 없다. 대신 다양한 직업군이 새롭게 생겨나고 있다. 학력, 자격증의 시대는 지났다. 스펙대신 돈 공부, 경제공부, 자립심을 교육해야 한다. 자녀가 자신이 좋아하는 분야를 선택할 수 있도록 응원하자. 거기에 좋고 나쁨이 없다. 마지막까지 부모의 욕심을 내 세우면 안 된다. 그것이 자녀리스크의 원인이 된다. 취업여부와 상관없이 대학졸업 2년 이내 자녀를 독립시키는 것이 최선이다.

은퇴전략 핵심질문

1. 자녀를 언제 독립시킬 것인가?
2. 어떻게 그것을 도울 것인가?
3. 자녀의 독립을 위해 준비할 단 한 가지는 무엇인가?

03

돈보다 소중한 건
건강이다

돈은 중요하지만,
건강은 더 소중하다.
은퇴자의 삶의 질을 결정하는
건강이 최고다.

01

—

돈은 중요하지만
건강은 소중하다

7시 30분, 사무실에 도착하자마자 갑자기 아내의 전화가 걸려왔다. 좀처럼 근무시간에 전화를 하지 않는 사람인지라, 낌새가 좋지 않아 즉시 전화를 받았다. 진해 근무 시절 성당에서 늘 함께 활동하던 동기생 아내가 지난밤 갑자기 심장마비로 사망했다는 소식을 울먹이며 전해왔다. 아내와 동갑내기 친구로 각별히 친했던 사이였다. 불현듯 은퇴하기 몇 년 전 그 동기생의 사건사고가 떠올랐다. 당시 동기생은 안 좋은 사건에 휘말려서 강제 전역의 위기에 처했었고, 우리는 선처를 위해 단체로 서명운동을 했었다. 그 덕분인지 다행히 사건이 잘 처리되었고, 작은 징계로 끝났다. 하지만 군 관사에 살던 동기생은 조금 부대와 먼 곳으로 이사를 가야만 했다. 발 없는 말이 천리를 간다고, 사람들의 수군대는 소리를 들으며 살 수 없었던 그의 아내는 얼마나 속상했을까. 그 힘든 군 생활을 묵묵히 33년간 함께 버티고, 은퇴 이후 여유롭게 행복한 시간을 보내는 일만 남았는데, 황망하게도 잠자다 홀로 떠났다는 사실은 너무나 큰 충격이었다. 살면서 누구에게나 찾아오는 것이 죽음이다. 죽음은 내가 피할 수 있는 것이 아니다. 모든 직장인들이 꿈꾸는 것은 정년퇴직 후 사랑하는 가족들과 행복한 노후를 보내는 것이다. 행복한 노후를 위해서 아끼고 또 아끼면서 모든 준비를 마쳤는데 50대 중반에 갑자기 세상을 떠난 아내를 보면서 홀로 남은 동기생의 마음은 어떠할까. 누구나 직장생활을 하다 보면 가족들에게 약간은 소홀해진다. 대부분의 경우, 퇴직하고 나서 가족을 행복하게 해주겠다고 다짐한다. 하지만 세상일은 내 마음대로 안 된다. 언제 가족이 내 곁을 떠날지 모른다. 인간이 느끼는 가장 큰 스트레스가 배우자 사망이라고 한다. 직장생활 동안 힘들면 힘들다, 슬프면 슬프다고 말하고 살자. 언제 우리가 갑자기 이별할지 모른다. 홀로 남아 슬퍼할 가족을 생각한다면, 우리는 각자의 건강관리에 관심을 가져야 한다. 건강은 혼자만의 문제가 아니다. 부부 가운데 한 사람이 아프면, 다른 한 사람도 역시 영향을 받을 수밖에 없다. 요양시설에 있지 않는 한, 아픈 사람들을 두고 마음 놓고 외출하기도 어렵다. 처가집의 경우 장모님은 거동이 불편하시어 누군가의 도움 없이는 움직이기 어렵다. 그러니 장인은 오전에 요양보호사가 방문하는 시간 동안만 외출할 수 있다. 그 외에는 항상 곁에서 간병인 역할을 해야 한다. 은퇴 이후 부부의 건강은 절대 혼자만의 문제가 아니다. 건강이 최고의 자산이다. 그래서 '건강자산'이라 부른다. 자신의 건강을 담보로 승진을 위해서, 성공을 위해서, 부자가 되기 위해 일하는 자만큼 어리석은 사람은 없다. 건강을 잃고 그 모든 것을 이루어 보아야 무슨 소용이 있을까? 하루 24시간 중에 꼭 1시간 정도는 나만의 '건강관리' 시간을 가지도록 해야 한다. 지인들의 SNS를 보면 열심히 운동하는 모습의 사진이 자주 올라와 있다. 그들 중에는 누구보다 바쁜 사람이지만, 늦은 시간에 한강을 달리고 있다. 그런 사진을 보면 내가 더 고맙다는 생각이 든다. 내가 알고 있는 소중한 사람들을 오래볼 수 있는 방법은 서로 건강관리를 잘 하는 것이다. 이렇게 말하는 내 자신도 은퇴하고 가장 잘 안 되는 것이 건강관리다. 건강관리는 나를 위하고 가족을 위하는 것이며, 주변인 모두를 위하는 것이다. 지금부터라도 자신이 추구하는 1순위를 건강관리에 두자. 중년이 되어서 내 몸에 작은 적신호라도 생기면 바로 병원부터 찾아가자. 하루하루 미루다 보면 한 달은 금방이다. 건강관리도 골든타임이 있다. 얼마 전 50대 후반의 지인 장례식에 다녀왔다. 무엇이 문제였을까? 37년간의 공직생활을 마치고 편하게 공무원연금을 받으며 남은 인생을 즐기면 되는데 왜 그토록 황망하게 세상을 떠났을까? 그는 정년퇴직을 몇 년 앞두고 건강이 급속히 안 좋아져서 명예퇴직을 선택했다. 평소 건강관리가 안 되어서 명예퇴직을 했다면 퇴직과 동시에 운동, 식습관 개선을 통해서 건강관리를 신경 써야 했는데, 몸이 안 좋으니 귀찮다면서 배달음식에 의존했다. 힘들다는 이유로 운동도 하지 않았다. 남들이 그토록 부러워하는 은퇴 후 경제적 독립을 이루었지만 그것을 1년도 못 누리고 말았다. 이것이 돈보다 건강이 먼저인 이유다. 우리가 먹는 약은 질병을 치료해주지 않는다. 단지 더 악화되지 않도록 도와줄 뿐이다. 약의 도움을 받을 때 운동, 식습관 개선으로 자신의 질병을 물리칠 자가면역기능을 키워야 건강이 회복된다. 매일같이 잘못된 식습관을 유지하면서 먹는 약은 효과가 없다. 히포크라테스도 "음식으로 고치지 못하는 질병은 약으로도 못 고친다."고 말했다. 나는 주변 지인들의 평소 식습관, 운동량을 보면 대략 그 사람의 건강상태를 알 수 있다. 퇴직 예정자들과 상담하면서 건강관리에 대해 물어보면, 대부분 아주 열심히 잘 하고 있다고 말한다. 하지만 운동이 직장과 연계된 것이라면 한번쯤 따져보기 바란다. 직장인들의 운동은 직장생활의 일부일 경우가 많다. 나 역시 대전 근무 시절, 나 또한 아침 5시30분에 일어나 근처 수영장에서 1시간 수영강습을 받고 7시에 출근을 했다. 하지만 다른 곳으로 발령이 나면서부터 수영을 계속할 수 없었다. 마찬가지로 군생활 동안에는 하루 일과시간에 체력단련 1시간이 포함되어 있어서 강제로 운동을 할 수밖에 없다. 하지만 퇴직하고 나서는 규칙적으로

운동할 시설을 찾기 어렵고, 시간도 내기 쉽지 않다. 은퇴상담을 할 때 첫 번째로 "어디에서 살 것인가?"를 묻는 까닭 중에는 그 지역에서 건강관리를 어떻게 할 것인지 생각하라는 의미도 있다. 직장생활 동안 다양한 재테크를 통해서 돈 걱정 없는 노후를 준비할 때 절대로 돈과 건강을 분리하면 안 된다. 은퇴를 준비하면서 돈보다 소중한 것은 건강이다. 부족한 돈은 건강하면 벌 수 있다. 60세에 은퇴하고 부족한 은퇴자금은 65세까지 일하면서 보충할 수 있다. 내 작은 아버지도 평소 건강관리를 잘 하셔서 80세 넘도록 아파트관리실에서 근무하셨다. 건강은 젊어서 소홀히 하면 은퇴 이후에 회복하기가 더욱 더 어렵다. 퇴직을 앞두고 있는 사람들로서는 생활비 걱정이 앞서겠지만, 자신의 건강상태부터 잘 점검해보아야 한다. 재취업을 하려고 해도 건강이 따라주지 않으면 소용없다. 젊은 친구들도 힘들다고 도망가는 택배분류 일자리에 건강한 60대 어르신들은 강철체력으로 잘 버티신다. 건강은 나이와 상관이 없다. 얼마나 신경 쓰고 관리하는가에 달렸다. 정년퇴직을 준비하면서 멋진 차, 그림같은 집을 장만했지만 건강관리가 안되면 목적지가 병원이 된다. 우리가 그토록 열심히 돈을 버는 이유가 병원비를 준비하기 위함은 아닐 것이다. 아프면 어쩔 수 없이 병원을 찾아야겠지만, 평소에 건강관리를 잘해서 병원이란 친구와 이별을 하자. 힘겨운 직장생활을 마친 은퇴부부가 원하는 삶을 살아가려면 건강은 기본이다. 돈은 중요하다고 말하지, 소중하다고 말하지 않는다. "돈은 중요하지만, 건강은 소중하다." 은퇴를 앞두고 있는 직장인들은 꼭 염두에 두길 바란다.

> **은퇴전략 핵심질문**
>
> 1. 하루 일정에 운동시간은 반영되었는가?
> 2. 매년 동일한 날짜에 건강검진을 받고 있는가?
> 3. 집 근처 체육시설을 얼마나 알고 있는가?

02

—

내 몸은 나의 24시간을 기억한다

🔹

아침에 집을 나서는 순간부터 집에 돌아올 때까지 우리의 모든 행적이 빠짐없이 디지털로 기록되는 세상이다. 물론 내 의지와 무관하다. 집을 나설 때 가장 먼저 아파트 CCTV가 나를 기록하고 ,자동차 안에서는 블랙박스가, 지하철을 이용할 때는 신용카드나 교통카드를 통해 기록되고 있다. 이동하는 구역마다 휴대폰 접속기록이 남는 등 내 모든 것이 자세히 기록되는 세상에 살고 있는 것이다. 나는 1년 전의 오늘을 기억하지 못하지만, 빅데이터는 정확히 그날 24시간을 기억하고 있다. 그렇다면 우리 몸은 어떨까? 내 몸은 어떻게 나의 하루 24시간을 기억하고 있을까? 나는 아침에 일어나면 습관적으로 체온을 측정하고, 정성껏 양치질을 한다. 전동칫솔은 3분으로 세팅되어 있으니 멈출 때까지 사용하면 된다.

양치 후에는 심호흡을 하면서 경건한 마음으로 체중계 앞에 선다. 일단 디지털 체중계에 내 기본정보인 성별, 나이, 몸무게를 입력하고 떨리는 마음으로 올라간다. 체중계가 한 단계씩 눈금을 올리면서 가장 먼저 체중을 표시하고, 3번 정도 깜빡이면서 체지방을 보여준다. 이럴 수가! 어제 저녁 모임에서 조금 과하게 식사 한 것이 바로 체지방 증가로 나타난다. 체지방 20.4Kg 정확히 0.2Kg은 어제 저녁 식사량을 반영한 것이다. 참 신기하다. 이어 혈당 측정기로 혈당을 측정한다. 공복혈당 수치가 103, 제법 높게 나왔다. 간밤에 찐빵 한 개, 만두 한 개 먹은 것까지 몸은 정확히 기억하고 있다. 마음속으로 "미안해, 잘못했어."라고 외쳐본다. 혈압, 맥박까지 측정하는데 5분이면 족하다. 이 순간이 되면 어제 하루 24시간 동안에 운동을 얼마나 했는지, 몇 보를 걸었는지, 발한요법은 했는지 등 모든 것이 나타난다. 식습관을 고치기 위해서 한 달간 지속했던 식이해독이후, 식습관, 운동, 커피 같은 모든 것을 내 몸의 세포는 하나도 놓치지 않고 내 몸에 기록을 하고 있음을 알게 되었다. 당장 내 눈앞에 놓인 수많은 음식의 유혹에서 매번 나는 내 몸의 세포들에게 묻는다. "내가 이것을 먹으면 너희는 이걸 어떻게 소화 시킬까? 나는 즐겁게 먹겠지만 내 안의 수많은 장기들은 이것을 소화시키기 위해서 얼마나 고생을 할까?" 이런 생각이 들면 조용히 젓가락을 내려놓게 된다. 나는 맛나게 먹지만 부담스럽지 않은 선택을 하려고 노력한다. 특히 중년의 나이가 되니 소화기능이 예전 같지가 않다. 내 건강은 꼭 나만의 것은 아니다. 가족 모두의 것이다. 한 집에 누군가 환자가 발생하면 집안 전체가 우울해지고 생활의 리듬이 깨진다. 그 원인은 잘못된 식습관에서 시작된다. 현대인들이 앓고 있는 대부분의 질병은 생활습관에 의한 것으로 나타났다. 건강한 음식을 선택하지 않으면 점점 내 몸은 나빠지게 마련이다. 중년 건강의 핵심은 건강한 식습관에 달렸다. 내 지인은 한번 아프고 난 이후 아주 철저하게 식습관을 바꾸었다. 어떠한 일이 있어도 그것을 지킨다. 아내의 도움을 받는 것이 아니라, 스스로 자신의 식단을 만들어 놓고 지키는 것이다. 항상 저녁에 다음날 아침식사를 자연식 위주로 준비해 냉장실에 넣어놓는다. 저녁은 일찍 가볍게 먹고, 꼭 약간 허기진 상태에서 잠자리에 든다. 아침에 일어나면 바로 양치질을 하고 꼭 뜨거운 물을 한잔 마신다. 아침은 채식위주로 한다. 저녁에 준비해 놓은 파프리카, 삶은 달걀 한 개, 살짝 익힌 토마토 1개, 견과류 10개, 보충제로 가벼운 식사를 즐긴다. 점심은 사람들을 만나면 가리지 않고 먹는다. 저녁 역시 가볍게 자신만의 준비된 식단으로 먹는다. 이렇게 하면서 6개월에 한번 정확하게 날짜를 정해놓고 병원에서 정기검진, 혈액 검사를 받는다. 그리고 그 기록을 전부 스마트폰에 별도로 저장해 놓는다. 이상이 그의 식단 및 식습관인데, 그는 진료 중 의사 선생님이 하신 말씀도 전부 메모해 놓았다. 가히 내가 본 것들

중 최고의 건강관리라고 할 만 했다. 오죽하면 의사 선생님이 자신보다 더 건강하니 더 이상 걱정 말라고 할 정도란다. 이런 지인을 보면서, 나 역시 내 몸의 소중함을 느끼게 된다. 주변에 큰 병은 아니지만 식습관에 따른 크고 작은 병을 가지고 있는 분들을 보면, 그 분들이 먹는 음식이 가장 먼저 보인다. 가끔 대형마트 계산대에서 주변 사람들의 카트를 유심히 관찰한 적이 있다. 그분들의 카트에 담긴 식재료와 그분의 몸 상태가 대부분 일치하고 있음을 발견했다. 카트가 넘치도록 과자, 음료, 라면, 햄, 반조리 식품을 채운 분들은 대부분 과체중처럼 보였다. 반면 건강해 보이는 분들의 카트는 대부분 야채 위주로 카트가 가벼워 보였다. 우리 몸은 반항하지 않고 내가 24시간 동안 무엇을 먹었는지 빠짐없이 몸 안의 세포들에게 기록하고 있다. 무엇이 안 좋은지, 무엇이 좋은지, 무엇이 해결 불가능한지를 상세하게 기록한다. 그러다가 어느 순간 해결 불가능한 한계점에 도달하면 폭발한다. 그때가 되면 중환자실에 누워서 후회하는 것말고는 할 것이 없다. 하지만 우리 몸은 절대로 이유 없이 반항하지않고, 서서히 아주 서서히 주인에게 말한다. 그리고 증상을 알려준다. 그런데 바쁘다는 핑계로 그 신호를 무시할때 질병이 생긴다. 내가 회사를 위해서 최선을 다하듯 내 몸도 나를 위해서 최선을 다한다. 오늘 내가 무엇을 먹었는지 단 한 가지도 빠트리지 않고 24시간의 기록을 내 세포에 저장한다. 오늘은 나를 위해 24시간 쉬지 않고 일하고 있는 소중한 내 몸 속 가족들을 생각해 보자. 내 자식에게 좋은 것을 먹이고 싶듯이 내 몸 에게도 좋은 것을 먹여주자. 정말 건강하고 싶다면 항상 배고픔을 유지하라. 대부분의 경우, 식사시간을 정해 놓고 배가 고프지 않아도 그때가 되면 무조건 식사를 한다. 그것도 과식한다. 심심하면 간식, 군것질을 일삼으니, 배고픔을 느낄 틈이 없다. 하지만 배고픔을 자주 느낄수록 더 건강해진다는 사실을 알아야 한다. 배가 고파서 내 몸이 밥 달라고 꼬르륵 거리는 소리를 언제 들어보았는가? 항상 적게 먹고 배고픔을 유지하는 것 그것이 건강의 시작이자 행복의 시작이다. 내 몸은 알고 있다. 하루 24시간 동안 무엇을 먹고 어떤 운동을 했는지 빠짐없이 기록하고 있다는 것을 명심하자. 그 핵심은 건강한 식습관 유지, 규칙적인 운동이다. 자, 이제 깨달았다면 즉시 행동으로 실천하자.

은퇴전략 핵심질문

1. 오늘 하루 24시간 동안 무엇을 먹었는지 기억하는가?
2. 내 몸에 좋은 것, 안 좋은 것을 구분해서 기록하라
3. 내 몸 건강에 가장 안 좋은 먹거리 한 가지는 무엇인가?

03

—

내 몸은 쓰레기통이 아니다

🌷

　중년의 나이가 되어서 내 몸을 위한 최고의 선물을 선택했다. 그동안 쉼 없이 달려준 내 몸에 대한 고마움 표시로 우리 부부는 '이종희 항암요리연구소'에서 운영 중인 '식이해독 4주과정'에 도전했다. 이 프로그램은 건강과 요리가 접목되는 과정인지라 아내의 도움이 절실했다. 은퇴 후 부부가 함께 건강해지기 위한 첫 도전이었다. 매주 토요일 아침 일찍 대전 교육장까지 아내와 드라이브를 하면서 즐거운 마음으로 시작했다. 1주차 시작부터 뭔가 달랐다. 사전 배부된 10장 정도의 문진표 작성을 통해 개인별 맞춤 혈액검사를 위한 혈액체취와 소변검사를 위하여 전문가 선생님들이 대기하고 있었다. 이곳 연구원들은 수강생 한 명 한 명을 안내하느라 바쁘게 움직이고 있었다. 교육장에는 얼마 전 TV프로그램 〈엄지의 제왕〉에서 항암요리전문가'로 출연하신 이종희 대표님의 사진들이 걸려 있었다. 먼저 선생님들의 지시에 따라 개인별 체중, 체지방, 혈압, 얼굴 사진 촬영, 허리 사이즈까지 다양한 기본 검사를 마쳤다. 드디어 오전 교육이 시작되었다. 우리몸은 어떻게 음식을 소화시키고 에너지를 만들기 위한 영양소를 생성해 내는지, 우리 몸의 신비를 사례중심으로 자세히 설명해 주시는 이종희대표님의 열정은 작은 거인을 연상케 했다. 강의를 듣는 내내 왜 히포크라테스가 "음식으로 고치지 못하는 질병은 약으로도 고칠 수 없다"고 했는지 실감할 수 있었다. 오후 시간은 식이해독에 필요한 파이토케미컬 위주의 식재료를 이용한 해독요리를 직접 순서대로 알기 쉽게 설명한 다음, 시연을 보이고 레시피를 제공했다. 누구나 쉽고 간편하게 만들 수 있는, 최고의 황금 레시피로 이루어진 건강요리였다. 중요한 것은 남자들도 도전하기 쉽고, 혼자 사는 사람들도 집에서 쉽게 만들 수 있다는 사실. 그렇게 완성된 요리는 세상 어느 고급 호텔에서도 만나기 힘들 정도로 화려하고 아름다웠으며, 맛 또한 뛰어났다. 그 음식을 섭취하자마자 마치 우리 몸이 행복한 비명을 지르는 것 같았다. 그동안 내 몸이 경험하지 못한 각종 에너지가 함유된 음식을 마구마구 넣어주었다. 50년 동안 혹사시킨 내 몸에 대한 첫 번째 배려는 건강한 식재료를 이용한 최고의 음식을 먹는 것이었다. 이렇게 마냥 행복할 줄 알았던 식이해독 과정은 다음 날부터 힘든 고행으로 변했다. 50년 동안 내 몸에 쌓인 독소를 빼내기 위해서 2일간 레몬수만 마시는 단식에 들어간 것이다. 단식은 생각보다 힘들었다. 모든 음식이 먹고 싶어졌다. 내 몸의 장기들은 어서 음식을 달라고 아우성을 쳤다. TV 방송에서도 온통 먹는 것만 보였다. 마트에 물건을 사러 가면, 식품 코너의 음식 냄새가 나를 유혹했다. 무조건 일찍 잠자리에 드는 것이 배고픔을 이기는 방법이었다. 그렇게 무사히 이틀을 보내고 났더니 몸은 에너지가 딸리는 것이 아니라, 오히려 넘치는 기현상을 경험할 수 있었다. 3일차부터 브로콜리 등 다양한 건강 식재료를 이용한 최고의 요리로 내 몸 세포에 그동안 쌓인 독소를 배출하고, 새로운 에너지를 흡수할 수 있는 최고의 보양식을 먹기 시작했다. 음식에 대한 완전한 행복은 딱 이틀만 굶어 보면 누구나 알 수 있다. 야생의 짐승들은 다치거나 아프면 자신을 치유하기 위한 수단으로 꼼짝도 안하고 굶으면 자연스럽게 낫는다는 것을 안다. 야생동물들은 그렇게 건강을 회복한다. 우리 인간의 몸도 똑같은 원리로 이루어져 있지만, 우리는 오히려 거꾸로 하고 있다. 알려준 레시피대로 채식위주의 식단, 살아있는 식재료를 이용한 음식만 섭취하고, 늘 점심 도시락을 챙겨서 다녔다.

2주차가 되었다. 일주일 만에 만난 교육생들의 피부가 몰라보게 달라졌다. 거무스레하던 피부가 약간 맑아진 느낌이었다. 순간 '이

건 뭐지? 내 얼굴은 그대로인 것 같은데.' 라는 생각이 들었다. 또 다시 체중과 체지방, 혈압을 측정했다. 이럴 수가! 일주일 사이에 체지방 무려 3kg이나 줄었다. 2주차 교육도 천연 식재료를 받아들이는 우리 몸 속 장기들의 역할과 더불어 어떤 음식과 어떤 식재료를 내 몸이 좋아하고 싫어하는지에 대하여 체계적으로 교육 받았다. 똑같은 식재료를 이용해도 요리 방법, 먹는 방법에 따라서 내 몸에 흡수되는 것이 다르다는 사실은 과연 정말일까? 그동안 나는 토마토를 칼로 작게 자른 후 설탕을 뿌려서 먹어 왔는데, 그것은 아주 잘못된 습관이었다. 토마토를 살짝 익혀서 껍질을 벗기고 올리브유를 뿌린 후, 마른 견과류와 함께 먹으면 토마토 약 성분을 그대로 흡수할 수 있다는 것을 비로소 알았다. 역시 아는 만큼 보이고, 아는 만큼 내 몸의 건강을 챙길 수 있다. 지금까지 나는 하루에 보통 커피 7잔 정도를 마셨다. 그 유혹을 견디고 매일 아침 집에서 손수 만든 레몬수를 들고 다니면서 하루에 2리터 이상을 마시다 보니 커피의 유혹이 사라졌다. 이번 4주간 동안 커피는 끊기로 마음먹고 잘 지켜냈다. 레몬수는 우리 몸 속 독소 배출의 1등 공신이다. 또한 매일 땀이 날 정도로 운동을 해야 했다. 운동이 잘 안 되는 날은 사우나로 직행했다. 땀이란 결국 내 몸에 불필요한 독소를 배출하는 과정이다. 자연스런 운동이 땀 빼기에 단연 최고다. 아침에 일어나자마자 바로 체온을 재고, 몸을 따뜻하게 만드는 반발효 차를 마시며, 혈압, 체중,

체지방을 체크하고 기록한다. 아내는 복용하고 있던 당뇨 약을 끊고 식이해독을 시작했다. 다행히 약을 먹었을 때보다 당뇨 수치는 살짝 높지만 크게 나쁘지 않은 범위를 유지하는게 신기했다. 당뇨와 고혈압 약은 평생 먹어야 한다는 의사들의 주장은 과연 진실일까 하는 의심이 든다. 양파즙을 넣은 아로니아 주스와 함께 건강스프 요리로 아침을 먹는다. 고형식 식사에 익숙한 우리 몸이 서서히 변화를 받아들이는 것은 아침 화장실에서 느낄 수 있다. 2주차가 되니 그동안 겨울이면 약간 가렵던 알러지 증상도 많이 줄어들었다. 아침과 저녁을 스프로 식사하니 배는 고프지 않지만, 뭔가 허전한 느낌이 계속 들었다. 음식에 대한 유혹이 있었지만 참고 또 참았다. 내 몸을 완벽히 바꾸는 4주간의 실험 중이었기 때문이다. 나보다 더 독한 사람은 아내였다. 철저히 주어진 식단에서 한 치의 오차도 없이 따라하고 있었다. 덕분에 당뇨약을 끊었지만 큰 문제가 없었다. 놀라운 음식의 힘이었다. 아침저녁으로 담당 연구원들이 전화로 우리의 몸 상태 변화를 체크해 주었다. 우리는 매일 저녁에 세부적으로 일지를 기록해서 카톡으로 전송해야 했다. 매일 숙제를 검사받는 심정이었지만, 이렇게 해야 내 몸의 변화와 반응을 확인할 수 있기 때문에 성실하게 작성했다.

3주차. 아침에 대전까지 한 걸음에 달려가니 수강생들의 변화된 모습이 피부로 느껴졌다. 여성분들이 대부분이라 훨씬 큰 변화를 느낄 수 있었다. 3주차 핵심은 '유혹을 견뎌라' 였다. 왜 그렇게 이종희 대표님이 힘주어 강조하는지 알 수 있었다. 대표님이 지난 20년 넘게 암환자를 음식으로 치유하면서 경험한 수많은 사례는 참으로 놀라웠다. 진실로 음식은 약이었다. 모두가 포기해도 음식은 끝까지 사람을 포기하지 않고 생명을 살려냈다. 결국 문제는 잘 아는 것이다. 내 삶을 바라보는 관점, 질병을 바라보는 관점, 어떤 치료를 선택할 것인가 하는 관점들이 중요하다. "내 몸이 쓰레기통이 아니다." 라고 주장하는 이종희 대표님 말씀을 이해할 수 있었다. 결국 내가 입을 통해서 내 몸에 무엇을 넣는가에 따라서 건강은 좌우된다. 신기하게도 우리 몸은 어떤 음식을 먹든 똑같이 그것을 분해하기 위해서 열심히 일한다. 내 몸이 쓰레기통도 아닌데 아무 음식이나 내 몸 안으로 마구 집어넣고 있지는 않는지, 그 수많은 음식을 처리하기 위해서 내 몸이 어떻게 일하고 있을지 한번쯤 돌아볼 일이다. 가끔 TV 프로그램에서 출연자가 음식을 먹는 것이 아니라, 씹는 과정도 없이 꾸역꾸역 밀어 넣고 있다는 느낌을 받을 때가 있다. 내 몸이 쓰레기통도 아닌데 무조건 많이 쓸어 넣는다면, 그 쓰레기는 누가 처리할 것인가? 바로 내 몸이다. 내 몸을 소중하고 건강하게 명품으로 대우한다면, 어떤 음식을 어떻게 먹어야 할지부터 생각해보자. 한밤 중 지나친 야식으로 힘들어하는 내 몸을 위로해 주자. 주인은 쿨쿨

잠을 자고 있지만, 내 몸은 그 쓰레기를 치우기 위해 밤새 고생을 한다. 그 결과가 아침에 퉁퉁 부은 얼굴로 나타난다. 내 몸은 이렇게 말한다. "나, 지난 밤에 ... 쓰레기 치우느라 너무 힘들었어." 부자나 건강한 사람들이 왜 자연식, 유기농 음식을 선호하고, 왜 소식을 하는 것일까? 그들은 자신의 몸이 쓰레기통이 아니란 사실을 알고 있는 것이다. 주인이 무엇을 먹던 그것을 소화시켜야 하는 것이 내 몸 속 장기들이 해야 할 운명이고, 도저히 견딜 수 없을 경우 내 몸은 질병으로 표현한다. 결국 내 몸을 병들게 만드는 것도 건강하게 만드는 것도 내가 선택한 음식에 달려있는 것이다. 모든 이들에게 건강한 식습관의 중요성에 대한 프로그램 〈SBS스페셜 바디버든〉을 추천한다. 우리의 잘못된 식습관과 환경으로 인해 내 몸이 어떻게 망가지는지를 잘 알게 해준다. 꼭 부부가 함께 시청하기를 추천한다.

4주차. '이제 자유다!'를 외치면서 대전으로 향했다. 3주간의 결과를 검사 받는 엄숙한 순간들. 일단 체중과 체지방을 체크했다. 시작할 때 체지방 27.3 kg에서 3주만에 20.4kg로 무려 7kg이나 줄었다. 무엇을 했기에 이런 변화가 생긴 것일까? 격렬한 운동도 없었다. 단지 음식만 채식위주, 살아있는 음식으로 바꾸었는데 이런 놀라운 변화가 생겼다. 아내는 피부가 놀라울 정도로 맑고 투명해졌다. 그 어떤 비싼 화장품을 사용한 것보다 더 건강하게 변했다. 당뇨약을 끊었는데도 혈당은 정상에 가까운 수치를 보였다. 식이해독과정을 마치자 내 몸은 명품이 되었다. 문제는 어떻게 이것을 관리할 것인가 하는 숙제가 생긴 것이다. 밖에서 사람들을 만나 함께 식사를 할 때에도 가능한 한 내 몸에 유리하게 채식위주의 소식을 할 생각이다. 내 몸을 향후 어떻게 대우할 것인가? "살아 있는 음식은 입으로, 죽어있는 음식은 쓰레기통으로!" 이것이 정답이다. 내가 살아 있다면 살아 있는 음식을 먹자. 간편식은 살아 있는 음식이 아니다. 주방을 지키는 주부들이 살아 있는 식재료를 애용해야 한다. 싸고 좋은 음식은 없다. 간편하고 편리한 음식은 입은 즐겁지만 건강에는 해롭다. 결국 건강은 주방에서 살아있는 식재료를 활용한 hand made를 통해서 가능하다. 부엌에서 들려오는 엄마들의 도마 소리가 그 집의 건강 보조지표다. 약이나 건강보조제는 내 몸을 유지하는 그야말로 보조 역할을 할 뿐이다. 중요한 것은 내가 무엇을 먹는가에 달려 있다. 매일 내 몸에 안 좋은 음식을 먹고, 운동도 안하는 사람이 약 한 봉지 먹고 건강이 유지되길 바란다는 것은 넌센스이다. 우리 몸은 절대로 거짓말을 안 한다. 좋은 음식, 나쁜 음식 먹은 대로 반응한다. 그러니 꼭 명심하자. 내 몸은 쓰레기통이 아니다. 제발 아무거나 넣지 마라. 제발.

1. 죽은 음식, 살아있는 음식 중에 무엇을 더 많이 먹는가?

2. 과식, 소식, 야식 중 무엇을 좋아하는가?

3. 자신의 적정체중, 혈압, 체지방을 알고 있는가?

04

—

하루 5분 건강관리비법 3가지

현역에서 물러난 은퇴자들에게 여유롭고 넘쳐 나는 것이 시간이다. 특별한 일정이 없기 때문에 아침에 일어나는 시간도 일정하지 않다. 문제는 이렇게 되면 꼭 반갑지 않은 친구가 찾아온다. 바로 건강의 적신호다. 직장생활 동안은 정해진 스케줄에 따라서 바쁘게 움직이느라 제대로 건강을 챙기지는 못했지만, 그래도 매년 꼬박꼬박 건강검진을 통해서 어느 정도 건강관리를 할 수 있었다. 어쩌면 건강검진이 그런 **빡빡한** 직장생활 중의 건강관리 비법이었는지 모른다. 문제는 은퇴 후에는 매여진 삶이 아니다 보니 건강관리도 소홀히 하게 된다는 것이다. 그 결과 병원을 자주 찾게 된다. 건강하지 못하면 아무리 돈이 많아도 소용없다. 은퇴자들도 하루에 딱 5분만 투자하면 매일 자신의 건강을 체크할 수 있다. 어렵지도 않고 힘들지 않은 세 가지 방법을 알아보자.

첫째. 체중 / 체지방 체크

매일 아침 기상과 동시에 화장실을 다녀온 후, 바로 체지방이 표시되는 체중계를 이용해서 체중과 체지방을 측정해서 기록하자. 체지방을 체크 하면서 남성과 여성의 표준 체지방을 확인하고 매일 비교하기 바란다. 이것만으로 자신의 기본 건강관리가 된다. 인터넷으로 2 ~3 만원이면 다양한 측정이 가능한 스마트체중계를 구입할 수 있다. 여기에 기본으로 남편과 아내 각자의 성별, 나이를 입력해 놓고 사용하면 된다. 대부분 스마트폰 어플리케이션으로 연동되기 때문에 매일 편리하게 자신의 체중과 체지방을 확인할 수 있다. 기존에 사용하던 체중계 대신 인바디 측정이 가능한 체중계를 구입해서 즉시 활용하면, 적은 돈으로도 건강 관리의 기본을 지킬 수 있다.

둘째. 혈압체크

나이가 들면서 혈관에 문제가 생기면 고혈압이 찾아온다. 혈압측정기를 하나 구비해서 아침마다 동일한 시간에 혈압을 측정해서 기록하자. 그 결과를 보면서 정상수치를 유지하려고 노력하자. 사람에 따라서 병원에만 가면 긴장이 되어서 그런지 평상시 집에서 측정했을 때보다 혈압이 높게 나오는 경우가 있다. 이럴 때는 반드시 집에서 측정한 기록을 의사에게 보여주는 것이 좋다. 그러면 의사가 종합하여 적절한 처방을 내려준다. 인터넷쇼핑몰을 활용하면, 6만 원 정도로 가정용 혈압측정기를 구입할 수 있다. 은퇴가정이라면 필수로 챙겨야 할 품목이다. 2018년 통계 기준에 따르면, 국내 만30세 이상 성인의 28.3%가 고혈압 환자라고 한다. 매일 아침마다 꼭 혈압을 체크하는 은퇴자의 아침 일상이 되었으면 좋겠다.

셋째. 혈당 체크

한국식 식단은 당뇨에 취약할 수밖에 없다. 따라서 고혈압과 당뇨병 환자도 점점 더 증가하고 있다. 은퇴 후에 혈압과 당뇨 두 가지만 잘 관리해도 누구보다 건강할 수 있다. 약국에 서 자신이 사용하기에 편한 당뇨체크 기계를 구입하자. 무엇보다 한국인 식단의 김치찌개, 된장찌개, 설렁탕을 먹을 때 국물까지 원샷하는 버릇을 고쳐나가자. 가능하면 건더기 위주로 먹고 국물은 적게 먹는 것이 건강에 이롭다.

비교적 건강한 사람은 일주일에 한번만 검사해도 괜찮다. 가능하면 매일 아침 공복혈당을 기록하기를 추천한다. 이것이 가장 적은 돈과 시간을 투자해서 내 몸의 건강상태를 체크하는 방법이다. 6개월에 한 번씩 날을 정해 검진센터에 가서 혈액검사만 받아도 충분히 자신의 몸상태를 알 수 있고 사전에 질병을 예방할 수 있는 좋은 방법이다. 매일 혈액검사 결과에 따라 식단을 조절하고 적당한 운동을 병행한다면 은퇴 이후에 건강한 삶을 유지할 수 있다. 일단 병이 들어 병원에 의지하게 되면 아무리 재산이 많아도 소용이 없다. 좋은 병원을 이용할 생각을 버리자. 평소에 건강관리를 잘하여 병원에 안 가는 것이 최선이다. 힘든 직장생활을 하면서 근근이 저축한 자산이 병원비로 지출되어서야 하겠는가! 건강관리를 잘해서 병원비를 아껴 여행경비로 사용하자. 그래서 건강을 건강자산이라 부르는 것이다. 100세 인생은 이제 기본이다. 은퇴 후 남은 절반의 세월을 건강하게 유지하는 기본은 생각보다 쉽다. 하지만 대부분 이를 무시한다. 매일 아침 딱 5분만 투자해서 위에 언급한 3가지를 꼭 실천하고 매일 결과를 기록하기 바란다. 또 6개월마다 정기혈액검사를 하여 그 결과를 반드시 한 개의 파일에 기록하여 관리하면서 자신의 몸 상태를 수치로 비교 검토해보기 바란다. 건강을 예방차원에서 관리하는 것은 쉽다. 하지만 일단 병이 발생하면, 그 어떤 노력과 시간 그리고 돈으로도 질병 치료가 불가능해질 수도 있다. 그래서 예방이 중요한 것이다. 건강은 돈으로도 살 수 없지만, 스스로의 노력으로 예방은 얼마든지 가능하다. 내 몸을 소중히 생각한다면 소중히 관리해야 하고 그 기본이 식단조절이다. 항상 내 몸을 힘들게 만드는 식단이라면 한번쯤 생각해 보아야 한다. 맛있게 먹은 육류와 가공식품 때문에 우리 몸은 그걸 소화시키느라 죽을힘을 다해야 한다. 지치지 않은 것이 더 이상할 것이다. 은퇴자들의 몸은 청춘 상태가 아니다. 내 몸에 적당한 휴식을 주는 것이 곧 에너지를 충전하는 것이다. 건강은 건강할 때 지키라는 말이 그냥 생긴 것이 아니다. 은퇴자의 삶의 질을 결정하는 건강관리는 위에서 언급한 3가지만 잘 지켜도 충분하다. 건강이 최고의 자산임을 잊지 말자.

은퇴전략 핵심질문

1. 내 나이의 적정 체중, 체지방을 알고 있는가?
2. 1년에 한 번 정기검진을 받고 있는가?
3. 체중, 체지방, 혈압, 당뇨수치를 어떻게 관리할 것인가?

05

—

간편식이 건강을 망친다

🌷

　　과거에는 어른들의 질병, 부자병이라고도 불렀던 것이 당뇨다. 지금은 소아당뇨 환자도 늘어나면서 이제는 생활질병이 되었으며, 이 수치는 점점 증가하고 있다. 중년의 직장인이라면 대부분이 당뇨 걱정을 하는 지경에 이른 것이다. 원인이 무엇일까? 청소년 시절부터 부모님이 바쁘다는 이유로, 각종 배달음식에 길들여진 결과다. 고속도로 휴게소에 들릴 때마다 아이들이 환호성을 지르며 달려가는 곳은, 정체불명의 알록달록한 사탕을 파는 자동판매 기계나 간편식 코너다. 그렇게 자란 아이들이 훗날 직장인이 된다. 현대인들은 건강한 음식보다 시간을 아낄 수 있는 간편식을 선호한다. 우리 삶에서 가장 중요한 것이 의식주 세 가지다. 그중의 한 가지인 음식을 우리는 과연 어떻게 대하고 있는가? 직장인에게 가장 필요한 것이 아침시간 확보다. 다들 '바쁘다 바빠.'를 외치면서 출근 전쟁을 치른다. 아침밥보다 부족한 시간을 확보하는 것이 우선이다. '밥심'으로 일한다면서 매끼 고봉밥을 먹던 시절은 이제 옛날 이야기가 되었다. 전통적인 방식으로 조리한 음식을 놋그릇에 담아 내오는 것을 보면 이것이 바로 건강식이구나 하고 바로 느끼게 된다. 직장인들의 아침식사는 대체로 밥이 아니라 간편식이다. 샤워하기 전에 토스트 기계에 식빵 두 개를 넣고, 샤워를 끝낸 다음 바로 딸기잼, 치즈 한 장, 얇은 햄 한 조각을 구운 식빵 위에 올린다. 식탁에 앉아서 찬찬히 꼭꼭 씹어 먹는 것도 아니다. 화장까지 하면서 대충 삼키고 우유 한 잔으로 음식을 목으로 꾸역꾸역 넘긴다. 그런 시간도 부족하면 전철이나 흔들리는 버스 안에서 화장을 한다. 지하철 계단을 오르다 보면, 아침을 못 챙겨먹은 사람들을 대상으로 김밥과 우유를 파는 반짝 아침 아르바이트도 있다. 소중한 아침 한 끼를 해결하게 해주는 고마운 분들이다. 나도 구로디지털단지역 근처 사무실에 출근을 할 때 몇 번 이용한 적이 있다. 커피숍에 앉아 김밥이나 샌드위치로 아침식사를 하고 있는 직장인들의 모습은 이제 너무나 익숙한 풍경이다.

우리는 직접 음식을 준비하고 차리는 것 대신, 이렇게 간편 식사로 아침 시간을 아낀다. 그렇게 절약한 시간은 모두 회사를 위해서 투자한다. 그렇다면 우리 몸은 시간 절약 대신 선택한 간편식을 어떻게 받아들일까? 아침 일찍 부엌에서 아침 준비를 하면서 엄마의 탁탁거리는 도마 소리를 지금 아이들은 들어본 기억이 있을까? 김이 모락모락 나는 된장찌개 속 두부 맛을 과연 지금 직장인들은 기억하고 있을까? 우리 몸 안의 세포와 장기들은 아주 똑똑히 기억하고 있다. 예전에는 집에서 차린 느리고 균형 잡힌 식단 덕분에 생활 질병이 없었다. 그러나 바쁜 현대인들과 간편식은 생활 질병과 너무나 잘 어울리는 환상의 궁합을 자랑한다. 지금 직접 먹어보지 않고 맛보지 않아도 군침이 돌게 하는 사진이 박힌 음식 광고물이 넘쳐난다. 한 달 치를 주문하면 국까지 집으로 배달되는 시스템도 있다. 현대인들은 엄마의 정성 가득한 밥상보다 간편식에 길들여져 있다. 엄마의 밥상보다 패스트푸드를 더 선호한다. 물 아닌 물을 마시고, 수시로 간식과 군것질을 한다. 그것도 보는 것만으로 군침이 돌게 하는 정체불명의 음식을 먹고 마신다. 하지만 우리 몸으로서는 난생처음 보는 음식이다. 몸은 그 정체불명의 음식을 소화시키기 위해 날마다 전쟁을 치른다. 그런 음식을 소화시키기 위해서 싸우고 또 싸우다 지치면, 우리 몸은 조금씩 힘들다는 신호를 보낸다. 그런 음식이 아이들 몸에 쌓인 결과가 어린이 당뇨, 고혈압, 아토피 등이다. 이 수치는 점점 빠르게 증가하고 있다. 내 몸이 간편식과 싸우다 항복한 신호들이다. 이런 모든 것들이 생활 질병의 원인이 된다. 고급 식당에서는 요리사가 보통 몇 시간이나 걸린 후에 음식을 완성하여 내놓는다. 손님들의 체질과 건강 상태를 고려하여 음식을 조리해서 내놓는다. 반면 모두의 입맛을 자극하는 브런치나 패스트푸드는 몇 분이면 뚝딱 나와 우리의 시각, 후각을 자극한다. 건강을 생각한다면, 최소한 어떤 음식이 나의 건강에 좋은 것인지, 내가 먹는 음식이 어떤 조리과정을 거치는지에 대해 한 번쯤 확인해보아야 한다. 엄마의 요리 과정과 간편식을 만드는 과정만 비교해보아도 쉽게 알 수 있을 것이다. 우리는 절약한 시간을 직장 생활과 돈 버는 일에 전부 투자한다. 만약 그렇게 힘겹게 모은 돈을 전부 병원비로 지출한다면 어떻게 될까? 게다가 병원에서 더 이상 치료가 불가능하다고 하면 어떻게 될까?

건강의 가장 기본이 되는 것이 음식이다. '건강을 잃으면 전부를 잃는다.' 라는 말은 그냥 생긴 말이 절대 아니다. 과거와 달리 유기농 식품 매장을 찾는 주부님들이 늘어나고 있다. 일반 마트에 비하면 훨씬 비싼데도 왜 굳이 찾아들까? 건강의 기본이 건강한 먹거리에 있음을 알기 때문이다. 이곳에 간편식은 없다. 오직 엄마의 밥상을 준비하는 기본적인 음식재료가 있을 뿐이다. 은퇴자들에게 건강은 진짜 소중한 자산이다. 왜 내가 '건강자산' 이라고 부를까? 건강은 절대 돈으로 살 수가 없다. 또한 한순간에 뚝딱 만들어 낼 수도 없다. 충분한 시간, 노력을 투자해야 한다. 은퇴 이후 시간적 여유가 있다면, 주말농장이나 텃밭 가꾸기를 통해서 건강한 먹거리를 직접 길러보자. 직접 키워낸 먹거리를 도마 소리를 내며 음식을 만들어 보자. 마치 그 옛날 엄마가 주방에서 하던 것처럼. 바쁜 현대인들이 종종 알약 할 알로 식사를 대신하는 시대가 왔으면 좋겠다는 말을 하지만, 막상 그것이 현실이 되면 정말 행복할까? 우리는 왜 그토록 열심히 일을 하는가? 따지고 보면 누구나 의식주 이 세 가지를 벗어날 수 없다. 건강하지 않으면 아무런 소용이 없고 그 핵심이 음식에 달려 있다. 음식을 요리하는 대신 시간을 아끼기 위해 선택하는 간편식에서 벗어나 보자. 패스트푸드, 물 대신 마시는 각종 음료, 향신료로 범벅이 된 정크식품의 유혹에서 벗어날 때 생활질병은 예방될 수 있다. 이런 노력은 곧 가정의 건강, 자식들의 건강을 지키는 길이다. 특히 은퇴자들은 시간적 여유가 있다. 주방에서 많은 시간을 보내면서 요리의 즐거움을 깨닫자. 직장생활 동안 음식을 요리하는 대신 시간을 아꼈다면, 이제 거꾸로 해볼 때가 되었다. 남는 시간을 활용해서 멋진 건강요리에 도전해 보자. 나 역시 자주 주방에 들어가서 요리를 해보려고 노력한다. 정체불명의 음식이 아니라, 간단하지만 건강한 식재료를 이용해서 두부찌개 요리를 만들어도 딸아이는 맛있다고 좋아한다. 음식을 요리하는 데에 시간을 투자해 보자. 누구보다 내 몸이 좋아할 것이다. 건강자산의 핵심은 건강한 먹거리에 달려있다. 바쁘게 쉴 시간도 없이 달려온 직장 생활을 넘어섰다면, 이제는 건강을 위해서 달려보자. 주말농장에서 유기농 식재료를 기르고, 주방에서 건강밥상을 만들어 보자.

은퇴전략 핵심질문

1. 일주일에 외식은 몇 번 하는가?
2. 일주일에 배달음식, 간편식은 몇 번 하는가?
 3. 지역 내 유기농 매장을 알고 있는가?

06

—

소일거리가 건강을 지킨다

🌷

은퇴자들에게 가장 중요한 것을 꼽으라면 나는 단연코 건강이다. 돈이면 다 된다고 생각할 수 있지만, 반은 맞고 반은 틀렸다. 질병을 돈으로 예방할 수는 있지만, 완전히 고칠 수는 없다. 세계 100대 부자에 들어도 80세를 못 넘기는 분들을 뉴스에서 종종 접한다. 반대로 유명하지도, 부자도 아니지만 평범하게 100세를 넘기는 분들도 많다. 어느 쪽이 더 좋을까? 선택은 자유다. 은퇴이후 건강을 유지하는 비결은 무엇일까? Job(소일거리)이 도움을 줄 것이다. 은퇴 전의 Job과 은퇴 후의 Job은 다르다. 퇴직 전 직장은 가족을 부양하는 책임이 따른다. 좋든 싫든 버텨내야 한다. 그것이 직장인 모두의 숙명이다. 간간히 그 부담이 싫어서 뛰쳐나오기도 하지만, 결국 다시 직장으로 돌아가는 것이 현실이다. 그렇게 버틴 다음에 만나는 것이 은퇴다. 그런데 왜 은퇴자의 건강을 책임지는 것이 Job이라고 했을까? 직장인들의 건강을 책임지는 것 중 하나가 규칙적인 생활습관이다. 나 역시 33년이란 직장생활을 마친 후 프리랜서로 활동을 본격적으로 시작했을 때, 가장 아쉬웠던 것이 규칙적인 운동시간이었다. 사실 직원 건강은 회사에 도움이 되기 때문에 다양한 운동기회를 제공했다. 헬스장, 다양한 운동기구, 샤워실, 사우나 시설까지 지금은 경쟁적으로 사원복지 시설을 강화하고 있다. 따라서 은퇴 이후 우리가 만나야 할 Job은 수입이 목적이 아니다. 은퇴 이후 Job의 조건은 세 가지다. 첫째. 내가 좋아하는 일을 할 것. 둘째. 규칙적일 것. 셋째. 용돈 수준의 소득을 보장할 것.

은퇴한 지인들을 만나보면 두 부류로 나뉜다. 사회적인 활동을 하고 있는 분들은 비교적 건강해 보이지만, 반대의 경우에는 자기관리가 전혀 안 된 사람처럼 보인다. 그분들이 하시는 말을 들어보아도, 돈 걱정이 아니라 대부분 시간관리에 대해 걱정한다. 은퇴 이후 건강관리를 위해서 반드시 준비해야 할 것은 다음날 아침에 일어날 이유를 만드는 것이다. 돌이켜보면 직장생활 동안에는 아침에 일어나는 것이 너무 싫었지만, 그 덕분에 건강이 잘 관리된 것이다. 은퇴자들은 스스로 소일거리를 찾아야 한다. 돈 욕심을 버리고, 어깨에 힘을 빼고 주변을 바라보면 소일거리는 의외로 많다. 누구에게나 은퇴에 이르는 동안 자신만의 다양한 경험을 쌓아왔을 것이다. 그런 경험을 이용하면 도서관, 주민자치센터, 문화센터 같은 곳에서 재능기부 강의를 할 수 있다. 중요한 것은 시간낭비라 생각하지 말고, 가치 있는 일, 건강을 챙기는 일로 생각해야 한다는 점이다. 가끔 이런 곳에서 강의하는 분들 중에 속상해 하시는 분들을 만난다. 현직에 있을 때를 생각하면 상상할 수 없는 수준의 대우와 강사료, 그리고 사람들의 반응 때문이다. 마음을 비우면 된다. 은퇴 이후의 Job은 건강을 위한 것이지, 누군가로부터 대우를 받기 위함이 아니다. 오로지 여기에 초점을 맞춘다면 섭섭한 마음대신 고마운 마음이 들 것이다. 재능 기부는 특별한 사람만이 할 수 있는 것이 아니다. 주변을 둘러보면, 나의 경험, 재능, 가치를 나눌 수 있는 곳은 많다. 여유가 있다면 새로운 취미를 배울 때부터 이것으로 재능기부를 하겠다는 목표를 세우는 것도 좋다. 이 모든 것은 나이와 무관하다. 올해로 83세인 장모님의 건강이 좋지 않다. 그래서 매일 오전 요양보호사분이 방문하신다. 나이를 물어보았더니 75세라고 하셨다. 자식들은 모두 출가하고 혼자 남았는데, 일주일에 6일 3시간씩 요양보호사로 활동하신다. 대략 일주일에 18시간, 한 달이면 72시간 일하는 셈이다. 당연히 본인에게 건강관리도 되고 경제적 도움도 된다. 누가 시켜서 하는 게 아니라 본인이 좋아서 하는 만큼 매사에 긍정적이다. 가끔 반찬도 만들어 오신다. 자식들은 혼자 계시는 어머니가 그냥 편하게 집에서 놀았으면 좋겠다고 말하지만, 소일거리 없는 삶이 얼마나 참

혹한지 몰라서 하는 말이다. 그렇게 벌어서 손자들 용돈 주는 재미가 더 크기 때문이다. 은퇴 이후 건강관리를 위해서라도 반드시 Job이 필요하다. 일을 통해서 건강을 챙길 수 있다. 은퇴자가 선택할 일자리 핵심을 건강관리에 두자. 하루 24시간을 어떻게 보낼지 걱정하는 삶은 곤란하다. 며칠 전이었다. 택시를 탔는데 기사분이 네비게이션에 목적지 입력하는 것이 매우 서툴러 보였다. 간신히 목적지를 입력한 다음, 쑥스러운 듯이 말씀하셨다. "내 나이가 올해 75세인데 이제 그만두어야지 하면서도 못 그만두는 이유가 있어요. 만약 그만두면 하루 종일 집에 누워서 TV 리모컨만 이리저리 돌리면서 시간을 죽이고 있을 것 같기 때문이지요. 우리 친구들끼리 '누죽걸사' 라는 말을 자주 합니다. '누우면 죽고, 걸으면 산다.' 는 뜻이지요. 나도 일을 놓으면 '누죽' 신세가 될 게 뻔해요. 그래서 무리하지 않고 안전운전을 기본으로 늦게 나와서 일찍 들어갑니다." 모든 은퇴자들에게 똑 같이 주어지는 24시간의 시간관리, 이것을 Job으로 해결해야 한다. 나도 주 1회 2시간 강의를 위해서 많은 책을 읽어야 하고 자료를 찾아 힘겹게 파워포인트까지 작성해야 하지만 늘 즐거운 마음으로 한다. 돈을 목적으로 하지 않으면 Job은 즐겁다. 은퇴 후 행복한 인생을 여는 열쇠는 Job, 즉 소일거리다. 은퇴자가 꿈꾸는 Job은 작은 일자리다. 자신의 노력으로 이런 것은 얼마든지 만들 수 있다. 직장 안에서 동료들을 위해서 요가, 탁구, 헬스를 가르쳐본 경험으로도 얼마든지 주민자치센터 같은 곳에서 사람들을 가르칠 수 있다. 이것이 사람들과 어울리면서 행복과 건강을 지키는 즐거움의 수단이다. 하루 24시간을 지루하게 보내는 일상 대신 설렘과 작은 긴장감으로 살아 있는 행복을 느끼게 만들자. 건강한 사람보다 작은 질병을 가지고 있는 사람이 더 오래 산다는 말이 있다. 건강한 사람보다 더 조심하고 건강을 유지하기 위한 노력을 끊임없이 하기 때문이다. 내 동기생의 경우도 그렇다. 군 생활 중에 응급실에서 혼수상태로 며칠을 보낼 만큼 크게 다친 일이 있었다. 당시 많은 이들이 다시는 일어나지 못할 것이라고 예상했지만, 그는 기적적으로 깨어났다. 아직도 그때의 후유증으로 여러 부위에서 작은 통증이 있지만, 그 때문에 더 열심히 운동을 하는 등 남들보다 건강관리에 더 힘쓰고 있다고 한다. 이제는 그런 작은 고통마저 즐겁게 받아들이면서 운동을 하고 있다. 은퇴 후에도 그는 자신의 경험을 요구하는 새 일자리를 찾아 취업했다. 규칙적인 시간관리를 할 수 있는 작은 일자리를 찾아라. 은퇴자들에게 꼭 강조하고 싶은 것이 돈 욕심내기보다는 건강 욕심을 가지라는 것이다. 은퇴 이후의 Job은 돈을 벌기 위함이 아닌 건강관리를 위한 작은 일자리다. 그것이 진짜 돈을 버는 지름길이다. 은퇴 이후에 혹시라도 돈 욕심을 버리지 못한다면 이렇게 자신에게 물어라. 죽을 때 무엇을 가져 갈 것인가?

1. 일주일에 하루 정도 일할 곳은 준비되었는가?

2. 내 경험, 재능을 나누고 싶은 곳은 어디인가?

3. 내 지역의 문화플랫폼(교육기관)을 알고 있는가?

07

—

건강자산을 준비하라

　　건강자산을 갖추라는 말은 병원비를 줄여서 행복한 노후를 즐기자는 것이다. 2018년 65세 이상 노인계층 월 평균 의료비 지출이 37만원을 넘어섰고, 2018년 65세 이상 계층의 의료비 지출규모는 30조를 넘어섰다. 더 충격적인 것은 2030년에는 무려 90 조를 넘어선다는 사실이다. 한 평생 그토록 힘들게 벌어서 은퇴준비를 했는데, 행복한 노후가 아닌, 병원생활이 기다리고 있다면, 왜 그렇게 죽어라고 일만 했을까 하는 때 늦은 후회를 하게 될 것이다. 재산은 적어도 건강한 사람의 노후가 훨씬 행복하다. OECD 국가 중 대한민국이 노인빈곤율 1위라는 것이 현실이다. 은퇴자들의 노후가 그만큼 힘들다는 뜻이다. 치열한 경쟁률을 뚫고 간신히 취업하여 그곳에서 평생을 바쳐서 일했다면, 정년퇴직 이후는 행복해야 하지 않을까? 물론 지금은 정년조차 보장받는 것도 점점 어려운 세상이지만. 지금보다 인구가 줄어들 미래에는 공무원까지도 정년을 보장 받기 힘들 것이다. 아무튼 '취준생'에서부터 '퇴준생'까지 힘겹게 버텨오면서 우리는 오로지 돈 걱정 없는 노후를 꿈꾸며 살았다. 그리고 맞이한 노후, 그토록 열심히 앞만 보고 달려온 결과 돈 걱정 없는 행복한 노후가 준비되었다. 부부가 손을 잡고 국내여행부터 시작한다. 직장생활 동안의 짧은 여름휴가와는 비교가 안 되는 여유로운 시간, 풍성한 음식들, 맛집부터 지역 명소까지 여유롭게 여행을 시작했다. 그런데 갑자기 부부 중 한 사람이 병으로 입원이라도 하면, 그때부터 그들의 생활은 일순간 마비되기 시작한다. 그토록 힘들게 저축하고 모아놓은 돈은 한 순간에 병원비로 대부분 지출 되고 만다. 일주일 간격으로 독촉하는 입원비와 치료비 명세서를 받아드는 순간 비로소 진짜 자산이 무엇인지 뒤늦게 깨닫는다. 건강은 건강할 때 지켜야 한다는 말이 그때야 생각이 난다. 노후에 최고의 자산은 건강자산이다. 대부분 직장인들이 바쁜 업무, 야근, 출장으로 자신의 건강을 돌보지 못하고 있다. 바빠서 1년에 한 번 실시하는 건강검진을 놓치는 사람들도 있다. 법령은 이렇다. 산업안전보건법은 근로자에게 1년에 1회 이상 일반건강검진을 받도록 명시하고 있다. 직장생활 동안에는 아무리 바빠도 반드시 매년 정기건강검진은 꼭 받기 바란다. 근무시간에도 건강검진을 받을 수 있도록 법으로도 명시한 이유는, 결국 건강을 잃음으로써 야기될 국가의 의료비 부담을 줄이기 위함이다. 건강자산은 은퇴 후 노후자금을 지키는 방법이기도 하지만, 국가 입장에서 65세 이상의 의료비를 줄이는 방법은 이분들이 스스로 건강관리를 잘 하도록 제도적으로 뒷받침하는 것이다. 시니어 모델로 활동하시는 김칠두(66세), 시니어 보디빌더 임종소(75세). 이 분들은 병원에 가져다 줄 돈으로 운동을 한다는 신념을 가지고 건강을 지키고 있다. 백 천 번 당연한 말씀이다. 건강자산은 바로 자신의 건강을 지키는 가장 확실한 방법이다. 노후 의료비 지출을 줄이면 은퇴자금으로 활용할 수 있다. 65세 이상 어르신들의 평균 의료비 지출금액이 37만이다. 건강자산이 준비된 어르신들은 이 돈으로 자신이 좋아하는 취미활동을 즐길 수 있다.

건강자산의 핵심은 정신적(평생현역), 육체적(취미활동), 경제적(보험)으로 조화로운 삶을 준비하는 것이다. 은퇴준비가 돈만의 문제라고 생각하는 분들은 70대에 돌아가신 대기업 총수들을 생각해 보기 바란다. 그분들이 돈이 없어서 돌아가신 게 아니다. 건강자산을 제대로 돌보지 못했기 때문에 그렇게 된 것이다. 은퇴를 준비하는 핵심자산은 바로 '건강자산' 이다. 바쁜 직장인들이 한가롭게 자신의 건강이나 챙기고 있을 여유가 없다는 것을 나도 잘 안다. 하지만 하루 일과 24시간에 꼭 건강관리를 위해 한 시간 정도는 투자하기 바란다. 선택이 아닌 강제사항으로 생각하고 무조건 지켜야 한다. 내가 은퇴하고 나서 듣게 되는 가장 마음 아픈 소식이 지인들의 부고다. 우리가 평생 일만하다 죽으려고 태어난 것은 아닌데, 평소 건강관리를 잘못한 결과 행복한 노후를 제대로 즐기지도 못하고 떠나는 지인들의 소식을 들을 때마다 안타깝기 그지없다. 결국 가장 필요한 것이 건강관리다. 눈코 뜰 새 없이 바쁜 인기 연예인들도 잠은 안 자도 운동만큼은 꼭 한다고 하지 않던가? 연예인들이야말로 건강이 최고의 자산인 사람들이다. 평범한 직장인들은 노후자금을 지키면서 행복한 노후를 준비하는 핵심이 건강자산임을 절대로 잊지 말자. 노후에 스스로 건강을 책임지는 것, 이것은 은퇴 후 삶에서 기본이고 의무다. 노인병원에 가족들이 면회를 오고 가는 것을 보면 참 마음이 아프다. 내가 아픈 것은 분명히 서러운 일이지만, 나로 인해 모든 가족들까지 고통 받는 순간까지 오면 안 된다. 젊어서 필요한 건강보험은 반드시 가입해 두기 바란다. 한번 아프고 나면 절대로 보험가입이 안 된다. 그때부터 발생하는 과도한 의료비는 노후파산의 공포로 이어진다.

건강자산을 지키는 세 가지 비법

첫째. 정신적 건강을 위해 좋아하는 일로 평생 현역의 삶을 살 것,

이것은 돈을 벌기 위한 목적이 아니고 사람들과 좋은 인적교류를 통해 심리적인 안정을 유지하는 것이 목적이다. 둘째. 육체적 건강을 위해 규칙적인 운동하기(동우회 활동). 혼자서 즐길 수 있는 자전거 타기나 수영 같은 운동도 좋지만, 탁구나 배드민턴 같이 동료들과 정기적으로 함께 즐기는 운동이 더 좋다. 셋째. 경제적 건강을 위해 젊을 때 보험 가입하기(과도한 보험가입은 자제). 어쩔 수 없이 치료를 받아야 하는 순간, 병원비 걱정이 없을 정도의 보험은 젊고 건강할 때 반드시 준비해야 한다.

은퇴전략 핵심질문

1. 나의 건강자산 점수는 몇 점인가?
2. 하루 1시간 운동계획은 무엇인가?
3. 6개월에 한 번씩 건강검진은 받고 있는가?

08

—

은퇴자 고혈압,
당뇨관리 비법

중년의 나이에 가장 먼저 찾아오는 것이 고혈압, 당뇨다. 2019년 기준으로, 국민 5명 중 한 명이 고혈압. 당뇨병 환자라고 한다. 매년 이 수치는 증가하고 있는데, 2018년 국내 의료기관에서 진료 받은 고혈압 환자는 806만8000명, 당뇨병 환자는 303만7000명이었다. 고혈압과 당뇨병을 앓는 만성질환자는 917만 명으로 2017년보다 36만 명 증가했다. 두 질환을 모두 앓고 있는 환자도 전년보다 10만 명 늘어난 193만7000명으로 집계됐다. 이들 중 41.5%는 70세 이상의 고령 환자다. 이 두 가지 병은 은퇴자들이 가장 신경 써야 할 생활질병으로 건강관리의 핵심이다. 지금은 서구식 식습관에 따라 어린아이들까지 이 질병에 노출되면서 이제는 생활질병이 된 것이다. 군 생활을 통해서 늘 건강관리를 해오던 나와 달리 아내의 건강이 염려되었다. 나는 고혈압과 당뇨병에 걸려도 식습관을 개선하고 운동을 병행하면 약을 먹지 않아도 된다고 생각한다. 아내의 경우도 3년간 고혈압 약을 복용했지만, 운동과 식단 조절을 통해서 지금은 약을 먹지 않는다. 문제는 아내에게 2019년 급성당뇨가 찾아온 것이었다. 평상시보다 물을 조금 더 많이 마시고, 살도 많이 빠지는 증상이 보여서 염려가 되었지만, 아내는 문제없다면서 자신감을 보였다. 작년 여름 주말에 강원도 삼척 누님 댁을 방문했을 때, 누님이 아내의 상태를 한눈에 딱 알아보시고 당뇨검사를 받으라고 했다. 서울에 올라와서 평소 당뇨병을 앓고 계신 장모님이 사용하시는 혈당측정기로 측정을 했더니, 수치가 너무 높게 나와서 바로 병원에 가서 당뇨 검사를 했다. 당화혈색소 정상수치가 5. 6 이내가 정상이라는데, 아내의 수치는 14.5가 나왔다. 의사는 당장 입원 치료를 받아야 한다면서 어떻게 이렇게 관리를 안 하고 살았느냐고 야단을 쳤다. 아내와 나는 '멘붕' 상태가 되었다. 어떻게 해야 할지 막막함 그 자체였다. 일단 처방해준 당뇨 약을 복용하기 시작했다. 당연히 식습관을 바꾸고 운동도 병행했다. 그리고 고혈압, 당뇨에 효과가 있다는 민간요법을 소개 받았다. 작년 은퇴 관련 강의를 진행하면서 잠깐 아내의 급성당뇨 이야기를 언급했는데, 그때 실내에서 선글라스를 끼고 강의를 듣던 분이 있었다. 교장선생님으로 퇴직한 70 어르신이었는데, 강의가 끝나자 이렇게 말씀하셨다. "내가 오늘

원장님께 참 좋은 강의를 들었는데 특별히 보답해 드릴 것은 없고, 아내 분 당뇨만큼은 내가 책임지고 고쳐줄 수 있으니 내가 하라는 대로 해볼 의향이 있소?" 하고 물었다. 나는 그 자리에서 바로 흔쾌히 응했다. 내 성격이 실행을 통해 경험을 쌓아가는 편이다. 이어서 그분은 여러 사람을 통해서 충분히 검증을 한 비법이니, 딱 3개월만 복용한 다음에 병원 검사에서 정상수치라는 결과가 나오면 자신에게 꼭 맛있는 점심이나 대접하고 했다. 나는 이것에 '건강비트 쥬스'라는 이름을 붙였다. 재료는 간단하지만 만드는 과정이 귀찮고 시간이 좀 걸린다. 하지만 아내의 당뇨만 고칠 수 있다면 무엇이든 해본다는 마음으로 받아 적었다. 책에서 자세하게 밝히는 것이 조심스럽다. 더구나 사람마다 그 효과가 다를 수 있으니, 참조만 하기 바란다. 단 한 치의 거짓 없이 복용 후 아내의 결과를 공개할 뿐이다. 재료는 표고버섯, 우엉, 당근, 양파, 비트, 레몬, 키위, 스테비아, 매스틱이 전부다. 이것으로 건강 비트쥬스를 만들어서 하루에 3번 식전에 종이컵으로 한 컵씩 마시면 된다. 2019년 8월 21일, 아내의 당화혈색소 수치는 14.5였다. 그러나 건강비트쥬스를 복용한 3개월 후인 2019년 11월 2일에 실시한 검사결과, 당화혈색소 수치가 6.2로 떨어졌다. 의사가 깜짝 놀랐다. 단기간에 이렇게 좋아지는 경우는 정말 흔치 않다는 것이다. 너무 기쁜 나머지 바로 그분에게 전화를 드렸다. "선생님 말씀대로 정말 3개월 만에 아내의 당뇨수치가 정상에 가까워졌으니, 제가 꼭 점심대접을 하고 싶습니다. 그러자 그분은 " 내가 아무리 알려주어도 그렇게 하는 사람이 별로 없는데, 아내분이 좋아진 것으로 되었습니다. " 하고 전화를 끊었다. " 우리집 근처에 사시는 처이모님 역시 건강비트쥬스를 복용함으로써 고혈압 수치가 좋아지고 있다. 담당의사도 칭찬을 아끼지 않는다고 한다. 이 사례를 소개하는 것은 오로지 순수하게 경험을 공유하기 위함이니 오해 없으시길 바란다. 당뇨병이나 고혈압은 한번 시작되면 철저히 식단 조절을 해야 한다. 아무리 좋은 약도 내 몸에 안 좋은 음식이 마구 들어오면 효과가 없다. 은퇴자들의 건강관리는 소식, 운동, 살아 있는 야채 위주로 식습관을 바꾸는 것으로 충분하다. 그렇게 하면 고혈압, 당뇨병도 충분히 관리할 수 있다. 우리 가족은 유난히 밀가루 음식을 좋아했다. 그러나 아내가 당뇨병에 걸린 이후에는 외식을 할 때에 제약이 많다. 은퇴자들은 부부가 함께 건강해야 한다. 내가 원하는 곳은 어디든 여행할 수 있는 체력, 먹고 싶은 것은 마음껏 먹을 수 있는 건강을 유지하는 것이 최고의 행복이다. 그래서 건강을 잃으면 전부를 잃는다고 하는 것이다. 한번 건강에 적신호가 오면, 평생 그것을 관리하며 살아야 한다. 중년의 나이에 소리 없이 찾아오는 고혈압, 당뇨병만 잘 관리해도 건강자산을 잘 지킬 수 있다. 고혈압과 당뇨가 걱정인 독자들께 도움이 되길 바라는 마음으로 레시피를 공개한다.

건강비트쥬스 만드는 법

조리 순서	재료	조리법	비고
1	1. 표고버섯 6–7 개 2. 우엉 1개 3. 양파 2개 4. 당근 1개 5. 물 6리터	1. 냄비에 물 6리터를 넣는다. 2. 재료를 믹서기로 굵게 간다. 3. 재료를 센불로 끓인다. 4. 끓기 시작하면 중불로 줄이고 20분정도 끓이며. 거품과 함께 올라오는 불순물은 건져낸다. 5. 체에 걸러서 불순물 분리 후 식힘.	국산재료 사용
2	1. 비트 1개(껍질 벗김) 2. 레몬 1개 (잘게 썰어준다) 3. 키위 2개 (껍질 벗겨 썰어준다) 4. 매스틱 5. 스테비아	1. 세 가지를 넣고 믹서기로 곱게 간다. 2. ①번 냄비에 넣고 잘 섞어준다. 3. 매스틱 한 숟가락. 4. 스테비아 커피스푼 한 스푼.	
3		1. 유리병에 담아서 냉장실 보관.	
4	복용법 : 식사 전 종이컵으로 한 컵씩 1일 3번 복용		
5	인터넷쇼핑몰 구입 : 매스틱, 스테비아		

※ 아내 경험 사례이며 개인에 따라 다를 수 있음.

09

—

은퇴부부가 준비할
취미 2가지

은퇴자들의 고민 중에 하나가 은퇴 이후 남는 시간관리다. 종종 이 문제로 다투다가 황혼이혼으로 이어지는 경우도 있다. 바쁜 직장생활을 이유로 신혼시절 이후 부부가 얼굴 보고 대화를 나눈 것이 언제였는지 기억도 안 난다는 중년부부들이 많다. 그런데 어느 날 남편이 은퇴를 하고 24시간 한 집안에 머물면, 주부들 입장에서 숨이 턱턱 막힌다고 한다. 그동안 집과 거실은 아내의 공간이지, 부부의 공간이 아니었다. 평생 자신의 공간으로 여기던 곳에 갑자기 남편이라는 낯선 사람이 훅 들어오는 것에 아내는 당황하고 방황한다. 제발 돈 벌어오라고 안 할 테니 아침에 나갔다 저녁에 들어오면 좋겠다는 아내, 그동안 직장생활로 정말 지쳤다. 이제 은퇴했으니 집에서 좀 편하게 쉬겠다는 남편 사이의 간극은 크기만

하다. "그동안 가족들 먹여 살린다고 앞만 보고 달려왔는데, 이제 좀 집에서 좀 쉬겠다는 내가 그렇게 잘못한 것인가?"라고 하는 남편이 있다면, 나는 남편 잘못이라고 확실하게 말할 수 있다. 한번 아내 입장에서 생각해 보자. 하루 종일 남편이 집에 있으면 전화도 마음 편히 못하고, 친구들이 집에 찾아와 수다를 떨 수도 없다. 더욱이 돌아서면 밥상을 차려야 한다. 이 문제를 해결할 좋은 방법은 은퇴 전에 아내와 함께 할 취미를 만드는 것이다. 취미를 공유하면 건강관리도 용이하고 부부사이도 좋아진다. 나 역시 아내와 함께 할 취미가 없어서 찾다가 선택한 것이 자전거 타기다. 겁도 많고 외부활동을 싫어하는 아내를 무조건 자전거학교에 입학시켰다. 지자체마다 검색해보면 자전거 학교를 운영하고 있다. 시흥시 자전거학교를 검색했더니 다행히 집에서 멀지 않은 곳에서 자전거 학교를 운영 중에 있었다. 아내의 동의도 없이 일단 등록부터 해 놓고 저녁에 아내에게 함께 하자고 설득했다. 자전거 학교에 등록했으니 다음 주 월요일부터 무조건 가야 된다고 했더니, 처음에는 무섭다고 싫어했다. 하지만 자전거학교에서 한 달 정도 배우더니 자전거를 제법 잘 타게 되었다. 재미를 붙이자 동네 마실 다닐 만한 가벼운 자전거를 사 주었다. 지금은 주말이면 함께 집에서 가까운 바닷가로 자전거를 타러 나간다. 집에서 출발해서 시화호 바닷가를 따라 시화나래 휴게소까지 대략 1시간 정도가 걸린다. 자전거를 타러 나간 첫날 무리해서 일

부러 멀리 나갔다. 그때 아내가 시화호 방파제를 따라 자전거로 달리면서 이렇게 말했다. "고마워, 당신 아니었으면 평생 자전거를 못 탔을 텐데, 덕분에 자전거로 바다 한가운데를 달려보네." "별 소리를 다 하는군. 나도 당신과 함께 자전거를 타니 너무 좋아. 일주일에 한 번은 꼭 자전거를 타자." 이렇게 함께 할 취미가 있으니 자연스럽게 대화도 늘 수밖에 없다. 집에서 출발해서 시화나래 휴게소, 오이도 해안가, 오이도 명물 빨간 등대를 거쳐 배곧 신도시 해안가를 따라서 집으로 돌아오는데 대략 4시간 정도 걸린다. 자전거 타기는 주말 운동으로 딱 좋다. 주말이면 오이도 쪽으로 자전거 동호회 회원들로 북적거린다. 지금 부부가 함께 할 취미가 없다면 자전거 타기를 추천한다. 자전거는 누구나 쉽게 탈 수 있는데다가 돈도 적게 든다. 너무 비싼 자전거보다 10만 원대의 가벼운 자전거를 추천한다. 부부가 따로 할 취미도 꼭 하나씩 만들어 두자. 부부가 따로 취미활동을 하면 저녁에 서로 할 이야기가 많아진다. 등산, 배드민턴, 탁구, 댄스 스포츠, 볼링, 낚시 등 각자 취향에 맞는 취미를 준비하자. 은퇴준비가 꼭 돈만의 문제는 아니다. 건강과 행복한 부부관계를 위해서 함께 할 취미가 있다는 것은 은퇴부부의 행복이다. 반드시 은퇴 전에 취미를 만드는 것이 좋다. 준비 없는 은퇴는 여러 모로 가정불화의 원인이 된다. 은퇴 부부의 건강관리 핵심은 규칙적인 운동이다. 건강관리를 위한 취미활동은 소중한 건강자산이다. 꼭 은퇴 전에 부부가 함께, 또는 따로 할 취미를 준비하자. 돈과 시간이 많이 들어가는 골프 같은 운동은 직장생활 동안 즐기고, 퇴직 이후에는 가급적 비용이 적게 드는 운동을 선택하자. 내가 살고 있는 배곧 신도시 해안을 따라 시화호까지 탁 트인 바다를 보면서 즐기는 자전거 하이킹은 해본 사람만이 알 수 있다. 이곳에서 노년의 부부들이 함께 자전거 타는 모습을 자주 목격하게 된다. 나이를 잊은 듯, 화려하고 멋진 복장을 갖춘 채, 바닷가 벤치에 앉아 준비해온 음료와 과일을 먹으면서 이야기꽃을 피우는 모습은 최고로 행복한 모습이 아닐 수 없다. 은퇴 후 취미활동을 통해 새로운 사람들과 어울리며 살아가는 것이 건강자산을 지키는 최고의 방법이다. 일주일에 한번 부부가 함께 자전거를 타면서 데이트 하는 인생, 생각만으로 멋지지 않은가? 50대 은퇴준비 한 가지는 부부가 함께, 또는 따로 할 취미활동을 준비하라는 것이다. 특별한 취미가 없다면 자전거 타기를 추천한다. 몸도 마음도 함께 건강해진다.

은퇴전략 핵심질문

1. 현재하고 있는 취미활동은 무엇인가?
2. 부부가 함께 도전하고 싶은 취미는 무엇인가?
3. 진짜 취미로 배우고 싶은 것은 무엇인가?

10

—

생존기간을 멀리 잡아라

직장인으로 살아가는 동안에는 누구나 월요병을 앓았다. 누구나 한번 원 없이 늦잠 자보는 것이 소원이었다. 이렇게 외치며 살았던 시절이 그리운 순간은 바로 퇴직 이후다. 퇴직 후 가장 낯설게 느껴지는 것이 아침에 아내가 깨우지를 않는 것이다. 더 무서운 것은 누군가 내게 하루 일정표를 주면서 시간관리를 해주지 않는 것이다. 갑자기 멍 때리는 순간이 찾아오면서 이 낯설게 느껴지는 시간들은 뭔가 하는 느낌이 들게 마련이다. 은퇴자의 시간은 스스로 관리해야 한다. 직장인으로 생활하면서 그토록 원하던 마음껏 낮잠 자기나 멍 때리기가 가능해지고, 월요일에도 오후까지 잠을 잘 수 있는 여유가 생겼지만, 점점 시간이 지나면 서서히 불안해진다. 매일 아침 침대에서 오늘은 무엇을 할까? 누구를 만날까? 하고 생각해 보지만, 딱히 떠오르는 것이 없다. 이런 시간이 지속되면 어느 날 가장 원하지 않는 친구가 찾아와서 병원으로 데려간다. 그렇게 한번 병원과 친구가 되면, 주기적으로 병원에 가야 한다. 은퇴자의 건강을 유지하기 위해서 가장 필요한 것이 자신의 생존기간을 스스로 예측하는 것이다. 직업군에 따라서 은퇴 이후에 시간 관리하는 것이 다르다. 현역시절 직업군에 따라서 생존기간이 많이 다르기 때문이다. 90년대 초반에 군인들이 정년퇴직한 후 5년 이상 생존하는 사람의 비율이 정말 낮았다. 당시 내가 군인연금 업무를 담당하면서 그 통계를 내다가 깜짝 놀랐던 기억이 있다. 지금은 어떨까? 2017년 공무원연금 수령자 직종별 평균 사망연령표에 따르면 소방직이 69세로 가장 낮은데, 평균 사망연령이 60대 후반에서 70대 중후반에 머물고 있다. 직업군에 따라 소속된 사람의 건강관리에 미치는 영향이 크다는 뜻이다. 65세부터 연금을 받기 시작한다면, 소방공무원의 연금수급 기간은 평균 5년이 채 못 된다. 30년 넘는 세월을 힘겹게 근무하고 남들이 부러워하는 공적연금 수급자로 행복한 시간을 누릴 시간이 대략 10년 정도라면 과연 어떤 시간을 보내야 할까? 은퇴자들이 자신의 생존기간을 바라보는 시각은 두 가지다.

첫째, 남은 생존기간이 짧다고 생각하는 부류다. 이분들은 현실적인 문제를 관리하기 바쁘다. 더 이상 아프면 안 되고, 남은 인생에 안 좋은 일이 생기면 안 된다. 그래서 새로운 것에 대한 도전이 아닌 관리형 안정을 택한다. 사실 퇴직한 후 남은 인생이 10년 정도밖에 없다고 생각하면 대부분 그런 생각을 할 수도 있다.

둘째. 생존기간이 길게 남았다고 생각하는 부류다. 이런 분들은 호기심 천국에서 사는 사람들이다. 늘 새로운 것에 도전하고, 자신이 누구인지 알기 위해 노력한다. 직장생활을 마쳤으니, 이제부터 자유인으로 자신을 위한 바쁜 일정을 만들어 낸다. 이런 분들 때문에 백수가 과로사 한다는 말이 생긴 것이다. 사실 직업군에 따른 생존연령 표는 통계자료일 뿐이다. 선택은 나의 몫이다. 내 동기생들 중에 의무복무를 마치고 소방 또는 경찰공무원들이 된 경우가 많다. 그들은 아직 현역에서 왕성한 활동을 하고 있으니, 이런 생각 자체를 갖지 않는다. 은퇴자의 입장에서 자신의 남은 인생을 어떻게 정의 하는가에 따라서 신체적 리듬이 달라진다. 우리 몸은 주인이 생각하는 대로 반응하고 호르몬이 변화한다. 사람이 자신의 남은 인생을 어떻게 대하는가에 따라 건강도 달라진다. 그 산증인인 한 분이 바로 91세 은퇴한 맥도날드 최고령 아르바이트생 임갑지 씨다. 이 분은 75세부터 무려 17년간 지하철로 출퇴근하면서 맥도날드에서 파트타임으로 근무해 왔다. 그의 인생은 참으로 다사다난했다. 첫 번째는 직업군인, 두 번째는 농협직원, 세 번째는 자영업, 마지막 네 번째가 맥도날드 아르바이트생 이었다. 그리고 2019년 11월 8일, 91세의 나이로 마침내 맥도날드 미아점에서 퇴직했다. 70대 중반의 나이에 다시 일을 하게 된 계기는, 집안에서 무위도식하고 노는 자신이 마치 '기생충' 처럼 느껴졌기 때문이라고 한다. 그래서 '실버취업박람회'에 갔다가 맥도날드 부스를 보고 지원서를 꼼꼼하게 적어서 제출했더니 취업이 되었다고 한다. 주 업무가 홀 서비스였기 때문에 일이 곧 운동이었으며, 집에만 있을 때보다 정신적으로도 훨씬 건강해졌다고 한다. 오전 9시 반부터 오후 3시까지 일주일에 3일 근무하면서 17년간 결근, 지각이 한 번도 없었으며,, 가게 앞은 물론, 지하철 역 주변까지 자청해서 청소했다. 한 달에 60만 원 정도 벌어서 손자 용돈, 기부 등에 사용했다. 더 일하고 싶었지만 건강검진 결과가 안 좋게 나오자 자식들이 말려서 할 수 없이 그만 두게 되었다고 한다. 퇴직 후 지금도 새벽 3시 반에 일어나서 조간신문을 보는데, 그게 가장 좋은 공부란다.

이처럼 은퇴 이후의 삶은 자신의 선택에 달려있다. 남은 인생을 어떻게 의미 있게 써야 하는지 평생현역으로 일한 90대 노장에게서 한 수 배우자. 힘겹게 달려온 직장기를 보상받기 위해서는 스스로 자신의 생존기간을 길게 잡아야 한다. 100세 인생 시대가 왔다. 퇴직 이후 최소 40년의 세월이 남은 것이다. 이 시간에 열정적으로 새로운 것에 도전하고, 새로운 지역을 탐방하며 호기심을 키우자. 은퇴기는 새로운 것을 배우기 딱 좋은 시기다. 사회적 경험을 충분히 쌓았기 때문에,

힘쓰는 것이 아니라면 무엇을 하든 젊은 친구들보다 더 잘 할 수 있다. 그런 열정이 병원 갈 시간도 없도록 만들어 준다. 은퇴 이후 일정이 병원 가는 것으로 빼곡히 채워져 있다면 그것만큼 불행한 일도 없다. 100세 인생 플랜을 기록해보기 바란다. 이 세상에 남아 있는 시간 단 1초도 의미 있게 사용하겠다는 마음으로 기록해보자. 여기에 새로운 배움, 도전, 여행, 떠날 때 무엇을 남길 것인지를 꼭 포함시키면 좋겠다. 학창시절 수학여행을 꿈꾸며 그 날을 얼마나 설레며 기다렸던가? 그렇게 직장인이 꿈꾸던 정년퇴직 이후 인생을 100세 인생으로 잘 기획하기 바란다. 통계가 말하는 공무원 사망연령표는 잊으라. 남은 내 인생은 내가 결정한다는 마음으로 100세 인생을 기획하고 건강하게 도전하자. 미래는 알 수 없는 미지의 세계다. 지나친 낙관도, 비관도 하지 말고 오로지 자신이 하고 싶은 일에 집중하자. 은퇴자에게 남아 있는 생존기간은 최소 40년이 기본이다. 더 길어질 수도 있다. 은퇴는 열심히 일한 당신에게 세상이 주는 축복의 선물이다. 은퇴자가 되었다면 남은 생존기간을 100세로 잡고, 도전하고 싶은 목표를 세워보자.

은퇴전략 핵심질문

1. 당신이 생각하는 생존기간은 언제까지 인가?
2. 가장 도전하고 싶은 일은 무엇인가?
3. 지금 그것을 하지 못하는 이유는 무엇인가?

04

심리적
독립을 꿈꿔라

퇴직과 동시에
심리적 탯줄은 반드시
스스로 끊자. 그러기 위해서는
준비가 필요하다.

01

—

은퇴자, 언어의 품격을 담아라

사람의 단순한 습관을 바꾸려면 21일 간 지속하면 변화가 생긴다고 한다. 그래서 21일 습관을 바꾸는 프로그램도 있다. 정말 30년 가까운 직장생활 동안 생긴 습관을 21일 만에 변화시킬 수 있는 방법이 있을까? 은퇴자 입장에서 가장 먼저 바꾸어야 할 것이 가족들과 사용하는 언어다. 한마디로 언어에 품격을 담아야 한다. 최소한 퇴직 5년 전부터 변화를 시작하자. 직장에서 부하에게 지시하는 습관을 그대로 가정으로 가져가면, 불협화음이 생길 것은 뻔하다. 직장생활 동안은 가족들이 참을 수 있었다. 아니 참아 주었다. 매달 따박따박 월급이 통장에 들어왔기 때문이다. 하지만 정년퇴직 후에도 여전히 직장에서 하던 것처럼 '이것 가져와라', '저거 해라.' 하는 식의 지시형 언어는 더 이상 가족에게 통하지 않는다.

남편의 입장에서 왜 갑자기 자신에게 가족들이 쌀쌀맞게 대하나 하면서 억울해 할 것이다. 가족들은 더 이상 당신의 부당함을 참지 않는다. 그것이 퇴직 전과 후의 차이라는 사실을 인정하고 받아들여야 한다. 이제 지시형이 아닌 요청형 언어를 사용해야 한다. 나 역시 언어습관을 고치기가 쉽지 않았다. 그러다가 강의를 통하여 다양한 사람들과 소통하면서 남보다 빠르게 적응하게 되었다. 이제 나는 가족들에게 무엇을 부탁할 때 이렇게 말한다. "혜진아, 미안하지만 아빠 거실에 안경 좀 갖다 줘." "여보 미안하지만 안 바쁘면 나 커피 한 잔만 부탁해, 고마워." 시간적 여유가 있을 때는 묻지 않아도 음식물쓰레기 처리, 분리수거, 현관 신발장 정리도 알아서 한다. 퇴직 전에 하지 않았던 행동들이 금방 익숙해지지는 않지만, 노력 앞에는 장사가 없는 법이다. 여러 가지 습관 중에서 나는 가장 먼저 언어습관을 의식적으로 바꾸려고 노력하고 있다. 언어가 바뀌면 행동은 따라서 바뀐다. 직장에서 관리직에 근무한 사람들에게는 지시하면 바로 이루어져야 한다는 습관이 있다. 상하 관계가 분명한 군대 같은 조직에서는 지시만 하면 아주 사소한 것까지 제 시간 안에 다 처리되기 때문이다. 하지만 가정에는 그런 시스템이 없다. 없는 것을 강요하면 갈등이 시작된다. 역지사지라, 이제부터라도 가족들 입장에서 생각해야 한다. 직장생활을 하는 동안 가장의 역할, 가장의 언어라는 것이 있었고 가족들은 좋든 싫든 그것을 존중했다. 그런데 이제 그 역할이 끝났다. 연극에서 주연배우 시절을 끝내고, 새로운 역할을 부여받은 것과 같다. 더 이상 연극의 주인공이 아니다. 새로 맡은 배역에 충실해야 한다. 은퇴자들이 가족들과 잘 지내는 방법은 의외로 생각보다 쉽다. 심리적으로 자신이 은퇴자임을 인정하면 된다. 그리고 가정에서 자신의 역할을 찾고 거기에 합당한 언어를 사용하면 된다. 딱 세 가지 언어를 잘 사용하면 된다. "잘했어" "힘들었지?" "고마워."가 그것들이다. 가령 아내가 커피 한잔을 타 주어도 '고마워'라고 말하자. 운전할 때 옆에서 과속하지 말라고 잔소리를 해도 내 안전을 염려해주는 것으로 여기고 고맙다고 말하자. 아내가 구입한 것이 아무리 사소한 것이라도 그 물건을 내보이면 잘 했다고 칭찬해주자. 작은 문제로 다투는 부부가 있는가 하면 반면 너무 잘 지내는 부부도 있다. 두 부부의 가장 큰 차이는 그들이 사용하는 언어의 격이 다르다는 것이다. 부부싸움을 할 때 또는 친한 친구와 다툴 때 존댓말을 하면서 싸워본 적이 있는가? 상대방에게 존칭을 사용하는 순간부터 싸움이 이루어지지 않는다. 반말과 삿대질을 하면서 싸울 때 천천히 존댓말을 사용하게 하면 말리지 않아도 싸움은 저절로 끝난다. 사이좋은 부부를 만나면 나 또한 기분이 좋아진다. 사이좋은 부부는 항상 서로를 존중하고, 함부로 말하지 않으며, 서로를 높여준다. 거기에서 그들 부부의 품격이 느껴진다. 가능하면 퇴직 5년 전부터 직장에서도 부하들에게 존칭을 사용하는 습관을 기르는 것이 좋다. 나는 군 생활을 하면서 타 부서의 초임하사들에도 항상 존댓말을 사용해왔다. 후배들에게 반말과 거친 언어를 사용해서 빈축을 산 친구들도 많이 보았다. 직장에서 자신의 언어 표현만 바꾸어도 부하들에게 인기 있는 상사가 될 것이며, 그것이 습관이 되면 퇴직 후 가족들과 원만한 가정생활을 하는데 도움이 될 것이다. 은퇴자는 어떤 언어를 어떻게 사용해야 하는지 세 가지로 정리해 보자.

첫째. 항상 부탁으로 시작하라.
둘째. 지시형 언어는 절대로 사용하지 말자.
셋째. 조언을 가장한 훈계형 언어 사용을 피하자.

직장생활 동안 자연스럽게 쌓아온 습관을 하루아침에 고치기란 쉽지 않다. 스스로 자각하고 연습하지 않으면 안 된다. 가장 쉬운 방법은 가족들을 직장 상사로 모신다고 생각하면 된다. 은퇴 이후 모든 관계의 출발은 언어에서 시작된다. 항상 작은 일에도 '고마워' '잘했어'라고 말해보자. 처음에는 익숙하지 않지만 자주 사용하다 보면 습관이 된다. 나는 아주 작은 것에도 '고마워' '잘했어' 내가 도와줄 것 없어? 라는 말을 항상 세트처럼 한다. 직장생활 동안 무관심했던 부분에 관심을 갖고 언어습관을 바꾸었을 뿐인데, 우리 아들딸도 내가 은퇴 후 많이 달라져서 보기 좋다고 한다. 이처럼 언어습관만 바꾸어도 가정의 평화와 행복이 내 곁에 찾아온다. 은퇴자의 언어에 품격을 높이자. 내가 사용하는 언어에 품격을 담을 때, 당신 또한 그런 대우를 받을 것이다.

은퇴전략 핵심질문

1. 현재 주로 사용하는 언어를 기록해 보자.
2. 언어습관을 고치기 위해서 무엇을 할 것인가?
3. 상대가 듣고 싶어 하는 언어는 무엇인지 기록해 보자

02

—

은퇴사용 설명서

은퇴라는 단어를 한 번도 스스로 떠올려 본 적이 없을 것이다. 대부분 은퇴라는 단어를 싫어한다. 하지만 원하는 일은 쉽게 다가오지 않지만, 원하지 않는 일은 생각보다 빨리 다가온다. 바로 은퇴라는 녀석이 그렇다. 은퇴를 만나는 순간이 중요하다. 사람마다 은퇴를 마주하는 상황은 다르겠지만, 중요한 것은 현실을 인정하는 것이다. 그동안 살아온 전반기 인생은 내가 원하는 방향이 아니었을지 모른다. 정확히는 어떻게 살아야 할지 알려주는 사람도, 내 인생을 주도하는 사용설명서도 없었다. 가정, 학교, 사회 그 어디에도 내 인생 사용설명서는 존재하지 않았다. '친구, 남편, 아내 사용설명서'라는 단어는 들어봤을 것이다. 그런 제목으로 출간된 책도 있다. 그런데 가장 중요한 내 인생 사용설명서는 없다. 그래서 대부분 허둥대며 전반기 인생을 살았다. 전반기 인생을 그렇게 보냈지만, 후반기 인생을 맞이하는 은퇴자들만큼은 은퇴사용설명서를 준비하자. 전반기에는 실패도 경험으로 생각할 수 있었다. 왜냐하면 후반기가 있으니까. 하지만 은퇴 이후에는 전반기처럼 실패를 만회할 돈과 시간이 없다. 그래서 실수를 줄이기 위한 은퇴 사용설명서를 만들어야 한다. 전반기에서는 남에게 평가를 받았다면, 이제는 자신에게 평가받기 위한 삶을 준비해야 한다. 그러려면 먼저 스스로 자신이 어떤 사람인지 분석해야 한다. 인생에서 가장 위험한 것은 정작 자신이 누군지 모른 채 남의 평가에 맞추어 사는 것이다. 남이 평가해 놓은 잘못된 정보로 자신을 평가하면 안 된다. 은퇴 이후의 삶에서는 그것을 만회할 시간이 없기 때문이다. 후반기 인생에서는 거창한 계획 대신 어떻게 내 인생의 작은 흔적들을 세상에 남길 것인지를 분명히 정의해야 한다. 과거처럼 대충 살 수는 없다.

인공지능시대를 살아가는 지금, 우리는 과거보다 더 많은 편리함을 누리고 있다. 네비게이션에 목적지를 입력하면 내가 정확히 몇 시 몇 분에 도착하는지를 알 수 있다. 내가 선택한 행동에 대한 통제는 인공지능이 도와줄 수 있다. 하지만 내 은퇴 사용설명서까지는 만들어 줄 수 없다. 그렇게 똑똑한 인공지능도 내 감정과 생각을 읽어서 나의 목표를 만들어 줄 수는 없는 것이다. 스스로 만들어야 한다. 시간은 많다. 은퇴 이후 가장 부족한 것은 돈이며, 가장 풍족한 것은 시간이다. 은퇴 사용설명서는 어떤 자세로 후반기 인생을 살아갈 것인가를 정의하는 것이다. 긍정, 부정, 불평, 행복, 공감, 소통, 배려 등등 어떤 것을 선택하느냐에 따라 은퇴 후의 삶은 달라진다.

막연한 은퇴사용설명서 준비를 세 가지로 정리해 보자.

첫째. 나다움 찾기

어린 시절 부모님이 이렇게 물었던 기억이 날 것이다. "꿈이 뭐야, 어떤 사람이 되고 싶어?" 어떻게 대답했는지 기억도 안 날 것이다. 수능에만 매달리면서 보낸 학창시절, 낭만대신 취업준비로 보낸 대학시절, 운이 좋아 몇 번의 면접만으로 취업하여 직장생활을 시작하고 퇴직할 때까지 그냥 별 생각 없이 하루하루를 살아 왔다. 그곳에 나는 아예 없었다. 세상에서 가장 소중한 나 자신이 없었던 것이다. 이제 그를 찾아야 한다. 내가 누군지를 알아야 거기에 맞는 맞춤 사용설명서를 만들 수 있다. 컴퓨터 프로그래머로 몇 년간 일했던 적이 있었다. 프로그램 개발단계에서 가장 힘든 것이, 사용자 요구분석을 해야 하는데 정작 그 프로그램 개발을 의뢰한 부서 사람들은 어떤 기능이 필요한지 명확히 모른다는 점이다. 사전 미팅을 할 때면, 대부분 과거를 기준으로 알아서 해달라고 한다. 아주 난감했다. 그렇게 진행했던 많은 프로그램을 거의 완성단계에 와서 수정을 요구해오기 일쑤였다. 그것은 30평짜리 집을 알아서 지어달라고 하여 완공단계에서 보여 주었더니, 새롭게 구조변경을 요구하는 것과 다름없었다. 은퇴사용설명서를 준비하는 첫 단계가 왜 '나다움 찾기'로 시작해야 하는지를 알 것이다. 각자 어렵게 생각하지 말고 조용히 A4용지 한 장을 들고 떠오르는 모든 단어를 기록해보기 바란다. 직장에서 작성하던 보고서처럼 하려는 오류를 범하면 안 된다. 마인드맵으로 정리를 해도 좋고, 호젓한 바닷가 아름다운 노을을 감상하면서 추억에 잠겨도 좋다. 중요한 것은 온전히 자신을 만나는 것이다. 나 홀로 떠나는 새벽 산행, 무언수행하듯이 종일 말 없이 걷기 등 자신을 찾아서 스스로 대화할 수 있는 환경을 만들어보기 바란다. 그때그때 떠오르는 모든 생각은 즉시 기록하라. 스마트폰에 '에버노트' 같은 메모 앱 한 가지씩은 가지고 있을 것이다. 나는 급할 경우, 메모를 작성하여 내 카톡에 남긴다. 기가 막힌 아이디어는 순간 떠올랐다 바로 사라지기 때문이다.

둘째. 사회적 가면 벗기

사회적 가면(페르소나)이란 사회생활을 하는 동안 다른 사람들로부터 비난받지 않기 위해 겉으로 드러내는 자신의 본성과 다른 태도, 성격, 행동, 사회적 규범과 관습을 내면화한 것을 말한다. 다른 말로 사회적 인격이라고도 한다.

어쩌다 어른이 되었듯이, 얼떨결에 시작한 직장생활을 통해서 우리는 어쩔 수 없이 사회적 가면을 쓸 수밖에 없었다. 내 의지와 상관없이 타인에게 보여주는 모습은 가면을 쓴 것과 같았다. 그런 행동이 지속되면서 진짜 내 모습을 점점 잊어버리게 되었고, 내가 누군지 기억도 희미해질 때쯤이면 찾아오는 것이 정년퇴직이다. 나만 가면을 썼던 것이 아니다. 직장생활을 하면서 우리는 수없이 많은 사회적 가면을 마주쳐 왔다. '그 사람 앞뒤가 다르다.' '천 길 물속은 알아도 한 길 사람 속은 모른다더니 어찌 그럴 수가!, 이렇게들 말해 왔지만 본인 역시 가면을 쓰고 직장생활을 했을 것이다. 고백하건데 나 역시도 그랬다. 사회적 가면을 쓰는 순간 누구나 그 가면의 주인처럼 행동하게 된다. 은퇴 이후의 삶은 철저히 사회적 가면을 벗는 것에서 출발해야 한다. 은퇴 이후 멋진 삶을 사는 사람들은 대부분 사회적 가면을 빨리 벗어버린 사람들이다. 대부분 사회적가면을 쓰고 직장에서 힘들어 했던 기억들이 있을 것이다. 나 또한 군 생활 33년 동안 사회적 가면을 수없이 많이 보았다. 준위로 교관생활을 할 때, 후배 교관들 모두가 수업으로 바쁠 때면, 주말청소 시간에 혼자 화장실 청소를 했다. 이때 우연히 방문한 동기생들은 전부 한마디씩 했다. "야, 준위가 격 떨어지게 뭔 화장실 청소냐? 후배들은 다 뭐하기에." 그런데 나는 태생적으로 사회적 가면과 잘 어울리지 않는다. 직급에 상관없이 시간 있는 사람이 청소하면 된다고 생각한다. 난 TV 프로그램 〈복면가왕〉을 즐겨본다. 그들은 사회적 가면을 벗기 위해서 출연을 한다. 자신이 원하지 않았는데도 남들이 그들에게 씌어놓은 그 사회적 가면을 벗고 싶었기 때문이다. 기억에 남는 것이 2015년 '철물점사장님' 가면을 쓰고 멋진 노래를 선물한 홍석천이 했던 말이다. "자신에게 씌어진 사회적 가면을 벗고 온전히 인간 홍석천으로 평가 받고 싶어서 출연을 결정했습니다." 복면을 벗으며 그가 간절히 바랐던 것은 시청자들이 자신에게 씌어놓은 사회적 가면을 벗겨주는 것이었다.

은퇴 이후의 삶은 은퇴 전과는 분명히 달라져야 한다. 누구나 쉽게 은퇴사용설명서를 읽으면 알 수 있도록 자신의 삶을 새롭게 만들어야 한다. 사회적 가면을 벗지 않고서는 절대로 불가능하다. 누구나 돌아보면 한번쯤 떠오르는 그때 그 시절이 있을 것이다. "맞아, 그때 내가 좀 너무 했던 것 같아. 마음이 아팠지만 직책상 어쩔 수 없었어." 이제 그 시절이 끝났다. 그러니 사회적 가면을 벗고 당당히 자신을 만나면 된다. 가끔 은퇴 이후에도 사회적 가면을 벗지 못하는 사람들을 보면 주변에 사람이 없다. 외롭고 쓸쓸해 보인다. 그때마다 그 사람의 은퇴 사용설명서가 궁금해진다. 왜 남편, 아내 사용설명서가 필요한가? 부부간에 다툼 없이 행복하게 살기 위해서다. 그 설명서에 맞게 상대를 바꾸려 하기보다 자신을 거기에 맞추는 것이 훨씬 쉽기 때문이다. 은퇴 이후 멋진 삶을 살고 싶다면 반드시 사회적 가면을 빨리 벗어던져라.

셋째. 남길 것 찾기

임종을 앞두고 병실에 누워서 온 가족이 지켜보는 순간이 왔을 때 과연 자신은 이 세상에 무엇을 남겨놓고 떠날 것인가? 돈, 명예, 권력, 가치, 추억 등 각자의 관점에서 내가 세상에 무엇을 남길 것인지 찾는 것은 은퇴 사용설명서 세 가지 중에서 가장 중요하다. 사회생활을 하는 동안 욕은 먹더라도 출세와 돈을 좇고 싶었던 적이 있을 것이다. 당당히 그렇게 말하는 사람들도 여럿 보았다. 축구 경기도 전반전보다 후반전이 중요하다. 전반전에 아무리 잘 싸웠다고 해도, 후반전 마지막 5분에서 실수하면 게임은 지고 만다. 내 인생 은퇴 사용설명서는 이런 것들을 예방해 준다. 먼 바다를 떠나는 항해사는 아무런 준비 없이 출항하지 않는다. 예측 가능한 모든 상황을 가정해서 대책을 세우고 나서 출항을 한다. 예기치 않았던 기상이변으로 위험한 순간을 만나기도 하지만, 결국 무사히 목적지에 도달할 수 있는 것은 철저한 준비 덕분이다. 혹 이런 생각이 들지 않는가? "그냥 한 세상 즐기고 가면 되는 것이지, 골치 아프게 무엇인가를 꼭 남겨야 하나?" 동감하고 싶다. 그런데 남은 은퇴 이후의 삶이 그렇게 만만하지가 않다. 은퇴 이후 남아있는 시간은 요트 타고 세계일주를 떠나는 것 만큼 쉽지 않다. 언제 끝날지 아무도 모르기 때문이다. 따라서 그 출발선에서 제대로 된 준비가 필요하다. 은퇴 이후의 삶이 어떻게 될지는 오로지 지금 이 순간 당신이 무엇을 준비하는가에 달렸다. 거창한 것을 남기려고 무리하지 말고, 철저히 '나다움 찾기, 사회적 가면 벗기'를 통해서 성찰의 시간을 가진 다음, 무엇을 남기고 떠날지 고민하기 바란다. 그 핵심은 자신이 좋아하는 것을 찾는 것이다. 전반기 인생은 의무로 살아왔다. 무엇을 좋아하는지, 어떤 때 가장 행복한지, 가장 좋아하는 음식이 무엇인지, 어떤 여행을 떠나고 싶었는지, 가슴 뛰며 읽었던 책은 무엇인지 등 자신을 탐색해 볼 기회와 시간이 없었다. 이제 은퇴 사용설명서에는 그 모든 것을 포함시켜라. 바보처럼 또 남의 인생 사용설명서를 읽으며 살아가면 안 된다. 은퇴 이후 충분한 성찰의 시간을 통해서 꼭 자신만의 은퇴 사용설명서를 만들기 바란다.

은퇴 사용설명서를 잘 준비하고 있는 부부를 소개한다.

『오늘 남편이 퇴직했습니다』라는 특이한 제목의 책을 출간한 박경옥 작가 부부다. 보통 은퇴한 부부가 함께 다니는 경우는 흔치 않다. 남편을 인터뷰 하는 날, 작가는 이렇게 말했다. "함께 가도 될까요? 남편은 나랑 함께 다니는 것을 좋아하거든요." 은퇴부부의 경우 남편은 모든 것을 아내와 함께 하고 싶어 하지만, 아내의 경우는 좀 다르다. 남편은 대기업 임원으로 퇴직하고, 2년 간 도서관에서 좋아하는 책을 원 없이 읽으면서 자신이 진짜로 좋아하는 것을 찾았다. 부부는 공통적으로 인문학적 소양이 있고, 책을 좋아하며, 전공분야도 비슷했다. 대부분 대학에서 새롭게 공부를 시작하는 경우, 3학년 편입학을 하는 것이 일반적인데 남편은 동양학을 제대로 공부하고자 1학년부터 시작했다고 한다. 특이하게 50대에 BTS(방탄소년단) 매니아로 전 세계 방탄소년단 팬들에게 동양의 문화를 제대로 설명해 주고 싶다는 꿈을 갖고 있었다. 함께 책을 읽고 같은 분야를 공부하면서 공감, 소통, 배려하는 최고의 은퇴 부부였다. 어차피 은퇴하면 소득은 줄어든다. 이런 현실에 닥치고서도 원망하거나 절망하지 않고 마음을 합쳐서 30평대 아파트에서 소형 빌라로 이사를 했다는 사실도 정말 놀라웠다. 대부분의 경우 남편은 그렇게 하고 싶어도 아내 반대가 심했다. 이 부부의 은퇴 사용설명서는 공통점이 많고, 한 개를 함께 공유하고 있는 것 같았다. 서로 좋아하는 분야를 지지해주고, 함께 발전시킬 것을 찾으면서 더불어 지역 공동체를 위해서 함께 공유할 멋진 계획을 준비하고 있었다. 남편은 대학, 아내는 대학원 졸업을 1년 앞두고 있었다. 부부가 함께 이들처럼 은퇴 사용설명서를 만들어 나갈 수 있다면 그것이 곧 최고의 행복일 것이다. 직장인으로 최선을 다했듯이 은퇴 이후 내 인생을 위해서 최선을 다 해보자. 그 첫걸음이 은퇴 사용설명서 완성이다. 그리고 당당히 가족, 친구들에게 공개하고 나는 이렇게 살 것이라고 선언하자. 은퇴자들이 심리적으로 위축되고 우울한 이유는 자신의 존재가치를 잃어버리기 때문이다. 아름다운 은퇴를 제대로 시작하기 위한 내 인생 은퇴 사용설명서 만들기를 바로 시작해보자.

은퇴전략 핵심질문

1. 내 인생 은퇴 사용설명서는 준비되었는가?
2. 언제 도전할 것인가?
3. 그 이유는 무엇인가?

03

—

부부의 유효기간을 늘려라

🌸

정년퇴직 후에는 축복과 함께 상실감이 찾아온다. 가족들이 정년퇴직 축하 파티를 열어주면서 그동안의 노고를 축하해 주지만 왠지 마음 한구석이 허전하다. 마치 내 인생의 유효기간이 끝난 것 같은 무력감이 찾아드는 것이다. 이런 상실감과 무력감을 해결하는 가장 좋은 방법은 부부의 유효기간을 새롭게 만드는 것이다. 아무리 성능이 우수하고 값비싼 전자제품도 반드시 유효기간이 정해져 있다. A/S 기간은 무상 1년, 품질보증 기간은 10년 등 이렇게 대부분 정해져 있다. 부부도 마찬가지다. 직장인의 유효기간이 끝났지만, 은퇴자의 유효기간은 늘릴 수 있다. 인간의 유효기간은 엄마 뱃속에서 태어나 울음을 터트리는 순간 이미 결정된다. 다만 부부의 유효기간은 다르다. 특히 은퇴부부의 유효기간은 함께 노력하면 얼마든지 변경이 가능하다. 부부의 유효기간은 늘리는 것보다 함께 노력해서 그것을 지속하게 만드는 것이 중요하다. 그렇다면 남편의 유효기간은 언제까지일까? 안타깝게도 남편에게는 결정권이 없다. 유효기간은 아내가 결정한다. 남편들은 그 기간이 영원하길 마음속으로 빌어보지만, 아내는 남편의 유효기간을 퇴직 전까지로 정할 확률이 높다. 정해놓은 규칙은 없으니 각자의 판단에 맡긴다. 한 대기업 임원 출신 은퇴자가 농담처럼 이런 이야기를 했다. 한 임원이 회사에서 퇴직통보를 받았다고 전화했더니, 아내가 바로 기절했다는 것이다. 농담처럼 이야기했지만 그것이 사실인지라 가슴이 아팠다. 그렇다면 남편은 자신의 유효기간을 어떻게 늘릴 수 없는 것일까? 육체적으로 왕성했던 신혼시절의 황홀했던 순간으로 돌아갈 수는 없지만, 마음만으로는 그렇게 만들 수 있다. 어차피 직장인의 유효기간은 누구에게나 정해져 있다. 상황에 따라 조금 빠르고 늦을 뿐이다. 퇴직 전부터 남편의 유효기간을 늘리기 위한 노력을 준비해야 한다. 퇴직 후에 새로운 직장을 찾는 것은 어차피 한계가 있다. 따라서 아내가 만든 직장인 남편의 유효기간을 퇴직 이후로 연결시키는 노력이 필요하다. 최소한 정년퇴직 5년 전부터 준비해야 한다. 어느 날 갑자기 퇴직통보를 받는 경우도 있지만 대부분 자신에게 다가오는 퇴직의 낌새를 느낄 수 있다. 나는 무사할 거라며 외면하고 있었을 뿐이다. 반드시 퇴직 전에 남편의 유효기간을 늘리기 위한 노력을 다음과 같이 단계별로 시작해야 한다. 첫째. 아내와 공감 어린 대화를 시작하라. 직장인 남편들의 퇴근 후 아내와의 대화는 "밥 줘." "리모컨 좀," "애들은?" "그만 자자." 같이 대부분 단답형이다. 그저 피곤하고 힘들기 때문이다. 하지만 하루 종일 끝도 없는 집안일을 하면서 남편을 기다린 아내도 힘들기는 마찬가지다. 부부의 유효기간은 함께 늘려야 한다. 하루 10분, 20분 그렇게 드라마도 함께 보고, 점심은 무엇을 먹었는지도 물어봐야 한다. 더러 현관에 어지럽게 놓여 있는 신발정리도 하고, 샤워 후에는 화장실 청소도 하자. 거창하게 생각하지 말고 작은 것부터 시작하자. 며칠 전 대학교수인 지인과 통화를 했다. 이 부부의 경우 남편이 퇴직하기 전에는 서로 말이 없었다. 어쩌다 함께 같은 자동차를 타고 나가면 꼭 싸운다. 그래서 각자 자기 자동차로 이동하곤 했다. 그런데 남편이 은퇴한 지금은 늘 같은 자동차를 타고 이동하는데, 차 안에서 대화를 시작하면 끝이 없을 정도라고 한다. 이 점에 대해서는 자신들도 스스로 놀라고 있다고 한다. 비결은 따로 없다. 각자의 마음을 조금씩 내려놓고 상대방의 말에 공감하려고 노력한 덕분이다. 이 부부의 유효기간은 계속 늘어날 것 같다. 둘째. 아내에 대한 관심이다. 아내의 친구는 어떤 사람인지, 아내가 무엇을 좋아하는지, 봄이면 어디를 가고 싶은지에 대해 관심을 가져야 한다. 월급 가져다주는 것만으로 남편 역할을 다해 왔다고 생각하면 큰 오산이다. 끊임

없이 아내에게 관심을 주어야 한다. 그래야만 아내를 이해할 수 있으며 진심어린 대화도 이어진다. 셋째. 자녀를 포함시켜라. 갑작스런 남편의 변화는 부담스럽다. 이때 자녀들의 도움이 필요하다. 자녀의 진로는 아내 입장에서도 매우 신경 쓰이는 부분이다. 하지만 입시에 관한 것 외에는 자녀에 대해 잘 모른다. 자녀들을 주제로 대화를 시작해 보라. 최근의 새로운 직장문화와 세상의 변화, 미래세대에 아이들이 어떤 일을 하면서 살아가야 하는지, 그리고 자녀들이 좋아하는 것, 잘하는 것 등에 대해 이야기 하면서 자연스럽게 부부 사이 공감을 늘려 가는 것이 좋다. 이렇게 직장인 남편, 월급쟁이 남편이 아닌 가장으로서 남편 유효기간을 늘려가야 한다. 그렇다면 아내의 유효기간은 어떻게 될까? 남편의 유효기간은 아내가 결정하지만, 아내 자신의 유효기간은 스스로 정한다. 아내 일에 간섭하지 말자. 남편이 도와준답시고 한 것 때문에 아내에게 핀잔만 들었던 기억들 한두 번은 있을 것이다. 섭섭하지만 인정하자. 남편의 눈에 부족한 것이 보여도 절대로 간섭하지 말자. 간섭은 부부의 유효기간을 늘리는데 전혀 도움이 안 된다. 이렇게까지 퇴직준비에 노력을 기울여야 하는가 하는 의문이 들 수도 있겠지만, 그것이 현실이니 어찌하겠는가. 퇴직과 은퇴 이후에 만나는 부부의 세상은 전혀 다르다. 낯선 곳으로 해외여행을 떠나면 부부가 평소보다 더 서로를 믿고 의지하게 되듯이, 은퇴부부의 삶도 그렇게 만들어야 한다. 피하고 외면하기 보다는 함께 노력하는 마음이 중요하다. 힘겨운 직장생활을 끝내고나서 절대로 졸혼이나 황혼이혼 같은 단어를 만나면 안 된다. 그것은 서로가 정한 유효기간이 끝났음을 의미한다. 나는 늘 생각한다. 전쟁터나 다름없는 직장에서 퇴직한 모든 직장인은 반드시 행복해야 한다. 그 행복에 꼭 필요한 것이 바로 은퇴부부 유효기간이다. 누가 대신 만들어 줄 수 없다. 오롯이 부부의 힘으로 만들어야 한다. 은퇴를 돈만의 문제로 생각하는 고정관념에서 벗어나서, 부부가 함께 건강하고 멋진 노후의 삶을 만들어라. 내 유효기간은 언제까지일까? 한 번도 생각해보지 않았다면, 당장 스스로 자신의 유효기간과 배우자의 유효기간도 생각하고 배려해 보자. 안 되는 것은 없다. 묻지도 따지지도 말고, 지금 당장 펜을 들고 메모지에 기록해보자. 하얀 백지 위에 새롭게 부부의 유효기간을 만들어 보자. 여기에는 용기가 필요하다. 내가 행동하지 않으면 아무것도 변하지 않는다는 것을 명심하자.

은퇴전략 핵심질문

1. 남편의 유효기간 기준은 무엇인가?
2. 아내의 유효기간 기준은 무엇인가?
3. 부부 유효기간을 늘릴 수 있는 한 가지 방법은 무엇인가?

04

—

은퇴자에게 주어진
두 가지 시간

세상에서 가장 소중한 선물은 시간이다. 이 말은 늘 내가 주장하고 외치는 것이다. 가끔 상담을 하면서, 귀한 시간을 내 주어서 너무 고맙다는 이야기를 듣는다. 이 말은 서로에게 해당된다. 시간은 단 1초도 돈으로 살 수 없다. 각자의 소중한 시간을 선물처럼 주고받는 것이 은퇴상담이다. 가끔 누가 자신의 이야기를 이렇게 공감하며 들어주겠냐면서 밥을 사는 상담자도 있다. 나는 그분의 소중한 시간을 함께 나눈 것이 더 고맙다. 물론 화가 나는 순간도 있다. 상담전화를 통해 자신이 누구인지 밝히지도 않고, 서론도 없이 무례하게 자신의 궁금한 사항만 이야기하는 분, 또는 카톡으로 핵심도 없는 질문을 장황하게 나열하고 막무가내로 해답을 요구하는 상담자들 때문이다. 상담은 타인의 시간을 빼앗는 것이다. 자신의 어려움을 해결하기 위하여 상담을 요청했다면, 조금이나마 상대를 배려하는 마음을 가지는 것이 옳다. 모든 사람에게 공평하게 주어지는 시간이지만 은퇴자에게는 두 가지 시간이 존재한다. 첫번째는 물리적 시간이다. 하루 24시간은 누구에게나 똑같이 주어지는 시간이다. 직장에서는 대부분 상사들이 시간을 통제했을 것이다. 점심시간 때로는 회식할 때 수저를 드는 타이밍까지 통제받으면서 좌절했던 경험도 있을 것이다. 지휘관이 늦게 도착하는 바람에 식어빠진 삼계탕을 먹을 수밖에 없었던 그런 상황을 나도 여러 번 겪었다. 지금은 이런 직장이 없기를 바라지만, 아직도 간간히 그런 이야기를 듣는다. 하지만 막상 은퇴자들은 직장시절의 시간통제를 그리워한다. 이제 남는 시간도 관리를 못해서 허둥대고 있기 때문이다. 은퇴자에게 시간통제는 매우 중요하다. 남편은 퇴직했지만 아내는 퇴직하지 않았기 때문이다. 남편의 시간을 직장이 통제했다면 아내는 스스로 통제해 왔다. 즉 아내는 스스로 시간 관리하는 데 매우 익숙하다는 말이다. 따라서 은퇴한 남편이 스스로 시간을 통제하지 못하면 아내와 갈등을 일으킬 수밖에 없다. 은퇴 후 아내의 시간에 대해서 너무 깊은 관심을 보이면 안 된다. 남편의 갑질로 느낄 수도 있기 때문이다. 대신 자신의 하루 8시간 동안의 계획만 아내에게 알려주면 된다. 아내는 그것에 맞추어 자신의 시간을 통제할 수 있는 놀라운 능력자다. 딱 거기까지만 하면 된다. 그저 자신이 만든 8시간을 잘 보내고 저녁에 귀가하면 된다. 두 번째는 마음의 시간이다. 나이, 성별에 따라 다르게 느끼는 시간이다. 이것은 스스로 마음먹기에 달려 있다. 내가 어떤 생각을 갖는가에 따라 시간의 무게가 다르다. 은퇴한 부부가 함께 노력해야 할 귀한 시간이다. 이것이 어렵다면, 부부가 심리적 갈등을 겪을 수밖에 없다. 마음의 시간은 각자 독립적으로 보내는 시간과 함께 보내는 시간으로 구분하면 더 좋다. 과거 직장생활 동안 아내와 함께 하고 싶었던 마음의 시간, 은퇴한 남편이 아내와 함께 보내고 싶은 마음의 시간은 각자 다르다. 이것을 존중하고 이해하면 된다. 아내와 함께 하지 않을 때는 아내가 시간을 잘 보낼 수 있도록 그냥 놔두면 된다. 대신 부부가 함께 하는 시간을 통해서 과거, 현재, 미래를 어떻게 보낼지에 대해 마음의 대화를 나눈다면 은퇴 후 심리적 갈등은 없을 것이다. 은퇴자에게 주어지는 두 가지 시간 관리는 심리적 자산의 기본이다. 이것은 연애시절 사랑 싸움과 같다. 너무 가까우면 달아나고 싶고, 멀어지면 가까이 다가가고 싶어진다. 은퇴 전에는 각자의 시간만 관리하면 되었지만, 은퇴 후에는 부부가 함께 관리해야 하는 시간도 있다는 것을 인정하자. 그것이 무엇이든 절대로 서로 간섭 없이 자율적으로 시행할 수 있어야 한다. 직장인의 문을 닫고, 은퇴자의 문을 열었다. 거기에 새롭게 놓여 있는 두 가지 시간을 나는 어떻게 관리할 것인가? 부부의 노력만큼 행복한 마음의 시간이 늘어날 것이다. 명심하자. 지금 나는 은퇴라는 전혀 새로운 문을 열고 들어섰다. 결혼의 문을 처음 열고 당황했던 것보다 더 심한 갈등이 생길 수 있다. 그 출발을 슬기롭게 잘 하는 시작이 이 두 가지 서로 다른 시간을 잘 관리하는 것이다. 첫째도, 둘째도 상대에 대한 배려가 먼저다. 은퇴는 남편만의 문제가 아닌 부부공동의 문제다. 퇴직과 동시에 은퇴라는 새로운 문을 열었지만, 처음으로 함께 열었던 결혼이란 문을 열 때보다는 마음의 여유가 있을 것이다. 다만 조심할 것은 서로의 시간관리에 지나친 호기심을 버리고 자신의 시간관리에 충실하면 된다는 점이다. 심리적 자산 관리의 핵심은 공감, 소통, 배려가 기본이다.

은퇴전략 핵심질문

1. 은퇴 후 하루 8시간의 계획은 준비되었는가?
2. 아내와 함께 하고 싶은 요일, 시간은 정했는가?
3. 각자의 시간을 존중할 준비는 되었는가?

05

—

심리적 탯줄을 끊어라

은퇴 이후 많은 사람들이 외로움을 느끼거나 심리적 상실감에 빠진다. 그렇게 살갑게 지내왔던 선후배들과 연락이 잘 안된다면서 우울해한다. 퇴직이라는 순간이 다가왔는데도 현실을 부정하고 자꾸만 과거를 돌아본다. 인간은 두 번의 탯줄을 끊어야 비로소 완전한 독립적 인간이 된다. 처음으로 세상에 나와 완전한 독립인간임을 선언하는 것이 바로 엄마와 연결된 탯줄을 자르는 동시에 울음으로 세상에 선언한다. "나는 독립된 한 인간으로서 세상에 태어났어!" 그런데 성인이 되어서도 엄마에게 어리광을 부리며 독립을 거부하는 마마보이가 늘어나듯, 30년 가까운 세월을 보낸 자신의 옛 직장을 떠나지 못하고 은퇴 후에도 직장 곁을 맴도는 사람들도 있다. 자신의 모든 추억과 삶에 스토리가 그곳에서 만들어졌기 때문이다. 그곳을 빼면 자신의 존재감이 없다고 느끼기 때문이다. 그런 사람들의 특징이 새로운 명함에 전 직장의 이력을 가득 채운 분들이다. 현재 자신의 모습은 어디에도 없다. 오로지 과거에 갇힌 자신으로 살고 싶어 한다. 하지만 퇴직 이후 상실감에서 벗어나려면 과감하게 그 심리적 탯줄을 끊어야 한다. 그래야 또 하나의 새로운 세상에 독립적으로 살아갈 수 있기 때문이다. 우리가 엄마와 연결된 탯줄을 자르면서 독립된 인간이 되었듯이, 퇴직과 동시에 과거와 연결된 심리적 탯줄을 자르지 않으면 새로운 세상으로 들어갈 수 없다. 쉽지 않지만 스스로 과감하게 잘라내야 한다. 탯줄은 의사가 잘라 주었지만, 과거와 연결된 심리적 탯줄은 철저히 자신이 잘라야 한다. 그래야 온전히 은퇴 이후의 삶을 새롭게 만날 수 있다. 어차피 우리 인생 스토리 속에 과거는 추억이 남을 수밖에 없다. 은퇴 이후 새로운 길을 걸어야 하는데 과거를 보면서 미래로 갈수는 없다. 남자들이 사회와 격리된 군대의 문을 들어설 때 처음에는 힘들지만 훈련소에서 힘든 훈련을 받다 보면 나중에는 아무런 생각도 안 든다. 그저 하루하루 적응하면서 시간을 보내다 보면 완전한 군인이 되고, 어느덧 전역이 다가온다. 그 순간에는 군대를 떠나는 것이 살짝 아쉽기도 하다. 퇴직 후 새롭게 만날 멋진 은퇴라는 세상을 향해서 과거와 연결된 심리적 탯줄 과감히 잘라 버리자. 새 술은 새 부대에 담으라는 말이 있다. 당당히 심리적 독립을 외쳐라. 혹시라도 매우 아꼈던 후배들이 전화 한통 안하는 것에 섭섭한 생각이 든다면, 아직 완전한 심리적 독립이 안 된 것이다. 자신이 현역시절 바빴던 것처럼 그들도 바쁘다. 나는 늘 은퇴상담을 하면서 이렇게 말한다. "퇴직과 동시에 휴대폰에 저장된 번호는 리셋 된다고 생각하라. 그렇게 하면 신호가 울리지 않는 전화를 바라보면서 원망할 일도 없다." 대신 새로운 전화번호를 입력하려고 노력하면 된다. 나는 퇴직과 동시에 모든 것을 내려놓았다. 심지어 가끔 후배들이 업무 노하우를 물어보려고 전화를 걸어오지만, 한두 번 받아주다가 이마저 외면했다. 어차피 새로운 길을 선택했기 때문이다. 물론 그럼에도 불구하고 몇 달에 한번 전화로 회식자리에 불러줄 때는 시간이 허락하면 참석해서 함께 술잔을 기울인다. 그때는 추억소환의 시간이다. 과거의 나로 돌아가기도 한다. 하지만 우리가 학창시절을 그리워하며 동창생과 만나는 그런 기분으로 즐길 뿐이다.

진짜은퇴 3대 자산 중에서 심리적 자산은 매우 중요하다. 사람에 따라 다르지만 지금 같은 현실에서는 돈보다 이것이 더 중요한 자산이 될 수 있다. 퇴직 이후 심리적 독립을 이룬 사람들은 늘 여유롭고 밝고 활기가 넘친다. 누군가를 의지하지 않기 때문이다. 가정에서 가족들과 큰 불편 없이 잘 지내는 사람은 대부분 심리적 독립을 이룬 사람들이다. 더 이상 누구의 눈치도 보지 않고 타인 때문에 우울해하거나 소외감과 상실감을 느끼지 않는다.

　퇴직과 동시에 심리적 탯줄은 반드시 스스로 끊자. 그러기 위해서는 준비가 필요하다. 세상살이 모든 것이 그렇듯이 연습과 준비 없이 현실을 맞이하면 당황해 한다. 그러다 보면 서두르게 되고 결국 사고를 당한다. 엄마의 뱃속에 있는 태아도 스스로 자신이 언제 세상에 나갈지를 알고 준비를 한다. 자신의 퇴직 일자는 자신이 알고 있다. 그 일정에 맞추어 스스로 준비기간을 꼭 가져야 한다. 나 없으면 직장이 큰일 날 것 같지만 절대로 그렇지 않다. 그 직장은 아무 문제없이 잘 굴러간다. 그러니 퇴직 전에 시간을 내어 앞으로 내가 어떤 길을 걸어갈 것인지 꼭 준비하는 시간을 갖길 바란다. 목표와 계획을 세우고 준비단계를 거쳐야 안전한 심리적 독립을 완성할 수 있다. 나는 명예퇴직을 선택한 바로 다음날 출근을 했다. 외롭다거나 무엇을 할까 하고 고민할 시간도 없었다. 퇴직 전 5년 간 치열하게 준비했기 때문이다. 사실은 조금 더 빨리 심리적 탯줄을 자르려고 몸부림을 쳤었다. 지금은 100세 인생을 넘어 120세를 이야기 하고 있다. 엄마의 탯줄을 자르고 절반의 인생을 살았다. 이제 내 손으로 심리적 탯줄을 자르고 절반의 인생을 향해 달려가야 한다. 두려워하지 말자. 희망의 시간, 행복의 순간이 당신을 기다리고 있다. 가슴 벅찬 희망을 안고 달려 나가자.

1. 나는 언제 심리적 탯줄을 끊을 것인가?
2. 현재 내 준비상태는 몇 점인가?
3. 부족한 것은 무엇인가?

06

—

커피로 시작하고, 요리로
마무리하기

내 아들이 주방에 있는 것은 싫지만, 사위가 주방을 지키면 최고의 사위가 된다. 요리하는 여자는 많지만 대부분 최고의 쉐프는 남자들이다. 간편식이 등장하면서 어느덧 주방에서 남녀구분이 없어졌다. 간편식을 선택하면 옵션이 참 다양하다. 한 가족 4인분 메뉴를 선택하니, 신선한 재료에 양념, 레시피까지 따라온다. 그 레시피대로 요리를 했더니 가족들 칭찬이 대단하다. "알고 보니 울 아빠가 요리사였어." 이런 반응이 돌아온다. 요리한 아빠도, 같이 먹는 가족도 모두가 행복하다. 더 중요한 것은 그동안 가족들이 아빠와 이야기할 특별한 계기가 없었는데 이제 요리를 하면서 가족들과 이야기할 소재가 생겼다는 것이다. 딸아이는 나에게 인터넷으로 맛집 레시피를 찾아주고, 요리전문 유튜브 채널을 소개해 준다. 어느 순간 멀게만 느껴졌던 가족과의 관계가 쉽게 다가오는 느낌이다. 남편 입장에서 한 번도 안 해본 요리가 살짝 불편할 수도 있겠지만, 은퇴준비의 시작으로 생각하면 된다. 그러나 심리적 자산은 요리 한 번으로 쉽게 만들어지지 않는다. 당분간 아무 생각 없이 그냥 주말에 요리하는 아빠가 되어 보자. 당연히 주방이 낯설 것이며, 신입사원 시절 아무것도 몰라서 쩔쩔매던 그 시절이 떠오를 것이다. 주방은 온통 낯선 사무실과도 같다. 쉽게 용도 구분이 가지 않는 주방기구들과 비슷한 양념통 때문에 먼저 당황하게 된다. 특히나 국간장, 양념간장은 아내가 몇 번을 설명해주어도 구분이 안 된다. 그냥 뚜껑을 열어서 짠맛, 덜 짠 맛 이렇게 구분하는 게 나는 훨씬 좋다. 우리집에 냉장고에 냉동고, 김치냉장고까지 냉장고 3대가 필요한 이유가 궁금해지지만, 열어 봐도 모르겠다. 주방을 하나씩 알아가는 마음으로 우리 가족도 알아 가면 된다. 남편이 직장에서 사투를 벌였다면, 아내는 주방에서 가족을 위해 전투를 치르고 있었음을 알게 된다. 라면을 먹으려고 김치를 찾기 위해 냉장고 한 번 열어본 것이 전부였던 과거를 멀리하고, 요리하기 위해 냉장고를 뒤지는 아빠에게 가족들은 쉽게 마음을 열어주고 대화를 시작한다. 생각보다 재미있다. 이 참에 메뉴를 늘려 두부찌개, 소고기미역국, 두루치기까지 아내에게 배우려고 한다. 은퇴부부가 한 공간에서 지내는 것이 생각보다 쉽지 않다고 말한다. TV 소음이 그 어색함을 달래주지만 그것도 유효기간이 있다. 서먹함을 해결할 새로운 것이 필요하다. 이때 아내가 잘 하고, 남편이 생소한 요리는 훌륭한 심리적 자산을 연결하는 재료가 된다. 일단 아내의 영역에 들어선 남편은 모든 것을 아내에게 의지해야 한다. 스승과 제자처럼 역할분담이 된다. 이때 주의할 것이 있다. 절대로 남편들은 짜증을 내면 안 된다. 나 역시도 주방에서 아내의 도움을 받을 때, 짜증나는 순간을 여러 번 경험했다. 남자들에게 주방은 위험하고 불편하고 어색하다. 하지만 노력하는 만큼 재미가 있다. 은퇴한 부부가 하루 24시간 한 공간에 머무는 것이 여간 어색하고 힘든 것이 아니다. 지금까지 내가 집에 있을 때 아내의 친구들이 놀러온 것을 한 번도 본 적이 없다. 특히 은퇴한 남편이 지키고 있는 집에 놀러가는 여성들은 없다. 이 어색한 시간들을 어쩔 수 없이 함께 보내야 한다면 요리만큼 좋은 재료가 없다. 휴일 아침, 일찍 일어나서 직접 곱게 원두커피를 갈면서 커피 향을 음미하고, 드립퍼를 이용해서 진한 커피 두 잔을 내린다. 여기에 토스트 로 구운 식빵과 달걀프라이만 준비해도 멋진 아침식사가 된다. 양파즙, 사과, 바나나 한 개를 넣어 만든 과일주스까지 내놓는다면 금상첨화다. 외출할 때마다 커피 볶는 집에서 취향에 맞는 로스팅 커피를 사다 놓고, 직접 커피를 내리면 적은 비용으로 제대로 된 커피를 즐길 수 있다. 아내의 사랑은 덤이다. 아내가 좋아하는 음료나 요리를 통해서 조금씩 아내를 연구해보자. 결국 자식은 떠나고 남는 것은 부부다. 은퇴한 부부에게 고정된 역할분담은 없다. 힘겹게 직장생활을 마치고 이제 아내까지 연구하면서 살아야 하는가 하는 배부른 고민 따위는 하지 말자. 시간이 흘러보면 가장 큰 행복이 될 것이다. 그동안 건성으로 들었던 아내의 작은 한마디도 다시 한 번 생각해 보자. 고백하건데 나는 아내가 무엇을 진짜 좋아하는지, 가끔씩 투정을 부릴 때 왜 그런지, 싫어할 땐 어떤 표현과 행동을 하는지 제대로 모른다. 그동안 일방통행식으로 살았다면 은퇴 이후에는 변해야 한다. 가장 오랫동안 머물 곳인 집이 편해야 한다. 주인장이 불편하게 대하는 음식점을 두 번 찾고 싶지는 않을 것이다. 심리적 자산은 가족으로부터 출발한다. 미국의 아버지부시대통령은 이혼 안하고 오래 함께 산 것으로 더 유명하다. "세상에서 가장 행복한 두 사람의 75년 러브스토리"에서 조지 H.W. 부시 전 대통령은 생전에 이렇게 말했다. "저는 아마 이 세상에서 가장 높은 산(정상)에 올라가 본 사람일 겁니다. 하지만 그 조차도 바버라의 남편이라는 자리에는 비할 바가 못 됩니다." 전 세계를 아우르는 미국 대통령이라는 자리도 사랑하는 아내 바버라의 남편이라는 자리보다는 못하다는 말이다. 지금 막 은퇴한 부부에게 가장 부족한 자산이며 위험한 자산이 심리적 자산이다. 한 번도 이것을 자산이라 생각해보지 않았기에, 노력해서 얻어야 한다고 생각하지도 않았다. 돈, 건강이 준비되었다면 그것을 함께 공유할 가족이 필요하다. 매일 하루살이 불나방처럼 떠도는 삶이 아니라면 이제부터 내 가족을 연구해보자. 쉽게 접근할 수 있는 것이 요리다. 지금은 블로그, 유튜브만 검색하면 기본적인 레시피, 요리방법을 알 수 있다. 하지만 그게 말처럼 쉽지 않다. 오랜 내공이 필요한 영역이고, 아내의 도움이 필요하다. 요리를 시작하기 전에 직접 커피를 내려서 아내의 마음을 얻는 것도 좋다. 설거지, 남은 음식물 처리는 은퇴한 남편의 기본 업무이다. 과거에 매달 불입하는 재형저축을 통해서 자산을 늘려간 것처럼, 이런 작은 노력이 심리적 자산을 늘려가는 방법이 될것이다.

은퇴전략 핵심질문

1. 집에서 즐기는 드립커피 머신은 준비되었는가?
2. 가족이 가장 좋아하는 요리를 알고 있는가?
3. 첫 번째 도전하고 싶은 요리는 무엇인가?

07

—

은퇴준비는 계영배처럼

🔸

　　20대 후반에 첫 직장인이 된 후 앞만 보고 달렸다. 내 인생의 끝이 과연 있을 것인가? 첫 신입사원 시절 하늘같이 높게 보였던 과장, 부장, 임원들은 영원한 우상처럼 넘기 힘든 벽처럼 느껴지기도 했다. 하지만 시간은 흐르고 과장이 되기도 전에 우상이었던 선배들이 떠나기 시작했다. 영원히 존경과 부러움의 대상이 되어야 마땅할 분들이었지만, 현실은 그렇지 못했다. 대부분 원치 않는 희망퇴직으로 이어졌다. '나도 언제인가 저렇게 되겠지. 그럼 나는 무엇을 준비해야할까?' 하고 고민하면서 자신에게서 답을 찾아야 하지만, 수많은 직장인들이 자신에게 그런 질문을 해볼 기회도 없이 희망퇴직으로 내 몰리고 있다. 하지만 취업이 있다면 퇴직이 있는 법이다. 각기 다른 시간의 문제가 있을 뿐이다. 비교한다면 누가 더 풍요로운 은퇴준비를 했는가 하는 정도이다. 그렇다면 직장생활 동안 어떤 은퇴준비를 했어야 할까? 세상에 자신의 인생에 100% 만족하는 사람이 얼마나 될까? 그렇다면 퇴직을 하고 은퇴로 이어지는 과정에서 어느 정도 준비를 하면 좋을까? 역사 속에서 그 해답을 찾아보자.

"가득 채워 마시지 말기를 바라며, 너와 함께 죽기를 원한다." 조선시대 거상 임상옥이 소유하고 있었던 계영배에 새겨진 문구다. 잔의 70% 이상을 채우면 술이 모두 밑으로 흘러내려 인간의 끝없는 욕심을 경계해야 한다는 "가득 참을 경계하는 잔" 이라는 속뜻이 있는 계영배(戒盈杯)는 과욕을 경계하라는 과유불급(過猶不及) '지나침은 모자람과 같다.' 의 상징적인 의미다.

결국 완벽한 은퇴준비는 애초부터 존재하지 않는다. 각자의 마음에 존재할 뿐이다. 타인의 시각으로 보면 완벽한 은퇴준비로 보일지 모르지만, 각자에게는 남들이 모르는 인생의 희로애락이 존재한다. 애초부터 은퇴준비를 100% 목표로 하기보다는 계영배의 교훈처럼 70% 목표로 하면 훨씬 마음이 여유로울 것이다. 70%를 넘게 담으려하면 어차피 쏟아져 마실 수 없는 술이 되는 것처럼. 때로는 50%, 때로는 60% 담긴 술잔으로도 충분히 기분 좋게 즐길 수 있다. 지나친 마음을 버리도록 만든 계영배 술잔의 지혜가 어쩌면 완벽한 은퇴준비를 위해서 자신의 남은 인생 2막 소중한 시간을 헛되이 낭비하지 않기를 바라는 저자의 마음과 같다. 국민소득이 3만불이 넘었다. 최소한 먹고사는 문제는 해결되었다는 뜻이다. 물론 가정마다 조금씩 다르겠지만, 먹고사는 문제가 아니라 비교하는 마음이 다를 수도 있는 것이다. 남보다 넓은 집, 좋은 차, 멋진 인프라가 구축된 환경에서 살고 싶은 욕구에 차이가 있을 뿐이다. 쉼 없이 달려온 직장생활의 끝이 행복한 노후, 아름다운 은퇴라면 그 핵심이 무엇인지 생각해보기 바란다. 죽을 때 영원히 가져갈 수 없는 그 무엇을 위해서 은퇴 이후까지 시간을 허비할 것인지 아니면 지금 자신이 가지고 있는 것을 최대한 활용해서 30% 부족한 상태로 행복을 찾을 것인지 생각해보자. 100세 인생이라고 하지만 우리가 그토록 부러워하는 재벌가 회장들도 80세를 넘기지 못하고 세상을 떠났다. 게다가 그 후손들의 재산 싸움, 경영권 다툼을 보노라면 다시금 70%만 채우라는 계영배의 지혜가 떠오른다. 은퇴준비를 너무 완벽하게 하려고 시간을 낭비하지 말자. 영원히 채울 수 없는 30%는 남겨두자. 평범한 직장인들의 은퇴준비는 계영배처럼 70%에 만족하자. 나 역시 은퇴 이후 하고 싶은 일도 많고, 좀 더 풍요롭게 살고 싶은 욕망이 없지 않다. 어떻게 하더라도 퇴직 전에 현금 10억을 모으겠다는 계획은 수포로 돌아갔다. 명예퇴직 이후 좀 더 돈을 벌어보겠다고 몇 가지 일을 하면서 깨달은 것이 많다. 퇴직 이후 현역시절처럼 돈을 쫓기보다 우선멈춤이 필요하다는 것이었다. 또 자신의 삶을 돌아보니,

남은 인생에 무엇이 중요한지 정리해보는 것이 먼저였다. 그리고 내가 가진 것을 생각하니 정말 30% 부족하지만 그대로 충분한 은퇴준비가 되어 있었다. 이제 남은 인생을 얼마나 가치 있게 살 것인지 준비하는데, 계영배의 술잔처럼 70%면 충분하다는 생각이 들었다. 정답이 필요 없는 은퇴준비는 자신의 마음에 달려 있다. 우리는 역사를 배우고, 옛 선인들의 지혜를 통해서 미래를 계획한다. 인터넷으로 검색하니 여러 쇼핑몰에서 계영배를 팔고 있었다. 나중에 이천 도자기축제에 가면, 가장 멋진 것으로 하나 장만해야겠다. 어지럽고 혼탁한 생각이 들 때 계영배에 술을 따르며 남은 은퇴 이후의 삶을 한 번 더 생각해 봐야겠다. 은퇴 이후의 삶이 70점 정도면 합격 수준이 아닐까? 대한민국의 모든 자격증 시험에서 60점이면 합격이다. 각자의 은퇴 합격 점수는 70점으로 정하자. 옛 선조들이 우리에게 남긴 교훈이다. 각자 계영배라는 멋진 술잔을 꼭 한 개씩 마련해두기 바란다. 은퇴에 대한 심리적 불안이 생길 때마다 계영배에 술을 따라 마셔보자 70%가 최고의 순간이라는 것을 알게 될 것이다.

은퇴전략 핵심질문

1. 당신이 꿈꾸는 은퇴 점수는 몇 점인가?
2. 부족한 부분을 어떻게 채울 것인가?
3. 당신의 은퇴에서 최고의 가치 있는 일은 무엇인가?

08

—

1년에 추억 2가지 만들기

🌷

상담을 하면서 부부관계가 소원한 사람들에게 물어본다. "지난 한 해 가족들과 함께 즐거웠던 추억은 무엇인가요?" 쉽게 대답을 못한다. 그럼 독자들에게 물어보자. "2019년 한해 가족들과 함께 했던 추억 무엇이 떠오르나요?" 금방 미소 짓게 만드는 추억이 떠올랐기를 바란다. 살다보면 무엇이 그렇게 바쁜지 정말 아무것도 한 것은 없는 것 같은데 어느새 연말이 가까워진다. 은퇴자들의 심리적 자산을 구축할 2가지 방법을 제시한다. 우리 부부에겐 아들, 딸이 있다. 아들이 결혼한 그때부터 우리 가족의 규칙을 정했다. 무조건 1년에 2번 가족여행을 함께 한다는 것이다. 단 봄에는 아들 부부가, 가을에는 딸아이가 정한 곳으로 1박2일 여행을 떠난다. 작년에는 경주 보문로에 벚꽃이 필 때 다녀왔으며, 늦가을에는 제부도에 함께 다녀왔다. 이렇게 정해놓지 않으면 추억을 만들 기회가 정말 없다. 단 추억을 만들었다면 그 증거를 반드시 연도별로 남기는 것이 좋다. 독자들에게도 다음과 같은 방법을 추천한다.

첫째. 추억사진첩 만들기

매년 12월이 되면 가족들이 한해를 기억 하면서 각자 꼭 남기고 싶은 사진 10장씩을 고른다. 우리 가족은 5명이니 50장이 된다. 아쉽다면 추가해도 되지만 가능하면 10장씩만 고르기 바란다. 이렇게 선택한 사진은 카톡으로 보내지 말고, 메일로 보내야 사진 사이즈가 줄어들지 않고 화질이 좋게 나온다. 이것을 인터넷으로 포토북 업체를 선정하여 주문하면 대략 3만 원 정도가 드는데, 한해를 추억하는 멋진 앨범을 가질 수 있다. 작년에 우리 가족 2019년 가족 앨범은 내가 직접 선택해서 만들었다. 이런 앨범을 매년 만들어서 시간이 날 때마다 꺼내 보면 진짜 멋진 추억이 된다. 한 가지 팁을 더 준다면 앨범 마지막 장에 그해 기억나는 대표적인 이벤트는 글로 적어두는 것이다.

둘째. 추억영상 만들기

스마트폰이 없던 시절인 2003년 어머님이 돌아가셨다. 어머니 제삿날이 돌아올 때마다 어머니의 영상 한편이 없다는 것이 후회스럽다. 연예인들은 죽어도 방송에서 볼 수 있지만, 일반인들은 스스로 영상을 남겨야 한다. 사람의 운명이란 알 수 없다. 한 치 앞도 내다볼 수 없는 것이 인생이다. 누구나 갑작스런 사고를 당하여 세상을 떠날 수도 있다. 그렇게 떠나면서 영상 하나 가족들에게 남기지 못한다면 얼마나 안타깝겠는가? 연말에 전 가족이 모여서 한편의 영상을 촬영해 보자. 간단하게 거실에 앉아서 각자 돌아가면서 한 해 동안 있었던 일들, 감사했던 일들을 이야기하면서 한해를 마무리는 하는 모습을 스마트폰으로 촬영하면 된다. 마음만 먹으면 누구나 할 수 있는 방법이다. 돈도 안 들고 쉽게 할 수 있다. 촬영한 영상에 멋진 배경음악을 깔고 편집해 놓으면 더욱 좋다. 편집된 영상은 컴퓨터 파일에 저장하여 가족들과 공유하면 된다. 한 사람이 맡아서 이렇게 쉽고 간편한 방법으로 촬영, 편집, 저장해 놓으면 가족들에게 멋진 추억 2가지를 남길 수 있다. 나의 경우, 어릴 적에 아버님이 돌아가셨기 때문에, 어머니에 대한 그리움이 더 크다. 그래서 매년 제삿날이 되면 캠코더로 영상을 남기지 못한 것이 후회스럽다. 지금 우리는 너무나 편리한 촬영기기를 곁에 두고 산다. 사진이든 영상이든 만능기계인 스마트폰을 활용하면 어떤 가정에서도 1년에 2가지 추억 정도는 쉽게 만들 수 있다. 하고자 하는 마음이 문제다. 우리 가족처럼 결혼한 자녀들까지 1년에 2번 함께 여행하는 것이 어렵다고 말하는 사람들도 있지만, 마음만 있으면 할 수 있다. 심리적 자산은 하루아침에 로또처럼 이루질 수 없다. 작은 추억이 쌓이고 자녀들과 공유할 것이 많을수록 그 가정은 행복해 질 것이다. 가족 구성원들이 1년씩 돌아가면서 맡아 사진첩과 영상을 만들면, 또 다른 색깔의 작품이 탄생하여 더 좋은 추억이 될 수 있다. 앨범 말미에는 당당히 촬영과 편집을 담당한 사람의 이름을 넣는 것이 좋다. 지난날을 돌아봐도 떠오르는 추억이 없다면, 걱정 말고 해당 년도의 추억 앨범을 펼쳐보면 된다. 미래에 손자손녀들이 태어나면 사진첩은 점점 더 두꺼워 지게 된다. 앨범이 두꺼워지는 만큼 가족의 추억이 쌓이고 행복이 늘어나면서 그만큼 심리적 자산도 커질 것이다. 모든 가정에 매년 만든 추억의 사진첩이 늘어나기를 바란다.

은퇴전략 핵심질문

1. 가족 간의 추억 만들기 계획은 완성되었는가?
2. 올해 사진과 영상 담당은 누구인가?
3. 추억에 부모님은 포함시켰는가?

09

—

20년 가족 구피이야기

아이들이 어렸을 때 우리 아파트 실내가 매우 건조했다. 그 시절에는 집안에 젖은 수건을 걸어놓고 가습기로 대용했다. 더러 가습기를 사용하는 가정도 있었다. 나는 가습기보다 열대어 수족관에 더 눈길이 갔다. 가습 효과도 있는데다가 물고기를 기르는 것이 아이들 정서 에도 도움이 될 것 같았기 때문이었다. 물고기를 기른다는 재미도 있을 것 같아서 결국 수족관을 설치하기로 했다. 아이들에게 수족관을 설치한다고 했더니 특히 딸아이가 매우 좋아했다. 하지만 당시에 살았던 아파트가 좁아서 큰 수족관은 설치할 수 없었다. 결국 작은 어항 크기의 미니 수족관으로 만족할 수밖에 없었는데, 어떤 열대어를 기르는 것이 좋은지 선뜻 결정할 수 없었다. 그러다 고민한 끝에 구피를 선택하여 키우기로 했다. 번식력도 강한데다가 포유류도 아닌 물고기가 알이 아니라 직접 새끼를 낳는다고 해서 다양한 색깔의 구피 여러 쌍을 구입했다. 온도에 민감하다고 해서 자동 온도계를 설치하고, 혹시라도 낯선 환경에 적응하지 못할까봐 모래를 깔고 살아있는 수초를 심어서 정성껏 키웠다. 당시 초등학생이었던 아이들은 학교 갔다 오기가 무섭게 어항 앞으로 다가와 구피를 보면서 시간 가는 줄 모르고 놀곤 했다. 신기한 것은 사람이 다가오면 먹이를 주나 하고 마구 달려드는 것이었다. ?그 모습이 신기해서 아이들은 자꾸 먹이를 주곤 했다. 너무 많이 주면 안 된다고 말려도 아이들은 계속 먹이를 주었다. 그런데 얼마 지나지 않아서 구피들이 한 마리씩 죽기 시작했다. 딸아이는 그 모습을 보고 슬퍼서 울기까지 했다. 무엇이 문제일까? 며칠 간격으로 죽어나가더니 결국 전부 죽고 말았다. 우는 아이들을 달랠 겸 열대어 가게에 들러서 물 소독제까지 구입해서 사용하면서 다시 구피를 길렀다. 하지만 또 전부 죽고 말았다. 보다 못한 아내가 그만두자고 했지만 아이들의 성화에 못 이겨 다시 구피를 기르기로 했다. 이번에는 대대적으로 어항 내부를 청소하고, 새롭게 수초를 심은 다음, 이웃으로부터 구피를 분양 받아 어항에 넣었다. 지극정성 탓인지 이번에는 구피가 잘 자랐다. 어느 날이었다. 아이들이 구피가 새끼를 낳았다고 외쳤다. 정말 눈에 보일까 말까 할 정도로 작은 구피 새끼들이 보였다. 그런데 다음 날 한 마리도 안 보였다. 어미가 새끼를 먹이로 알고 전부 잡아먹은 것이었다. 그래서 새끼집을 설치하여 분리해서 키웠다. 그렇게 지극정성으로 키웠더니 어느덧 구피를 지인들에게 분양해 줄 정도가 되었다. 수초가 잘 자라 무성해지자 새끼집을 치워도 새끼들은 수초에 숨어서 스스로 살아남는 법을 터득하면서 잘 자랐다. 너무 많아져서 지인들에게도 분양하고 사무실에도 갔다 두었다. 그렇게 구피는 우리 가족이 되었다. 그러다 한 겨울에 이사를 가게 되었다. 무엇보다 구피가 걱정이 되어 최대한 물을 뺀 어항을 자가용에 싣고 진해에서 대전까지 이동했다. 대전에 도착해 보니 다행히 구피들은 무사했다. 날씨가 추웠지만 차 안에 히터를 켠 것이 구피들에게 도움이 되었던 것 같다. 문제는 이삿짐을 옮기는 도중에 승용차의 시동을 끄자 1시간 동안 온도가 급격히 내려가면서 어항 속 구피들이 대부분 죽어서 어항에 하얗게 떠오른 것이었다. 놀라서 얼른 구피들을 실내로 옮기고 미지근한 물을 보충해 주었지만, 대부분 죽고 겨우 몇 마리만 살아서 간신히 움직이고 있었다. 잠깐의 실수가 이런 결과를 나았다. 살아남은 녀석들이라도 정성껏 잘 기르자면서 우는 아이들을 달랬다. 다행히도 그 몇 마리가 또 다시 새끼들을 낳아서 몇 달이 지나자 다시금 어항에 구피들이 우글거렸다. 지금까지도 구피들은 더러 죽는다. 오래 기르다 보니 가족 같다. 배가 불룩한 구피들을 보고 '저 녀석 새끼 낳고 죽는 것 아닌가?' 하면 정말 새끼를 낳은 후 얼마 지나지 않아서 죽었다. 수명이 다 한 것인지 모르겠지만 그렇게 새끼를 많이 낳은 구피는 죽었고, 죽어서 바닥에 가라앉으면 다른 구피들이 뜯어 먹기도 했다. 우리집 거실 TV 옆 작은 어항 속에는 여전히 구피들이 살고 있다. 근 20년 동안 구피들의 삶을 보니, 우리 인생과 참 많이 닮았다. 새끼로 태어나 잡아먹히지 않기 위해서 본능적으로 수초에 붙어서 생활하다가 어느 정도 몸집이 자라면 마음껏 활동을 한다. 그러다가 어느 순간 새끼를 낳기 시작한다. 그렇게 여러 번 새끼를 낳고 나면 죽음을 맞이한다. 결국 우리의 인생과 다름없다. 성인이 되어 부모 곁을 떠나 독립해서 결혼하고, 자녀들 양육을 마칠 때쯤 은퇴를 한다. 20년 가까이 구피를 관찰하면서 느낀 것은 자신의 죽음을 알고 있는 것이었다. 은퇴 이후 우리의 삶은 따지고 보면 죽음으로 가는 길이다. 이제 무엇을 어떻게 잘 마무리하고 아름답게 떠날 것인가 고민해야 한다. 먼 훗날 후손들에게 어떤 사람으로 기억될 것인가를 고민해야 한다. 대충 시간만 보내는 무료한 삶을 살면 안 된다. 지금이야말로 마지막 열정을 다해야 할 시기다. 말 못하는 구피도 자신의 갈 길을 알고 준비한다. 우리도 은퇴 이후의 삶을 아름답게 만들고 유종의 미를 거둘 수 있게 준비해야 한다. 정해진 길은 없다. 각자 자신의 삶에 철학에 따라서 잘 준비했으면 좋겠다. 구피보다 소중한 진짜 가족들과 추억거리를 많이 만들자. 가족 간에 공감. 소통. 배려, 이해가 우선된다면 다툴 일이 없다. 돈보다 소중한 것이 가족이며, 그런 관계를 잘 유지하는 것이 바로 심리적 자산이다. 돈, 건강, 명예를 다 가져도 가족관계가 잘못된다면 성공한 인생이라 말할 수 없다. 우리집 거실에서 아침마다 정답게 인사를 나누는 구피도 내게는 이제 사랑하는 가족이다.

은퇴전략 핵심질문

1. 가족들이 가장 소중하게 여기는 것은 무엇인가?
2. 가족들이 함께 공유할 것은 무엇인가?
3. 나에게 가장 소중한 것은 무엇인가?

10

—

은퇴자 부부관계를
잘 유지하는 3가지 방법

　　결혼하고 잠시 신혼시절을 달콤하게 보내고 바로 자녀들이 태어났다. 아내는 육아전쟁으로 몸과 마음을 다했고, 남편은 회사에서 승진에 밀리지 않기 위해서 '직장이 전쟁터라면, 사회는 지옥이다' 라는 말을 명심하면서 회사를 위해서 모든 것을 바쳤다. 그렇게 버틴 세월의 보상이 정년퇴직이다. 약간의 퇴직금이 그동안 헌신한 세월에 대한 보상이다. 돌아보니 후회가 막심하다. 내가 그토록 열정을 다 바친 청춘의 대가로 손에 쥔 쥐꼬리만한 퇴직금으로 무엇을 할 수 있단 말인가? 그런데 더 심각한 것은 아내의 반응이다. 이미 끈 떨어진 연처럼 월급이 끊기자 아내의 태도 역시 변했다. 정말 말로만 듣던 황혼이혼의 그림자가 보인다. 무엇을 어떻게 해야 할까? 퇴직은 남녀의 문제가 아닌 모든 직장인에게 다가

오는 숙명 같은 것이다. 그래서 부부가 머리를 맞대고 은퇴 이후의 삶을 준비해야 한다. 그런데 그게 말처럼 쉽지가 않다. 훌쩍 커버린 자식들과 서먹서먹한 부부관계가 눈앞에 닥친 현실이다. 은퇴 이후 독립적 부부관계를 잘 유지하기 위한 원칙을 만들어야 한다. 이건 돈으로 해결할 수 없는 관계의 문제다. 은퇴후 부부관계를 개선하기 위한 세 가지 방법을 제시하니 꼭 따라 해보기 바란다. 물론 이런 것이 필요 없는 부부사이라면 더할 나위 없겠지만.

은퇴 첫 계획이 대부분 해외여행인 것은 어쩔 수 없지만 이것이 첫 계획이길 바래본다.

첫째. 심리검사

결혼하고 살면서 "저 인간이 왜 저럴까? 어쩌면 이렇게 내 마음을 몰라주지?" 이렇게 서로에게 보이지 않는 심적 갈등을 가슴에 품고 살았을 것이다. 그런데도 참고 살 수 있었던 건 바쁜 직장생활, 잦은 출장, 야근, 아이들 덕분이었다. 그런데 퇴직과 동시에 이런 방패막이가 사라졌다. 이제는 온전히 서로를 드러내놓고 싸울 일만 남았다. 서로의 속마음을 모르기 때문이다. 이런 문제를 해결하려면, 부부가 동시에 심리상담소를 찾아가 정확한 부부 각자의 성격유형검사를 받고, 전문가의 조언을 들어야 한다. 그러면 지나간 과거의 순간들이 떠오를 것이다. 너무나 억울하게 생각했던 그 상황들이 '저

사람의 본 마음이 아니라, 성격유형에 따른 표현 방법이었구나.' 하고 이해하게 된다. 더불어 상대가 잘못한 것이 아니라 서로의 표현 방식 달랐을 뿐이라는 사실을 깨달을 수 있을 것이다. 과거에 섭섭했던 감정들까지 모두 상담자에게 털어놓고 그동안 쌓아두었던 해묵은 감정을 모두 털어내야 한다. 그리고 완벽히 배우자의 성격, 행동유형, 표현법을 이해해야 한다. 이것만으로 많은 다툼의 원인이 해결된다.

두 번째. 원하는 10가지 공유

내가 받을 것은 쉽게 기억하지만 줄 것은 금방 잊어버리는 것이 인간이다. 결혼하고 살면서 이것 때문에 서로 억울해 한 것이 많을 것이다. 누구의 눈치도 보지 말고 솔직하게 적어보자. 각자 배우자에게 해줄 것 10가지, 원하는 것 10가지를 기록해보면, 인생2막을 살면서 서로에 대한 기대감을 알 수 있게 된다. 즉흥적으로 기록하지 말고, 일단 기록을 마치면 며칠 정도 숙성기간을 두고 다시 한 번 읽어본 다음, 부부가 서로 교환하는 것이 좋다. 원하는 것을 아주 구체적으로 적어야 한다. 가령 '부부관계는 일주일에 한번' 이라고 구체적으로 명시해야 한다. 남은 인생을 함께 할 부부다. 최대한 솔직하게 기록할수록 나중에 다툼의 여지가 없다. 서로에게 속마음을 표현할 마지막 기회이니, 진실한 마음으로 기록하다 보면, 생각보다 원하는 것은 많고 해줄 것은 적다는 사실을 알게 될 것이다. 은퇴는 상대를 위해서 무엇을 더 해줄까를 고민하는 시간이다. 그게 은퇴부부가 행복해지는 지름길이다.

세 번째. 은퇴선언문 10개 작성

결혼식 때 예식장에서 준 성혼선언문을 낭독했던 기억이 떠오를 것이다. 이제 은퇴부부의 삶을 어떻게 살 것인지 서로 머리를 맞대고 10가지로 작성할 때가 되었다. 노후에 누가 먼저 요양원 신세를 지게 될지는 알 수 없다. 연명치료의 순간이 올 수도 있다. 이런 모든 것을 감안해서 세부적으로 10가지를 작성해서 항상 잘 보이는 곳에 비치하고 자녀들에게도 알려주어야 한다. 그래야 나중에 위기의 순간이 왔을 때 자식들과 오해할 일이 발생하지 않는다. 생사의 기로에 서있을 때도 망설임 없이 선택할 수 있다. 작성하면서 은퇴 이후에 어떻게 살 것인지 정리도 되고, 부부 사이도 많이 좋아지게 된다. 장담하는데, 은퇴선언문 작성 전.후의 삶이 엄청나게 달라질 것이다. 물론 긍정적으로 말이다.

은퇴선언문이 작성 되면 파일로 만들어 보관해두고 자녀들에게도 꼭 보여 주기 바란다. 은퇴부부에게 가장 중요한 것이 심리적 자산이다. 이것은 절대로 돈이나 건강으로 채울 수 없는 부분을 해결해 준다. 소원했던 부부관계가 해소될 것이며, 자녀들과의 관계도 좋아질 것이다. 그동안 소중한 많은 것들을 놓치고 살았을 것이다. 현재 모든 직장인 부부들도 마찬가지다. 작은 차이가 있을 뿐이다. 은퇴한 부부의 행복은 심리적 자산으로 완성될 수 있다.

은퇴전략 핵심질문

1. 은퇴 이후 삶을 어떻게 살고 싶은가?
2. 부부가 공동으로 원하는 일은 무엇인가?
3. 은퇴선언문에 반드시 넣을 단 한 가지는 무엇인가?

진짜은퇴가
있는 삶

인생의 전반부가
어쩌다 어른이었다면 후반부는
진짜어른으로 살아보자.

01

—

80세 후회목록 만들기

🪷

우리 인생은 선택의 연속이다. 태어나는 그 순간부터 죽음을 맞이하는 순간까지 수많은 선택을 강요받는다. 그래서 인생을 B(birth) 와 D(death) 사이의 C(choice) 라고 하지 않던가? 그렇다면 직장기를 마치고 은퇴한 입장에서 현실적으로 닥치는 수많은 일들, 집, 자동차, 여행, Job, 봉사, 인간관계 등을 어떤 기준으로 선택할 것인가? 잠시 타임머신을 이용해보자. 60세에 은퇴를 했다면 타임머신을 타고 80세 미래의 세상에서 현재를 바라보자. 그러면 지금 당장 해야 할 것과 하지 말아야 할 것이 보일 것이다. 이름 하여 80세 후회목록을 만드는 것이다. 대부분 60세 은퇴와 동시에 해외여행을 가장 먼저 생각한다. 충분히 공감이 간다. 지나온 직장생활에 대한 최소한의 보상으로 생각하기 때문이다. 하지만 80세 병상에 누워서 내가 60세로 돌아간다면 가장 먼저 하고 싶은 것이 과연 해외여행일까? 모든 선택에는 유효기간이 있다. 우유, 음료수, 가공식품을 보면 전부 유효기간이 있다. 그때까지 그것을 소비하라는 말이다. 유효기간이 지난 음식은 버려야 한다. 은퇴자 입장에서 지금 당장 무엇을 할 것인지에 대해 유효기간을 스스로 정해서 가능한 현명한 선택을 하자. 부부의 마음이 꼭 같을 필요는 없다. 결혼 후 지금까지 살면서 그래왔듯이 부부가 함께 할 일, 독립적으로 할 일을 세부적으로 80세 후회목록을 작성하면 된다. 나는 60세가 되면 하고 싶은 일들을 꿈꾼다. 다행히 아직 몇 년의 준비기간이 남아 있다. 가장 먼저하고 싶은 일은 캠핑카를 이용한 부부만의 여행이다. 요즘 '차박' 열풍이 불고 있다. 비싸고 관리와 주차가 불편한 전문 캠핑카 대신 평상시에 사용하는 업무용 스타렉스를 조금 개조하여 캠핑카처럼 이용할 생각이다. 2020년 캠핑카 활성화의 일환으로 관련법이 개정되면서 합법적인 차량 구조변경이 가능해졌고 전문업체도 많이 생겼다. 유튜브를 통해서 캠핑카 정보를 보고 있으면, 아내는 지금 당장 할 것도 아니면서 지나치게 관심을 보인다고 핀잔을 준다. 하지만 생각만으로 즐겁다. 주말이면 중고차 매매센터를 방문해서 적당한 차량의 가격도 알아보고 있다. 안 하면 80세 후회할 것이 명확하기 때문이다. 위험하지 않다면 아름다운 자연 속에 캠핑카를 세우고, 새 소리, 바람소리, 쏟아지는 밤하늘의 별빛을 즐기고 싶다. 직장생활 동안 짧은 여름휴가로는 불가능했던, 홀로 여유로움을 즐길 수 있는 진짜여행을 하고 싶다. 80세 후회목록을 만들어 항목별로 유효기간을 계산해 보자. 70세와 80세의 건강 사정이 다른 만큼 그 유효기간도 다르다. 올해 73세인 누님은 두 번의 암 수술을 받았다. 그럼에도 시작한지 40년이 넘는 오늘날까지 재봉틀을 잡고 수선 일을 하신다. 가게에는 장인의 기술을 알아보는 고객들로 항상 수선할 옷들이 쌓여 있다. 평생 일만 하다 죽을 거냐고 하면서 자식들이 말려도 소용없다. 고집불통이다. 그런데 작년에는 딸들과 열심히 해외여행을 다녔다. 만리장성 그 힘들다는 코스도 마스터했다. 더 늦으면 못갈 것을 알기 때문에 무리해서 다녀왔다고 자랑했다. 누님은 자신의 건강 유효기간을 알고 있는 것이다. 잘했다고 누님을 칭찬하고 더 많은 곳을 다녀보라고 권유했다. 직장생활 동안에는 나에게 선택권이 없었다. 무조건 주어진 일을 처리하기에 바빴다. 회사의 모든 업무는 반드시 마감시간이 정해져 있다. 그러니 묻지도 따지지도 않고 제한된 시간 안에 처리해야 했다. 내 개인적인 삶에 대해 생각할 겨를도 없었다. 그러나 은퇴자는 자신의 삶에 유효기간을 스스로 정할 수 있다. 80세까지 내가 도전할 목록을 작성하고, 꼭 유효기간을 설정해 놓자. 그리고 매년 연말에 그 목록을 펼쳐 놓고 상황에 맞게 우선순위를 조정하자. 대한민국 최상위 부자들도 80세를 넘기지 못하고 세상을 떠나고 있다. 스티브 잡스는 세상을 변화시킨 수

많은 위대한 발명품과 엄청난 재산을 남겼지만, 세상을 떠나면서 그가 가져간 것은 오직 하나 '사랑하는 사람과의 추억' 뿐이다. 무엇을 선택해야 할 지 고민이 된다면 잡스를 떠올려보기 바란다. 은퇴는 새로운 도전이며 출발이다. 내가 무엇을 어떻게 준비하고 실행하는 가에 따라서 결과는 달라진다. 아무런 계획 없이 일주일에 단 한 번도 집밖을 나서지 않는 은퇴자들도 있다. 좋고 나쁨의 문제가 아닌 자신의 선택 문제다. 은퇴 이후의 삶을 어떻게 살아가야 할지 고민된다면, 80세, 100세 후회목록을 만들어 보라. 생각보다 남아있는 생존기간이 길어질 수 있다. 차분히 후회목록을 작성하고 도전할 유효기간 딱지를 붙여두자. 거실 잘 보이는 곳에 붙여두거나, 카톡 프로필에 공개해도 좋겠다. 80세 후회목록을 만들면 가장 좋은 것은 생각하는 삶을 살게 된다는 것이다. 자식들이 응원과 지지를 보내며 필요한 것을 준비해줄 수도 있다. 그동안 직장인의 삶은 내가 주인이 아니었다. 그래서 월급 받은 만큼 주어진 일을 했다면, 은퇴이후 삶에서는 자신이 주인공이 되어 능동적으로 살아야 한다. 가장 멋진 주인공으로 살기 위한 보물지도인 80세 후회목록을 꼭 만들어라. "10년만 젊었다면" 하고 아쉬워하는 사람이 있다. 생각을 바꾸어 보자. 당신은 어쩌면 그런 80세 세상에서 살다가 운좋게 타임머신을 타고 지금 세상에 도착했다고 생각하면 된다. 그러니 기회를 놓치지 마라. 두 번 다시 과거행 타임머신을 탈 기회는 없다.

1. 80세 후회목록을 작성하고 유효기간을 명시하라
2. 늦으면 가장 후회될 것은 무엇인가?
3. 어떤 기준으로 우선순위를 정할 것인가?

02

—

은퇴자가 선호하는
지역은 어디일까

은퇴학교에서 가장 인기 있었던 컨텐츠 주제 중 하나다. 은퇴한 사람들에게 가장 살기 좋은 곳은 누군가의 추천이 아니라 자신의 선택이다. 해외이민이 유행한 적도 있었다. 은퇴한 부부가 마음을 맞추어 살 수 있는 곳이라면, 그곳이 어디든 그들에게 가장 살기 좋은 곳이다.

코로나19라는 국경 없는 바이러스가 퍼지면서, 전 세계에서 가장 살기 좋은 곳은 대한민국이라고 자부한다. 그동안 5060세대에게 뿌리 깊게 각인되었던 유럽 선진국의 의료복지수준이 우리와 비교가 안 될 정도로 후진국 수준이라는 것을 이번 사태로 알게 되었다. 덕분에 우리에게는 유럽이 마냥 선진국이라는 고정관념에서 벗어날 수 있는 계기가 되었고, 오히려 유럽인들이 한국을 부러워하는 세상이 되었다. 결국 위기의 순간에 진짜와 가짜가 구분되는 것이다. 진짜 선진국이 어떤 모습인지 이번에 전 세계가 생생하게 경험했다. 나 역시 2009년 가을부터 은퇴 이후 해외살이를 준비한 적이 있었다. 직장생활 동안 해외여행 한번 편하게 다닐 수 없었기 때문에 당시 은퇴자들에게 인기가 있었던 외국에 한국어강사로 진출하는 것을 꿈꾸었다. 그래서 퇴근 이후 시간을 이용해서 이 과정에 등록하고 6개월에 걸쳐서 이론수업을 받았으며, 직접 외국유학생들을 대상으로 한국어 강의 실습을 마치고 한국어강사 자격증까지 취득했다. 하지만 아내의 반대로 실행에 옮기지 못했다. 자, 그럼 코로나19 사태로 인해 전 세계인들이 부러워하는 대한민국 은퇴자가 선호하는 살기 좋은 지역은 어디인지 알아보자. 첫 번째는 제주도다. 나의 첫 제주방문은 1984년 봄이었다. 해군에 근무하던 시절 군함을 타고 멋진 일출광경을 보면서 도착했던 제주항의 모습은 아직도 잊을 수가 없다. 지금도 1년에 몇 번씩 제주를 찾지만 그때의 감정과 비교가 안 된다. 왜 사람들은 제주에 살고 싶어 할까? 〈효리네 민박〉이라는 TV 프로그램과 연예인들의 제주도 정착 과정을 소개하는 프로그램을 통해 제주도가 더 인기가 높아지기도 했다. 제주도는 동남아 같은 이국적인 섬이다. 은퇴자들에게 인기 있는 코스가 '제주 한달 살이' 다. 여행이 아니라, 한 달간 제주도에 현지인들과 부대끼면서 마음껏 제주를 즐기는 여정이다. 육지에 미세먼지가 심할 때도 제주는 비교할 수 없을 정도로 맑은 공기를 제공한다. 낚시, 골프, 등산, 자전거 타기를 즐기는 사람들, 호젓한 바닷가 무인 카페에서 바다를 감상하며 글을 쓰는 작가들까지 그냥 제주는 그대로 편안함을 준다. 육지 사람들의 로망이 제주에 사는 것이라면, 제주도민들의 생각은 어떠할까? 얼마 전 제주도에 은퇴관련 강의를 갔더니, 그분들은 서울에 살고 싶다고 했다. 따라서 언론에서 소개하는 살기 좋은 곳이 아니라, 은퇴자 스스로 살기 좋은 기준을 갖는 것이 중요하다.

두 번째는 요즘 '핫' 하게 떠오르는 속초다. 서울 – 양양 간 고속도로가 개통되면서 주말이면 엄청난 인파가 몰린다. 동해의 푸른 바다가 있고, 설악산이 있으며, 영랑호 등 호수가 많다. 그야말로 산수의 고장인 것이다. 국제공항과 크루즈선착장까지 있다. 무엇보다 바다 속이 훤히 보이는 동해바다는 사계절 내내 사람들의 사랑을 받는다. 최근 서핑 인구가 늘면서 속초는 서핑 인들의 성지가 되었다. 서울에서 2시간이면 도착할 수 있다. 바람처럼 구름처럼 날아가서 멋진 자연을 즐기고 유명 맛집까지 탐방할 수도 있다. 미세먼지도 적어 건강을 생각하는 수도권 사람들에게 세컨하우스로 인기를 끌고 있는 지역이다. 당연히 은퇴자들에게도 인가가 높다.

세 번째는 경기도 양평이다. MT 장소가 줄줄이 늘어 서있는 중앙선이 이곳을 지나간다. 예나 지금이나 여전히 대학생들에게 추억의 장소다. 양평은 일찌감치 수도권 전원주택지로 유명세를 떨친 바 있다. 서울에서 1시간이면 접근이 가능하기 때문이다. 남한강을 따라 빼어난 자연경관을 자랑하는 지역으로, 유기농 농사를 짓고 있는 분들도 많이 있다. 무엇보다 수도권의 인프라를 그대로 누릴 수 있다는 점에서 더 인기가 높다.

가만히 살펴보면 은퇴자들이 공통적으로 꼽는 주거지 핵심요소는 세 가지로 나타난다. 대형병원, 편리한 교통, 자연환경이다. 그런데 위에 소개한 세 곳의 또 다른 공통점은 모두 물이 가까이에 있다는 것이다. 사람들이 공통적으로 선호하는 주거지는 물이 가까운 곳이다. 한강, 저수지, 바다, 호수를 끼고 있는 주거지가 사람들이 살고 싶은 곳이다. 하지만 은퇴자 입장에서 진짜 중요한 것이 빠졌다. 은퇴자들이 살 곳을 정할 때 첫 번째 고려사항이 이웃사촌이라는 것이 내 생각이다. 누군가는 이웃을 우정공동체라고 했다. 은퇴 이후에도 지역친구가 필요하다. 아무리 좋은 지역이라도 부부 둘만 살 수는 없다. 주변에 함께 어울릴 이웃사촌이 없다면, 여행지로서는 좋을지 몰라도, 은퇴자가 남은 시간을 보내기에는 불편한 곳이 된다. 이런 것들이 남들이 좋다는 제주, 속초, 양평에 정착하러 내려갔다가 실패한 사람들이 겪는 공통점이다. 인간관계인 이웃사촌은 하루아침에 만들어지는 것이 아니다. 은퇴를 돈만 있으면 된다고 생각하는 것과 같다. 서울의 비싼 주거환경을 갖춘 아파트일수록 사생활을 철저히 보호한다. 옆집에 누가 사는지 서로 관심을 갖지 않는다. 서로 바쁘기 때문에 이웃사촌이 필요 없지만 은퇴자는 다르다. 직장생활 동안은 이웃이 누구인지도 모르고 살아도 됐지만, 은퇴 후 이웃은 자식보다 소중한 사람들이다. 내가 아플 때 약 한 봉지 사들고 물 떠다줄 수 있는 이웃사촌이 절실하다. 시골 마을회관은 주로 어르신들이 공동으로 시간을 보내는 소중한 곳이다. 이웃들과 함께 외롭지 않은 시간을 보내고 정보교류도 한다. 외지의 자식들도 고향에 가면 가장 먼저 이곳을 들려서 인사하고 과일상자를 풀어놓는다. 그런 자식이 부모에게 최고의 자랑거리다. 나는 현재 내가 머무는 정왕동이 가장 살기 좋은 곳이라 생각한다. 20년 전 이곳에 아파트를 매입한 다음, 정처 없이 떠돌다 은퇴하고 돌아왔다. 20년의 세월 속에서 정왕동은 너무나 멋지게 변해 있었다. 멋진 낙조를 바라볼 수 있는 옥구공원이 걸어서 30분 거리에 있고, 차를 몰고 10분이면 바로 오이도 바닷가다. 저녁이면 환상적인 시화나래휴게소에서 커피 한잔을 즐기며 갈매기 소리를 들을 수도 있다. 가까운 곳에 배곧 신도시가 들어서면서 엄청난 지각변동이 일어났다. 한강보다 잘 꾸며진 바닷가 산책길, 안전한 자전거 도로, 지하철, 고속도로, 대학병원까지 모든 것이 완벽하게 갖추어져 있다. 그중에 내가 가장 좋아하는 5층 규모의 중앙도서관이다. 한 여름에도 서늘한 기운을 느끼며 걸을 수 있는 숲길도 아파트 단지마다 조성되어 있다. 함께 이야기를 나눌 수 있는 이웃들이 있고, 20년 전의 천막성당은 새롭게 신축되었으며, 그때 소통하면서 지냈던 이웃들이 아직도 살고 있어서 더 반갑다. 은퇴자들이 낯선 곳을 찾기보다 내가 살고 있는 지역 근처를 샅샅이 조사해보면, 그곳이 바로 가장 살기 좋은 곳임을 증명할 요소가 너무 많다. 나 역시 전국을 무대로 18번이나 이사를 하면서 살았다. 나름대로 전부 살기 좋은 곳이었다. 하지만 지금 이 순간 나에게 가장 살기 좋은 곳을 묻는다면, 단연코 지금 내가 살고 있는 곳을 꼽을 것이다. 은퇴자에게 살기 좋은 곳을 선택하는 기준은 타인의 시선, 통계자료가 아닌 나만의 기준이다. 가능한 멀리서 찾지 말고 현실에 맞게 찾기를 추천한다. 내가 살고 있는 곳도 은퇴자들이 살 만한 곳이다. 저녁노을을 감상하면서 바다 위 선상카페 같은 곳에서 아름다운 음악을 들으며 멋진 저녁을 먹을 수도 있다. 무료로 운영 중인 시화조력발전소 달 전망대에서 커피 한잔을 하노라면 마치 크루즈선에 타고 있는 듯한 착각을 하게 된다. 결국 은퇴자에게 가장 살기 좋은 지역이란 지금 살고 있는 바로 그곳이다.

1. 은퇴 후 내가 살고 싶은 곳에 대한 기준은 무엇인가

2. 그 지역에서 하고 싶은 단 한 가지는 무엇인가

3. 그것을 통해서 느끼는 행복은 무엇인가

03

—

은퇴에 꿈을 담아라

🌷

       나는 53세에 자발적으로 명예퇴직을 선택했다. 정년퇴직 후에도 활동할 시간이 충분한데 뭐 하러 일찍 명예퇴직을 하냐고 주변에서 만류가 심했다. 하지만 가족들은 반대는 안해도 내심 정년퇴직하길 바라는 눈치였다. 지금 직장에서 정년퇴직을 기다리며 하루하루 시간을 보내는 사람들은 어쩌면 내 마음을 이해할지 모르겠다. '모든 것이 준비되었다면 나도 즉시 명예퇴직을 하고 싶다.' 아마 그런 마음이 아닐까. 하지만 내가 완벽하게 준비를 한 것도 아니었다. 내가 원하는 것에 대한 갈망이 워낙 컸으며, 스스로 준비가 되었다는 착각까지 함으로써 행동에 옮길 수 있었던 것이다. 세상에 완벽한 순간은 결코 오지 않는다. 나는 무슨 일이든 고민을 깊게 하는 편이다. 생각에 생각을 거듭하고 결론에 도달하면 뒤

돌아보지 않고 일단 실행에 옮기는 편이다. 그것이 옳은 길이면 성공이고, 아니라면 경험이다. 중요한 것은 실행의 결과로 성공과 실패를 판단한다는 것이다. 사실 이런 무모한 도전에는 믿는 것이 있었다. 군인연금이 퇴직과 동시에 지급되기 때문에 기본적인 생활비 걱정 없이 내가 원하는 일을 할 수 있었다. 퇴직 후 다양한 경험을 하면서 내가 좋아하는 강의를 시작했다. 지금은 퇴직은 했지만 은퇴는 안한 상태로 일을 하고 있다. 내가 계획하는 은퇴 시기는 60세다. 은퇴 이후의 삶에 대해 다양한 계획을 세우고 있지만, 딱 두가지는 우선적으로 하려고 한다. 첫째는 캠핑카로 전국일주를 하는 것이다. 이것은 내 80세 후회목록에도 있는데 이유가 있다. 미국 유학 중에 만난 은퇴자들은 대부분 캠핑카로 미국 전역에 있는 국립공원을 방문해서 한 달씩 머무는 계획을 실천하고 있었다. 우리처럼 잠깐 사진을 찍고 오는 여행이 아니라, 은퇴자의 여유로움을 충분히 만끽하고 있었다. 한 달 동안 충분히 주변을 둘러보고 작은 소도시를 여행하면서 그야말로 진짜 은퇴자의 여유를 즐기고 있었다. 그들은 대략 2~3년을 잡고 미국전역을 그렇게 돌아보는 여행을 하고 있었다. 은발의 노부부가 여유롭게 커피를 마시며 주변의 여행객들과 담소를 나누는 모습은 당시 나에게 왜 한국의 은퇴자는 저렇게 하지 못할까 하는 아쉬움이 있었다. 은퇴 이후 바로 내가 그렇게 도전하고 싶다. 한국의 숨겨진 명소를 모두 찾아다니면서, 내 여행 경험을 담은 책도 써서 출간하고 싶다. 은퇴 후 꼭 실천할 내 꿈 목록 1순위다. 두 번째는 내 고향 강원도로 귀향하는 대신 현재 거주지에서 가까운 곳에 세컨하우스를 마련하는 것이다. 아주 특색 있는 컨테이너 하우스를 계획하고 있다. 내가 살고 있는 곳에서 오이도 시화방조제까지는 자동차로 10분 거리다. 10Km에 달하는 시화방조제를 건너면 바로 대부도다. 이 근처에 조립식 컨테이너하우스를 가져다 놓을 정도의 작은 땅을 마련하려 한다. 땅을 매입하는 것이 아니라 임대해서 작은 주말농장을 만들고 싶다. 내 고향 강원도 같을 수는 없지만 어린 시절의 추억을 그곳에서 느껴보고 싶다. 올해는 집 근처에 주말농장 10평을 분양 받았다. 처음 농사라는 것을 해보는데 생각보다 어렵다. 하지만 이것도 실행력으로 얻는 경험이 될 것이다. 아파트 베란다에서는 PT병을 이용해서 상추를 기르고 있다. 은퇴 이후에 하고 싶은 꿈들을 하나씩 연습하면서 경험하고 있다. 은퇴 이후 남은 절반의 인생을 어떻게 보낼 것인지 직장인들의 은퇴라이프에 자신만의 꿈을 담아보기 바란다.

　퇴직은 아직까지 경제적 활동을 목적으로 일을 한다는 뜻이다. 은퇴는 경제적 활동을 끝내고 자신이 원하는 의미 있고 가치 있는 일을 하는 것이다. 은퇴 이후 무엇을 하고 싶은지 반드시 자신의 은퇴 꿈 목록을 준비해 보자. 준비하는 과정을 스트레스 없이 즐기면 된다. 모든 것을 돈으로 해결하려는 마음만 바꾼다면 충분히 즐길 수 있다. 꿈 목록을 작성하며 마음껏 상상의 나래를 펼쳐보자. 막상 현실 속에서 이루어지지 않아도 도전하면서 행복하면 된다. 은퇴자 인터뷰를 하면서 만난 시니어모델 김형수님이 그런 분이었다. 공직생활 32년을 마치고 모델이 되겠다는 꿈을 향해 도전을 시작했다, 은퇴와 동시에 모델학원을 수강하고 인스타그램에 올린 사진 한 장으로 모델 에이젼시에 캐스팅 되었다. 지금은 영화, 패션모델, 광고에 이르기까지 다양한 활동을 하고 있다. 직장인 시절과는 전혀 다른 삶이지만 은퇴이후 꿈꾸던 것에 도전하여 얻은 결과다. 자신이 살고 있는 지역의 상권홍보를 위해서 가끔 무료로 홍보모델이 되어주기도 한다.

은퇴 이후 나는 어떤 꿈을 꾸고 있는지 스스로에게 자문해 보아야 한다. 은퇴 후 경제적 문제를 해결한 사람들이 꿈도 없이 하루하루 버티어 내는 40년은 너무 긴 세월이다. 은퇴라는 거대한 선물 바구니에 무엇을 담을지 결정하라. 혹시 아는가, 알라딘의 지니가 나타나 "딱 1분을 주겠다. 은퇴 이후 하고 싶은 것 3가지만 말하라." 이런 기회를 주었는데 허둥대다 아무것도 말하지 못하면 안 된다. 준비된 사람이라면 10초면 충분할 것이다. 그러면서 "딱 한 가지만 더 하면 안 될까요? 제발~요." 하는 순간을 상상하면서 은퇴 이후 여러분의 꿈을 관리하면 좋겠다. 행복이 성적순이 아닌 것처럼 은퇴 이후 행복은 재산 순이 아니다. 미래에 도전할 꿈이 가득한 사람이 가장 행복한 사람이다.

은퇴전략 핵심질문

1. 나의 은퇴 꿈 목록은 무엇인가/
2. 1순위로 도전하고 싶은 것은 무엇인가?
3. 그것을 위해서 매일 무엇을 준비할 것인가?

04

—

정말 하고 싶은 일 찾기

100세시대의 은퇴자에게 진짜 인생을 살 기회를 제공하면서 그 첫 질문을 던진다. "진짜 내가 하고 싶은 일은 무엇인가?" 즉흥적으로 답하지 말고, 진심으로 고민하고 또 고민하면서 내면 속에 깊이 잠들어 있는 자신에게 물어보라. 지금까지 자신을 돌아볼 여유조차 없이 살아온 당신에게 100세 인생이 주는 선물이다. 지금까지 살아온 인생만큼 더 살지도 모른다. 여기까지 정말잘 견디어 준 것에 대하여 은퇴가 주는 선물을 소중히 생각하자. 어떻게 하면 제대로 해답을 찾을 수 있을까? 세 가지로 접근해보자.

첫째. 내면 아이 만나기

지금까지 살면서 힘들고 또 힘든 고통의 순간 무엇인가 울컥거리면서 저 깊은 내면에서 '너 왜 그렇게 사니?' 하는 소리를 들은적이 있을 것이다. 그때 내가 어떤 생각으로 무엇을 하고 싶었는지 천천히 생각해보자. 아직도 내안에서 소리 없이 울고 있는 내면 아이가 있다면 그 아이를 붙잡고 물어라. "늦게 와서 미안하다. 이제 무엇을 함께 할까?"

둘째. 꼭 하고 싶었던 진짜 공부

자신의 진로를 선택하면서 부모님과 선생님들에게 등 떠밀려 진짜 원하던 공부가 아닌 가짜공부를 하고, 가짜 직장생활을 하면서 얼마나 마음이 불편했던가? 왜 그때 내 진로선택을 남에게 맡겼던가? 하고 후회하고 또 후회했던 것을 이제 시작하면 된다. 절대로 늦지 않았다. 오히려 마음 편히 시작할 기회가 온 것이다.

셋째. 가슴에 묻어둔 꿈

부모님이나 선생님, 친구들에게 혹시라도 놀림이 될까봐 한 번도 말하지 못했던 꿈을 소환해보자. 가족과 친구들을 생각해서 내 꿈을 양보했던 순간을 떠 올려보자. 이제는 그러지 않아도 된다. 그동안 충분히 가족과 주변사람들을 위해서 양보하고, 배려했다. 이제 완벽한 당신 차례가 온 것이다. 지금부터의 선택이 진짜인생이다. "우물쭈물 하다가 내 이럴 줄 알았다" 94세에 세상을 떠난 극작가 조나드

쇼 묘비명이다. 노벨문학상 수상까지 누구보다 멋진 인생을 살았다고 생각하지만, 정작 자신은 삶의 회한을 묘비에 새기도록 했던 것이다. 은퇴자 관점에서 깊이 생각해볼 명언이다. 직장생활 중 힘들 때마다 '그만 둘까?' 라는 대화를 스스로 나누었던 순간이 여러 번 있었을 것이다. 그때마다 아직은 때가 아니라고 스스로 판단했을 것이다. 그 시간이 흘러 지금 은퇴자가 되었다. 혹시라도 아직까지 현역으로 직장생활을 하고 있다면, 은퇴 전에 이 질문에 해답을 꼭 찾기 바란다. 한 사례자의 이야기다. 직장생활을 마치면서 서울의 답답한 생활을 끝내고 시골에서 전원생활을 꿈꾸었다. 자녀들은 모두 출가했으니 신경 쓰지 않고 여유롭게 텃밭을 일구면서 살고 싶었다. 결국 그는 경남 진주 외곽의 텃밭이 딸린 집을 매입할 수 있었다. 소일거리로 텃밭을 가꾸며 자전거 타기, 달리기, 지역 문화센터에서 취미활동, 좋아하는 연 만들어 날리기 등을 하면서 생활했다. 모든 것이 만족스러웠다. 다만 한 가지 마을공동체 사람들과의 관계가 불편했다. 대부분 시골에는 젊은 사람이 없고, 농한기가 되면 일손이 부족하다. 은퇴를 했다고 하지만 50대 후반의 나이는 그 지역에서는 청춘에 해당된다. 농한기마다 마을사람들이 도움을 요청하니 거절할 수 없었다. 다들 바쁘게 일하는데 혼자만 자전거 하이킹을 즐길 수 없기 때문이다. 텃밭에도 생각보다 손이 많이 갔다. 여름이 되면 금방금방 잡초가 자라기 때문에 텃밭이 그를 거의 농부수준으로 만들었다. 자신은 마음 편히 좋아하는 책 읽고, 운동하고, 문화센터에서 새로운 공부를 하는 은퇴생활을 꿈꾸었는데, 그곳에서는 꿈을 이룰 수 없게 되었다. 그래서 경기도 쪽으로 이사하는 것을 고려하고 있다. 현재 나는 내가 하고 싶은 일을 하고 있다. 은퇴 이후 내가 원하던 것들을 하나씩 진행하면서 부족한 것은 배우며 즐기고 있다. 1년에 책 한권 출간하는 작가라는 소명도 진행 중이고, 사람들 만나서 소통하고 고민을 해결하는 상담, 컨설팅, 강의도 진행하고 있다. 유튜브를 하면서 더 많은 사람들과 소통하고 있다. 향후 진행하고 싶은 100세 인생 프로젝트도 조금씩 진행 중이다. 은퇴자 입장에서 너무 급하게, 화려한 성과를 내려하지 않고 진짜 내가 하고 싶었던 일을 찾아서 도전하는 중이다. 만약 내가 시한부 인생 1년을 산다면, 무엇을 할 것인지, 안 하면 후회될 것이 무엇인지 생각해 보자. 은퇴상담을 하면서 느끼는 안타까움이 그동안 생각 없이 살았다는 말이다. 그래도 여기까지 무사히 잘 왔다. 이제부터 새로운 시작이다. 새로운 인생의 시작, 은퇴라는 삶을 제대로 살기 위해서 진짜 내가 하고 싶은 일을 찾아 나서자. 경제적 독립을 이루었지만 목적 없는 삶을 살고 있는 한 40대에게 물었다. "한 달 후 죽는다면 무엇이 후회될까요?" 없다는 답변을 듣고 난 '멘붕'이 왔다. 넘치는 재산을 가지고 있었지만 정작 자신의 목표, 꿈, 도전하고 싶은 일은 없었다. 은퇴자 또는 예비은퇴자 모두 진지한 자기성찰의 시간을 통해서 정말 하고 싶은 그 무엇인가를 찾기 바란다.

은퇴전략 핵심질문

1. 가장 도전하고 싶은 일은 무엇인가?
2. 도전하지 못해서 가장 후회되는 일?
3. 100% 성공할 수 있다면 해보고 싶은 일?

05

—

남의 인생에서 나의 인생으로

🌷

　　세상에서 가장 어렵다는 취업시장에서 성공한 사람들이 첫 출근할 때의 심정은 자신이 세상을 다 가진 사람처럼 생각될 것이다. 출근 첫날 바로 목걸이 형태의 출입증, 사원증, 공무원증 같은 신분증을 발급 받는다. 그 길로 은행에 가면 바로 멋진 신용카드까지 일사천리로 발급 받을 수 있다. 하지만 기쁨도 잠시 살아남기 위한 치열한 전쟁이 시작된다. 승진 못하고 탈락하면 퇴출될지도 모른다는 중압감에서 남보다 뛰어난 능력을 발휘해야 하며, 높고 탁월한 영업실적을 끝없이 쌓아가야만 한다. 몸과 마음, 영혼까지 탈탈 털리면서 근무한 결과는 성과급, 월급, 스톡옵션 등이다. 그것들로 자신을 위로하고 자신의 존재가치를 증명한다. 하지만 자신이 회사에 기여하고 받은 보너스는 회사의 수익에 비하면 그야말로

'껌값'에 불과하다. 회사는 절대로 손해를 보지 않는다. 내가 아무리 열심히 일해도 대부분의 성과는 회사의 몫으로 돌아간다. 그게 직장인의 삶이고 그렇게 남의 인생을 살아주는 대가로 것이 월급이다. 그런데 그것마저 못 받게 될까봐, 실직을 당할까봐 밤샘야근, 출장, 휴일도 반납하고 충성경쟁을 벌인다. 하지만 절대로 회사는 개인의 인생을 책임지지 않는다. 회사가 어려워지면 가장 먼저 고액연봉자부터 구조조정 대상으로 몰아넣는다. 그동안 영혼을 가출시키며까지 노력한 결과로 고액연봉자가 된 사연은 회사의 고려대상이 아니다. 지금과 같은 코로나19 바이러스 사태에서는 최고의 연봉을 받는 항공기 조종사까지 구조조정 대상이 된다. 결국 영원한 직장은 없다. 정년을 보장받는 공무원은 그래도 나은 편이다. 경제시스템이 어려워지면서 감원이 속출하는 현실 속에서 사기업 직장인들에게 선택의 기회는 없다. 직장인에게 퇴직은 숙명이다. 하지만 퇴직이란 문을 아주 강하게 닫고 나올 때, 은퇴라는 새로운 문을 열 기회가 생긴다. 혹시나 직장 선후배의 연락을 기대하고 의지하고 있다면 빨리 그 생각을 버려라. 회사, 직책, 명함까지 모든 것을 버려라. 저 멀리 멋지게 날아오르던 연 줄을 끊는 것처럼 확실하게 버려라. 날아가는 연을 다시 잡겠다고 뛰어가지도 마라. 하나의 문이 닫히면 또 하나의 새로운 문이 열린다는 사실을 잊지 말자. 모든 직장인들이 내 직장, 내 회사라는 마음으로 일하지만, 정작 회사는 그렇게 생각하지 않는다. 목에 걸고 다니던 출입증을 반납하는 순간, 다시는 그 회사의 정문으로 들어갈 수 없다. 직장인은 평생 남의 인생을 사는 것이라는 사실을 명심하고, 늘 내 인생을 준비하고 있어야 한다. 어떻게 하면 남의 인생에서 탈피하여 내 인생으로 개척해 나갈 수 있는가를 고민해야 한다. 군인은 평시에 전시를 대비해서 혹독한 훈련을 한다. 그 훈련강도가 심해서 때로는 사고가 발생하기도 한다. 그렇게 준비를 할 때 국민들의 신뢰를 받는다. 국민들은 강한 군대만이 국가를 책임질 수 있다고 믿는다. 그래서 미국정부는 그 고통을 견디는 군인들을 철저하게 우대한다. 직장인 역시 미리 이런 준비를 해야 한다. 퇴직 이후 성공적으로 자신의 인생을 사는 사람들에게는 공통점이 있다. 크게 세 가지이다. 첫째. SNS를 통한 자기홍보 채널을 가지고 있다. 둘째. 자신만의 스토리를 만들었다. 셋째. 강력한 실행력의 소유자다. 누구나 마음만 먹으면 가능하고 어렵지 않은 것들이다. 하지만 이런 것들은 한순간에 될 수 없다. 누구에게나 주어지는 하루 24시간을 어떻게 쪼개서 활용할 것인가에 달려 있다. 한 가지씩 깊게 살펴보자. 첫 번째. SNS 활동이다. 대부분 친구들과 수다나 떠는 수단으로 활용한다. 맛집 탐방, 영화관, 카페, 놀러간 사진을 공유하는 것이 전부다. 내 인생을 제대로 준비하려면 거기서 한걸음 더 나아가 디테일하게 퇴직 후 내가 원하는 삶 위주로 소통해야 한다. 먹방 사진 같은 것들이 남에게 자랑하기 위한 것이라면,

매일같이 새로운 것을 배우고, 봉사활동, 취미활동, 관심분야, 취향 공동체 모임, 독서 등에 관한 정보를 깨알같이 올리는 것은 자신의 미래를 위해서 기록하는 것이다. 당장 시작해 보라. 금방 아무런 일도 일어나지 않는다. 하지만 1년, 2년, 3년 시간의 기록이 쌓이면, 자신의 가장 소중한 자산으로 변한다. 두 번째인 나만의 스토리 완성. 퇴직이후 내가 꿈꾸는 것을 향한 자신의 열정이다. 그동안 SNS에 차곡차곡 쌓아놓은 것들을 순서대로 정리를 해보기 바란다. 과정별로 나름대로 정리해 놓으면, 나중에 그것을 책으로 출간할 수도 있고, 남들에게 그 과정을 설명하는 강의 재료가 될 수도 있다. 셋째는 실행력이다. 그 어떤 것보다 중요하다. 실패한 사람들의 공통점은 행동하기 전에 자신이 실패할 이유를 주변사람들에게 설명한다. 그러니 실패는 당연한 것이다. 실패가 두려워 도전도 안한다. 그런 마음으로 도전해서 어떻게 성공할 수 있겠는가. 다음은 용기부족이다. 내가 군 생활 동안 책 출간할 준비를 할 때 주변에 정말 훌륭한 친구들이 많았다. 경력, 삶의 철학, 재능, 지식 등 내가 보기에도 책을 출간할 충분한 자원이 있었지만, 그들은 자신이 책을 쓸 수 없는 이유를 설명하기 바빴다. 지금 하는 일이 너무 바쁘니 올해만 지나면 책을 쓸 수 있을 것 같다는 사람과 이번 시즌만 잘 보내고 나면 책을 쓸 시간이 있을 것 같다면서 당장 할 수 없는 이유만 나열했다. 그 친구들은 3년이 지났지만 여전히 도전하지 못하고 있다. 그 어떤 것도 남이 대신해 줄 수 없다. 하나뿐인 자신의 인생을 준비하는 데 핑계를 찾을 시간에 차라리 무엇이든 도전하라. 작은 도전이 경험이 되고, 작은 성공이 쌓이면, 자신의 역사가 되고 나만의 인생이 완성된다. 내가 변화를 선택하고 도전하지 않으면 미래는 절대로 달라지지 않는다. 서경련 작가는 명예퇴직한 교사 출신으로 『퇴직하길 잘했어』라는 책을 출간함으로써 유명인사가 되었다. 대한민국에 명예퇴직 교사는 그 외에도 많다. 다른 분들과 차이라면 현직에 있는 동안 꾸준히 자신의 활동을 블로그에 기록했고, 퇴직 이후에도 새롭게 시작한 발효공부 전 과정을 기록했다. 그렇게 자신만의 전 과정을 기록한 것이 책으로 출간되고, 그 블로그는 자신을 홍보하는 수단이 되어 수많은 강의, 컨설팅 의뢰로 이어졌다. 자연스럽게 그 모든 과정은 자신만의 탄탄한 스토리가 된 것이다. 남들과 똑같이 행동하고 다른 결과를 기대하는 것은 모순이다. 남과 다른 결과를 원한다면 남과 다른 행동을 실천하라. 행동하지 않는 지식은 죽은 지식이다. 내가 배운 것을 행동으로 실천할 때 그 지식은 생명력을 얻는다. 실패를 두려워하지 말자. 우리의 도전이 목숨을 담보하거나, 전 재산을 걸어야 하는 것이 아니라면 과감히 도전하자. 실패도 성공도 나만의 소중한 경험을 쌓는 과정일 뿐이다. 그동안 남의 인생을 살면서도 열심히 도전하지 않았는가? 이제는 내 인생을 위하는 일인데, 무엇이 두려울 것인가? 도전하는 삶, 실행력이 최고의 스승이다. 내가 꿈꾸는 나만의 인생으로 안내하는 스승은 도전하는 실행력이다. 로마는 하루아침에 이루지지 않았다. 당신이 꿈꾸는 인생도 절대로 한 번에 이루어지지 않는다. 실행하고 도전하는 시간만큼 성공과 가까워질 뿐이다. 나는 늘 강의 마지막을 이렇게 끝낸다.

"도전하고, 경험하고, 성공하세요."

은퇴전략 핵심질문

1. 당신의 꿈은 무엇인가?
2. 그 이유는 무엇인가?
3. 그것을 이루기 위한 단 한 가지 습관은 무엇인가?

06

—

은퇴 후 너무 열심히
살지 말자

🌷

직장생활을 하면서 일중독에 빠진 사람들을 많이 보았다. 매일같이 야근하고 휴일에도 출근해서 일만하는 사람을 보면서, 그들의 가족은 일 중독에 빠진 아빠와 남편을 어떻게 생각할까 궁금했다. 회사에서 100점인 사람이 가정에서도 100점일까? 나 역시 휴일에 자주 사무실에 간 적이 많았다. 집, 도서관에서 집중이 안 되는 일도 사무실에서는 집중이 잘 되기 때문이었다. 하지만 이런 자발적인 경우는 흔치 않다. 대부분 늘 업무가 쌓여 있기 때문이거나 직장 상사 호출로 휴일에 사무실로 불려 나간다. 이를 견디다 못한 가족들이 직장상사에게 전화로 항의하는 경우도 보았다. 그런 시간을 견디고 은퇴를 했다면 좀 쉬는 것도 좋다. 얼마 전 한 결혼식장에서 낯선 장면을 목격했다. 신랑이 아버지와 함께 입장을 한 것이다. 지금까지 신부가 아버지와 입장하는 모습만 보았던 많은 하객들의 궁금증을 사회자가 이렇게 풀어주었다. "신랑이 세상에서 가장 존경하는 분이 아버지다. 그래서 가장 행복한 자리에 아버지와 함께 들어가고 싶었다고 해서 이렇게 되었다." 모든 하객들이 진심어린 박수를 보냈다. 나 도 박수를 보냈는데, 문제는 이 분의 건강이 매우 안 좋다는 사실이었다. 전화통화로 건강이 안 좋다는 이야기를 들었지만 막상 큰아들이 장기이식을 해야 될 수도 있다는 말에 충격을 받았다. 그런 몸으로 아들 사업까지 도와주고 있었다. 왜 이러는 걸까? 자식들 대학 졸업하고 군대 전역 후 사업까지 시작했으면 이제 믿고 맡겨두면 안될까? 언제까지 자식들 뒷바라지만 하고 살 것인가? 이분도 공직에서 정년퇴직한지 1년도 안 되었다. 만약 이러다 잘못된다면 누구를 원망할 것인가? 우리는 평생 일만하기 위해서 이 세상에 온 것이 아니다. 자식들 걱정은 그만하고 이제 부부의 인생을 살았으면 좋겠다. 퇴직 이후까지 누군가를 위해서 열심히 살지 말자. 그것이 자식이든 사업이든. 퇴직하고 현업에서 은퇴를 했으면 이제는 부부를 위해서 열심히 살자. 나는 그의 큰아들에게 단호하게 말했다. "네 아버지는 정말 훌륭하신 분이다. 오래도록 곁에서 보고 싶으면 당장 아버지 건강관리에 신경을 써라." 30년 넘게 한 분야에서 근무하다 은퇴를 해도 100% 모든 것이 만족스러운 사람은 없다. 하지만 영원히 채울 수 없는 완벽한 것을 위해서 남은 인생을 낭비하지 말자. 은퇴 이후 다시 새로운 일을 너무 열심히 하고 있는 이 시대의 모든 은퇴자들에게 부탁하고 싶다. 당장 지금 하는 일을 멈추라고. 부족하면 부족한 대로 충분히 만족스런 은퇴의 삶을 살 수 있다. 세상의 모든 은퇴자는 충분히 그럴 자격이 있다. 물론 어쩔 수 없는 경우도 있다. 지방에 근무하는 동갑내기 친구와 통화했다. 30년 가까이 한 직장에서 부장으로 근무하고 있는 친구다. 목소리에 힘이 없어서 그냥 잘 지내느냐고 물었더니, 지난달에 권고사직 대상에 올랐다고 하며 쓸쓸하게 대답했다. 갑자기 미안한 생각이 들었다. 이 친구는 늦게 결혼해서 아직 딸은 대학생이고 아들은 군복무 중이다. 국민연금 받을 때까지는 버텨야 하는 친구였다. 문득 우린 언제까지 이렇게 열심히 살아야 하는 것일까? 라는 의문이 들었다. 은퇴를 하면 누구나 부족한 생활비 문제에 부딪친다. 그렇다고 해서 또다시 직장 시절처럼 무조건 열심히만 하려고 덤비지는 말자. 직장인으로서 남의 일만 열심히 할 때와는 다르다. 은퇴 이후의 삶의 주인은 당신인 것이다. 그러니 은퇴하고 무작정 열심히 살면 된다는 생각은 이제 그만 버리자. 최소한 먹고사는 문제를 해결한 은퇴자라면 더 이상 무작정 열심히 살지는 말자. 은퇴자가 해야 할 것은 스스로 무엇을 하고 싶은지 질문하고 답을 찾아가는 진짜 인생을 사는 것이다. 현재 가진 것으로 내가 꿈꾸던 삶을 어떻게 살 것인가 고민해 보자. 이제는 화려한 겉모습, 누군가에게 잘 보이기 위함보다 개성 가득한 그런 삶을 살아보자. 조금 돌아가도 되고, 조금 늦게 가도 된다. 그게 은퇴자의 특권이다. 더 이상 남을 위해서 열심히 사는 인생대신 나를 위해서 느리지만 제대로 사는 인생을 살아보자. 이런 마음은 내가 은퇴 3년차에 접어들면서 느낀 것이다. 나 역시 은퇴 이후 무조건 열심히 하려고 발버둥친 적이 있었다. 그러다 문득 무엇을 더 가져야 행복할까? 하는 질문에 답하기 위해 멈추었다. 그리고 돈, 욕심, 비교를 내려놓았더니 내 곁에 행복이 살며시 다가와 있었다. 나는 지금 이대로 충분히 행복하다. 더 행복해지려고 노력하지 않으니 오히려 행복하다. 남들과 비교 없이 내가 원하는 인생을 살고 있다. 부자도 아니고 거창한 것을 이룬 것도 아니다. 남들이 나를 보고 부족하다고 말해도 아무 상관없다. 목적 없는 열정대신, 나를 위해서 열심히 살고 싶을 뿐이다. 이 세상 모든 은퇴자들 마음이 나 같다면 참 좋겠다.

은퇴전략 핵심질문

1. 당신의 남은 꿈은 무엇인가?
2. 가장 좋아하는 일은 무엇인가?
3. 꼭 도전하고 싶은 한 가지는 무엇인가?

07

—

욜드세대 인생의 황금기를
준비하자

✿

100세 시대, 우리 인생에 황금기는 아직 오지 않았다. 내 인생의 황금기를 언제로 정할지 지금부터 고민해보자. 은퇴자에게 가장 중요한 것은 직장생활 동안 쌓은 경험을 의미 있고 가치 있게 사용하는 것이다. 직장인으로 살아온 인생은 가족부양을 위한 인생이었다. 그렇게 살지 않았다는 분들에게는 경의의 박수를 보낸다. 평범한 은퇴자들이라면 이제 내 인생의 황금기를 스스로 정해보자. 2020년 새롭게 주목하는 단어 욜드(YOLD:young old)는 65~79세 사이의 젊어진 노인층을 말한다. 이들은 건강과 경제력을 겸비한 액티브한 시니어들이다. 여기에 이상적인 경제상황을 말하는 골디락스(goldilocks)를 합친 욜디락스(Yoldilocks)가 탄생했다. 즉 과거의 은퇴자와 미래의 은퇴자는 완전히 다르다. 2019년 5월 통계청 자료에 따르면 욜드세대 인구는 596만 명이다. 이중 약 245만 명은 여전히 경제활동을 하고 있다. 더 이상 과거의 시각으로 미래를 보지말자. 정년을 폐지한 선진국들의 청년실업률은 오히려 줄어들었다는 통계도 있다. 정년을 폐지하면 청년일자리가 줄어든다는 논리는 과거의 논리다. 오히려 욜드세대의 활발한 활동이 새로운 일자리 창출에 도움을 주고 있다. 은퇴자의 삶에 가장 큰 가치와 의미를 부여할 수 있는 길은 자신의 경험으로 관련분야 창업자들을 돕는 일이다. 은퇴자들의 경험은 욜디락스의 가장 이상적인 자원이다. 은퇴자들이 돈을 투자해서 새로운 사업을 하는 것은 자칫 노후파산의 원인이 될 수 있다. 따라서 자신의 경험을 바탕으로 할 수 있는 욜드세대에 맞는 분야를 찾아야 된다. 은퇴학교 강의를 통해 만난 안양의 한 창업 멘토 같은 분이 좋은 예이다. 이분은 청년들의 창업에 관한 기초교육 및 개인컨설팅을 하고 있었다. 강남에서 27살 대학을 마치고 기술창업을 준비하고 있는 청년 멘토링 현장을 방문한 적이 있었다. 수강생들은 매우 만족해하며 대학에서 배울 수 없는 현장경험을 전수받을 수 있어서 매우 유익한 시간이라 말했다. 30년 현장경험은 욜드세대가 빛을 발할 수 있는 최고의 자원이다. 지자체마다 운영하고 있는 창업지원센터나 중소기업기술지원센터 같은 곳에 꼭 필요한 인재가 현장경험을 보유한 욜드세대다. 은퇴 이후 내 인생의 황금기를 스스로 만들어보자. 창업자들에게 필요한 것은 두 가지다.

하나는 돈이고, 다른 하나는 영업망을 개척할 네트워크다. 이것을 모두 갖춘 계층은 대기업 출신 욜드세대다. 욜드세대는 청년사업가의 멘토로서 최고의 조건을 갖고 있다. 욜드 일자리 사례자를 만나보자. 65세 대기업 임원 출신으로 종합상사 해외법인장 경력을 바탕으로 은퇴 후 헤드헌터로 활동하는 분이다. 그는 그곳에서 과거의 경험을 최고의 자산으로 활용하고 있다. 그는 사람에 대한 통찰력이 필요한 헤드헌팅 업무는 욜드세대가 가장 잘할 수 있는 분야라고 말한다. 또 한 분은 군에서 정년퇴직한 선배다. 전문적으로 부사관을 양성하는 항공직업전문학교에서 11년째 근무하고 있다. 30년 넘게 근무한 부사관 경험을 바탕으로 전국의 고등학교를 방문하면서 직업전문학교의 홍보 및 모집을 담당하는데, 다른 기관보다 월등히 높은 부사관 진출을 책임지고 있다. 다른 교육기관과 차별화는 바로 이분의 부사관 경험에서 나온다. 매번 항공분야 부사관 배출 상위기관에 위치할 수 있는 이유가 바로 그 분이 부사관 경험을 바탕으로 학생들을 심층적으로 지도하기 때문이다. 시험 준비에서부터 자소서, 면접과정까지 세부적으로 지도하고 있다. 나이와 무관하게 아직도 왕성하게 근무하고 있다. 은퇴자들이 자신의 인생의 황금기를 욜드세대(65~79세)로 정하면 좋겠다. 단순히 먹고사는 문제를 해결하고 집안에서 의미 없는 삶을 사는 것이 아니라, 적극적으로 자신의 원하던 삶을 살아갈 준비를 해보자. 직장인 대부분은 50대 중반에,

공무원은 60세에 정년퇴직을 한다. 그래도 욜드세대 진입까지 5년의 시간이 남았다. 내 인생의 황금기를 어떻게 보낼지 준비할 충분한 시간이다. 각자의 상황에 따라 준비된 은퇴자도 있지만, 어쩌다 퇴직을 해서 아무런 준비가 안 된 사람도 있을 것이다. 하지만 65세 욜드세대 진입까지 5년이면 무엇을 준비하기에 충분한 시간이다. 경제적 독립을 이루고 집안에서 무위도식으로 시간을 보내면 반드시 후회한다. 어차피 한번 살고 가는 인생 멋지게 살다 가자. 과거는 역사일 뿐 중요하지 않다. 인생의 황금기를 어떻게 보내는가에 따라 인생의 승부가 결정된다. 해본 일에 대한 후회보다 해보지 못한 일에 대한 후회가 더 크다고 한다. 차분히 준비해서 누구보다 멋진 인생을 만들어 보자. 무엇을 준비할지 막연한 분들을 위해서 욜드세대 은퇴준비 3 가지 방법을 추천한다.

첫째. 경험을 활용할 분야 찾기

욜드세대의 은퇴자들은 대부분 한 직장에 20년 넘게 근무한 경험들을 가지고 있다. 기술직 종사자는 대부분 30년 이상 경력의 장인들이다. 그 경험을 정년퇴직 했다고 해서 버리지 말고 잘 활용할 수 있는 곳을 찾아라. 일하고 싶지만 받아주는 곳이 없다고 말하는데 그곳은 욜드세대의 일자리가 아닐 수 있다. 경험은 돈으로 살 수 있는 것이 아니다. 재봉틀만 잡고 40년 넘게 살아온 분의 경험을 박사

학위를 가지고 따라할 수는 없다. 영업분야에서도 마찬가지다. 눈높이를 낮추고 내 경험을 나눈다는 마음으로 찾아보기 바란다.

둘째. 공부하기

항상 '내 인생에 봄날은 아직 오지 않았다.'라고 말하는 분들은 늘 새로운 것에 도전하며 배움을 멈추지 않고, 새로운 인생을 열어가는 분들이다. 새롭게 무엇을 배우는 데에는 5년이면 충분하다. 내 인생의 황금기를 새롭게 개척해보자. 자신의 경험을 보다 전문적으로 개발해도 좋고, 함께 공부하며 협업을 해도 좋다. 새로운 인생의 꽃을 피우는 데 배움은 필수다.

셋째. 적극적으로 행동하기

직장생활의 경험을 접목해서 새로운 영역을 찾아 공부까지 마쳤다면, 이제는 적극적으로 내 인생의 황금기를 펼쳐보자. 돈을 목적으로 하지 않으면 더 많은 기회가 열릴 것이다. 먹고사는 문제가 해결된 분들은 여기에서 망설인다. 하지만 욜드세대의 일자리는 내 삶의 가치를 높이고 건강을 책임진다. 내 인생 최고의 순간은 내가 원하는 일로 성과를 만드는 것이다. 직장시절 업무는 회사가 원하는 일이었지만, 지금은 내가 원하는 일을 찾은 것이다. 더 늦기 전에 실행력을 발휘하자. 그동안의 준비과정을 실행력으로 옮겨야 한다. 모든 결과는 실행력의 선물이다. 욜드세대의 도전하는 인생은 아름답다.

100세 인생을 사신 분들은 대부분 욜드시기가 인생의 황금기였다고 말한다. 모두가 동일한 인생을 살수는 없지만, 은퇴자들이 사전에 준비하고 도전한다면 누구나 인생의 황금기를 만들 수 있다. 나역시 내 인생에서 완벽하게 준비된 순간은 한 번도 없었다. 늘 도전하고, 공부하며, 지금 이 순간도 내가 좋아하는 일에 도전 중이다. 때로는 짜증나거나 멈추고 싶지만 대체로 새로운 도전과 배움이 즐겁다. 절대로 남과 비교하지 말고 자신에게 맞는 준비를 해야 한다. 욜드세대가 준비하는 인생의 황금기는 남에게 잘 보이기 위함이 아니다. 자신에게 당당하기 위함이다. 직장인으로서 늘 남과 비교되는 삶을 살았다면, 이제 그것을 버리고 자신에게 가치 있고 의미있는 일에 당당하게 도전하면 된다. 모든 사람을 속여도 자신은 속일 수 없다는 말처럼, 내 가슴을 뛰게 하는 일에 도전하며 24시간이 부족한 노후를 보낸다면 그것이 최고의 인생이다. 핵심은 진짜은퇴 3대 자산의 조화로운 삶이다. 은퇴전략가로서 나의 사명은 모든 은퇴자들이 경제적 자산, 건강 자산, 심리적 자산의 조화로운 삶을 살 수 있도록 돕는 것이다. 누군가 나에게 왜 그렇게 열심히 사느냐고 묻는다. 나는 열심히 사는 것이 아니다. 내가 좋아하는 일, 하고 싶었던 일을 하는 것이고, 부족한 것을 채우는 중일 뿐이다. 남들이 걸었던 길을 따라가기보다 조금 다른 나의 길을 개척하면서 미래에 욜드세대가 되었을 때 거침없이 달리기 위한 준비운동을 하고 있는 것이다.

은퇴전략 핵심질문

1. 내 인생의 황금기는 언제로 정할 것인가?
2. 그것을 위해 무엇을 준비할 것인가?
3. 내가 도전하고 싶은 가치 있고, 의미 있는 일은 무엇인가?

08

—

나는 정말 어른일까?

🪷

질풍노도의 청소년 시기를 지나면 우리는 성인 대접을 받는다. 법적으로 주민등록증, 운전면허를 취득하며 선거권까지 부여받는다. 부모 간섭 없이 취업, 결혼 등 무엇이든 가능한 성인이 된다. 그러면 정말 어른이 된 것일까? 어른의 사전적 의미는 '다 자라서 자신의 일에 책임을 질수 있는 사람'이다. 대학을 마치고 직장인이 되어 결혼을 하고 부모가 되었다고 해서 다 어른이 된 것일까? 한 번도 어른의 정의에 대한 고민 없이 나이 먹은 우리는, 그저 상황에 따라 행동한 덩치 크고 나이 많은 가짜 어른일지도 모른다. 청소년 리더십 멘토링을 갔을 때 일이다. 리더십 캠프를 마치고 청소년들에게 과제를 부여했다. 그 중에 하나가 부모님의 꿈에 관해서 인터뷰를 해 오는 것이다. 중학생 딸이 엄마를 붙잡고 묻는다. "엄마, 엄마는 꿈이 뭐야?" 그 질문을 받은 엄마는 눈물이 평평 났다고 한다. 내 딸이 이렇게 컸구나 하는 마음과 이 나이가 되도록 내 꿈이 무엇인지 한 번도 생각해보지 않고 살았던 자신이 너무 부끄러워서였다. 아이 질문에 그냥 "엄마 꿈은 너 잘되는 거야."라고 답하지만, 아이는 단호하게 묻는다. "아니 그런 것 말고 진짜 엄마 꿈이 뭐냐고?" 이제 뭐라고 답할 것인가? 우리는 모두 어쩌다 어른이 된 것은 아닐까? 자신의 인생에 대하여 진지한 고민 없이 살다가 직장인, 학부모가 되었지만, 정작 가장 소중한 자신에게 나는 누구인지, 꿈은 무엇인지, 무엇을 하고 싶은지에 대해 한 번도 묻지 않고 살았다. 그냥 법적으로만 어른이 되어서, 준비 안 된 진짜 어른이 되는 것이 두려웠는지 모른다. 어느덧 직장생활을 마감하고 은퇴자가 되었지만 여전히 의문이 든다. 나는 정말 어른일까? 한 번도 자신에게 이 질문을 하지 않았다면 은퇴와 동시에 이 질문에 답을 찾기 바란다. 은퇴 후 인생은 진짜어른으로 살아가기 위한 과정이다. 어차피 지나간 시간은 이미 역사가 되어버렸다. 누구나 한번 이 질문을 당당하게 마주보고 답해야 한다. 나는 20대에 철없이 해군생활을 할 때 다행히 이런 질문을 수없이 던질 기회가 있었다. 칠흑 같은 밤바다에서 경계임무를 할 때 조타실에서 군함을 조종하는 타수 임무를 맡은 적이 있었다. 자정부터 새벽4시까지 당직근무를 서는 함교는 고요함 그자체이며 불빛도 없이 항해를 한다. 파도가 없는 잔잔한 날에는 호수 같은 고요함을 느꼈다. 그 바다의 고요함속에 정말 많은 질문을 내 자신에게 쏟아내었다. '어떻게 살 것인지, 언제까지 군 생활을 할 것인지, 그 이후에 무엇을 하고 싶은지, 어떤 준비를 해야 하는지'에 대해 끝없이 질문했으며, 책을 통해서 내면의 나를 찾아 일깨웠다. 직장인들 모두는 언젠가 은퇴자가 된다. 그러니 가능하면 일찍 이 질문을 만나기 바란다. 그런 질문을 일찍 스스로에게 받고 답하면, 은퇴 이후 부부가 독립적 관계를 유지하는데 크게 도움이 된다. 스스로 자신의 일에 책임을 질 수 있는 진짜어른이 되었다면 부부관계 역시 독립적일 수 있다. 부부가 서로 존중하고 각자의 역할에 충실하면 서로 간섭할 여지가 없다. 은퇴부부의 갈등은 자신에게 독립적이지 못하고 상대에게 의존적 삶을 원하기 때문에 발생한다. 진짜어른이 되는 과정은 애벌레가 나비가 되는 과정과 같다. 어떠한 고통도 없이 이룰 수 없다. 돈으로도 살 수 없으며, 약 한 알, 주사 한 번 맞아서 될 수 있는 것이 아니다. 은퇴를 고민하면서 '나는 정말 어른일까?' '어떻게 진짜어른이 될 수 있을까?' 이런 고민을 먼저 해 본다면 은퇴준비는 저절로 될 것이다. 끝까지 이 질문을 마주하지 못한다면, 마지막 순간에 병실에서나 만나게 된다. 거창한 어른이 되려고 노력하지 말고 나만의 어른이 되어보자. 내 인생 하나 책임질 수 있다면 그것으로 족하지 않을까? 은퇴는 진짜어른이 될 소중한 기회다. 재산, 명예, 학식과 전혀 상관이 없다. 자신이 누군지 알려는 노력만 있으면 된다. 인생의 전반부가 어쩌다 어른이었다면 후반부는 진짜어른으로 살아보자.

09

—

퇴직자 책 쓰기는 필수다

❀

　　20대에 입사해서 60세에 정년퇴직. 참으로 긴 시간이고 축복받아야 할 순간이다. 그런데 막상 당사자의 표정은 썩 좋지만은 않다. 평생 한 직장만 바라보고 살았는데 갑자기 새로운 세상으로 나가야 한다는 두려움은 첫 직장에 출근할 때보다 더 두려운 마음이 앞선다. 간간히 들려오는 소식도 달갑지 않다. 친구들이 퇴직금으로 사업했다가 실패한 이야기, 잘못 투자했다가 노후 파산이 되었다는 신문기사 등등 무엇 하나 만만해 보이지가 않는다. 아내는 그동안 고생했으니 이제 마음 편히 쉬라고 하지만 그 말이 더 무섭다. 집안에서 하루 종일 보내는 시간이 마음이 편할 리 없다. 돌이켜보니, 저자는 반대로 좀 더 일찍 퇴직하려고 몸부림을 쳤다. 사회가 만만해서가 아니라, 어차피 시간이 되면 떠나야 한다는 것을 먼저 알았기 때문이다. 무엇이든 해야 할 일이 생기면 가장 먼저 손을 들고 1번으로 도전했다. 명예퇴직을 신청할 때도 마찬가지였다. 주변의 만류에도 흔들리지 않고 정년보다 26개월 일찍 명예퇴직지원서를 제출했다. 다행히 아내와 자녀들의 반대는 없었다. 그때 지나온 나를 돌아보고 미래를 준비하는 방법으로 선택한 것이 책 쓰기였다. 책 쓰기 과정을 알아보니 교육기관도 많고 금액도 천차만별이었다. 지인 추천으로 한 책 쓰기 과정에 입문했다. 비싼 수업료만큼 목숨 걸고 9주안에 책 쓰기를 끝낸다는 마음이었다. 하지만 시간이 지날수록 생각만큼 책쓰기가 쉽지 않았다. 퇴직 전 출근해서 사무실 업무보다 책 쓰기에 더 집중하며 9주를 보냈다. 결국 한권의 책 원고를 완성하면서 느낀 것은 책 쓰기의 최고 수혜자는 바로 작가 자신이라는 것을 알게 되었다. 퇴직자들은 대부분 자신의 경험을 바탕으로 자기계발서를 출간한다. 그런 즉, 책을 쓰는 동안 자신의 전 인생을 돌아보고 정리해보는 소중한 시간을 갖게 된다. 그것을 잘 정리한 것이 한 권의 책이 되고 그것으로 또 새로운 인생을 준비할 수 있다. 30년 가까이 입었던 낡은 옷을 벗고 새로운 옷으로 갈아입는 과정이다. 퇴직자가 쓴 한권의 책은 자신에게, 가족에게, 동료들에게 그리고 미래의 자신에게 주는 최고의 선물이 된다. 그 책을 통하여 새로운 세상의 문을 힘차게 열수 있는 것이다. 한권의 책이 새로운 세상을 여는 행운의 열쇠는 아니지만, 최소한 방황하고 흔들리지는 않게 만들어 줄 수 있다. 그 책 한권의 힘은 새로운 세상, 새로운 사람들을 연결하는 퇴직자의 무기다. 아무리 유명한 직장, 높은 위치에 있었다 해도 퇴직과 동시에 그것은 사라진다. 그것은 과거의 일이다. 그런데 퇴직자가 쓴 한 권의 책은 세상과 연결시켜주고, 전혀 모르는 사람들을 만나게 해준다. 나 역시 퇴직 전에 쓴 책을 통해서 새로운 세상, 사람, 강의로 연결되었다. 한 번도 만난 적이 없는 사람들로부터 메일로 상담, 강의, 컨설팅을 의뢰 받았다. 이런 내 경험에 비추어 책 쓰기를 모든 퇴직자에게 추천하고 싶다. 대학원에서 석박사 과정을 힘겹게 공부하면서 자신의 모든 것을 담은 논문은 본인의 가치를 증명하는 소중한 자산이지만, 대부분 딱 거기까지다. 그 논문이 전국의 서점, 도서관에 비치되지는 않는다. 대부분 당신이 쓴 논문을 알지 못한다. 하지만 한 권의 책은 어디까지 전달될 지 아무도 모른다. 물론 저자도 직장생활을 하면서 대학원을 마쳤다. 그때 소중한 경험과 소중한 인연을 많이 맺었다. 하지만 그 이후 또다른 깨달음도 얻었다. 가끔 대학원 진학을 문의해 오는 후배들에게 이렇게 말한다. "천천히 신중히 생각해 봐라. 왜 대학원을 가려고 하는지. 승진이나 막연한 불안감이나 석사학위가 없는 것보다 있는 것이 좋다는 이런 이유라면 일단 말리고 싶다. 정말 미래를 준비하는데 꼭 필요한 생각이 든다면 그때 가서 도전해도 늦지 않다." 그런데 책 쓰기 만큼은 무조건 추천한다. 특히 퇴직 1년 전, 그리고 막 퇴직 후에 무엇을 할지 고민이 될 때, 책 쓰기가 새로운 세상과 퇴직자를 연결하는 가장 좋은 방법이라 생각하기 때문이다. 책은 퇴직 이후 새로운 누군가를 만날 때 본인을 소개하는 가장 좋은 자산이 된다. 출간된 내 책이 대형서점에 당당하게 깔리고, 지역 도서관에서 내 책을 읽고 있는 독자들을 만날 때 그 기분은 형용할 수 없을 만큼 즐겁고 짜릿하다. 책 쓰기는 내 삶에서 안식년 같은 기회를 준다. 그동안 삶을 돌아보게 하며, 내가 누구인지, 앞으로 어떻게 살아갈지를 알려준다. 지금까지 외부에서나 스승으로부터 자신의 인생에 대한 정답을 찾으려고 노력해도 찾을 수 없었던 것을 내면의 자신이 알려주는 놀라운 경험을 하게 한다. 그동안 열심히 살아온 자신의 가치 있는 인생 경험을 담아서 세상에 전하는 것은 은퇴자의 숙명이라 생각한다. 생각이 많으면 행동이 안 된다. 내가 추천한 많은 지인들 중에 책 쓰기에 성공한 사람은 바로 도전한 사람들이다. 반면 아직도 준비만 하고 있는 사람들은 여전히 자료를 모으는 중이라고 말한다. 저자에게 이번이 세 번째 책이다. 모든 것이 완벽히 준비가 되어서가 아니라, 완벽해지기 위해서 계속 책을 쓰면서 사람을 만나는 과정을 반복하고 있다. 누구나 인생1막을 정리하면서 깨달은 단 한 가지 메시지를 전할 수 있다면, 그것으로 한 권의 책 가치는 충분히 있다. 책 쓰기는 은퇴 이후에 어떻게 살아야 할지를 고민할 때 만날 수 있는 최고의 스승이다.

1. 나는 누구인가?
2. 나는 무엇을 세상에 전하고 싶은가?
3. 나는 어떤 사람으로 기억되길 바라는가?

노후가 행복하다면 성공한 인생이 아닌가?

대한민국의 은퇴를 돈만의 문제로 생각하는 사람들에게 경종을 울리고 싶은 마음으로 책 쓰기를 시작했다. 전 세계 노인빈곤율 1위라는 통계로 과도하게 노후불안이라는 공포 마케팅을 활용한 금융권의 전략은 성공적으로, 전 국민이 노후의 경제적 빈곤을 고민하게 만들었다. 그 결과 은퇴는 돈의 문제라는 고착된 사고를 만들었지만, 나는 반대로 은퇴는 돈만의 문제가 아니라는 경종을 울리고 싶었다. 돈은 은퇴생활을 행복하게 만들어주는 마중물이 될 뿐이다. 딱 거기까지다. 100억 자산가가 꿈꾸는 노후가 호젓한 바닷가에서 전원생활을 꿈꾸며 돈 걱정 없이 사는 것이라면, 현재 그런 곳에서 그런 삶을 사는 사람들은 과연 다 100억 자산가일까? 아닐 것이다. 은퇴 이후의 삶은 새롭게 변해야 한다. 은퇴는 현역으로 일하는 동안 힘들었던 시간을 보상받는 안식년이 되어야 한다. 이때 가장 중요한 것은 돈보다 소중한 자신을 알아가는 시간으로 만들어야 한다. 나는 누구이며, 나의 꿈은 무엇이며, 내 삶의 가치는 무엇이며, 세상에 무엇을 남기고 떠날 것인가 하는 질문을 하고 해답을 찾아가는 시간이다. 안타깝게도 충분한 재산을 가진 은퇴자들도 여전히 재테크에만 관심을 갖는 안타까운 현실을 접한다. 노후에 진짜행복은 돈보다 건강을 유지하며 좋은 사람들과 더불어 사는 인간관계에 달려있다. 퇴직자들의 새로운 배움터이자 놀이터인 50플러스 교육기관에 참여하는 다양한 사람들은 말한다. "이제는 무리하게 돈을 더 벌기 위한 노력보다 현재를 유지하며 좋아하는 공부를 함께 하는 사람들과 보람 있는 일들을 찾아가고 있다. 또한 가끔씩 용돈 수준의 돈벌이를 하면서 확실한 소확행을 즐기려 한다." 저자 또한 마찬가지다. 은퇴전략가의 사명인 '모든 사람들의 진짜은퇴 3대자산인 경제적 자산, 건강 자산, 심리적 자산의 조화로운 삶을 살 수 있도록 돕는 것'을 붙잡고 살아가려고 노력 중이다. 서울에서 전세비용도 안되는 금액의 20년 넘은 아파트에 살면서 풍족하지 않지만 빚 없이 내가 좋아하는 일을 하고 있다. 이 책을 선택한 독자들도 엄청난 부자는 아닐 것이다. 평범한 직장인으로 퇴직 후 행복한 노후준비가 궁금했을 것이다. 돈 걱정 없는 행복한 노후는 본인의 선택기준에 따라서 누구나 가능하다. 복지천국 대한민국에서는 남들과 비교하는 마음만 버리면 행복한 노후가 곁에 있다는 사실을 깨닫게 될 것이다. 행복한 노후의 핵심은 적당한 수준의 돈으로 건강을 유지하며 가족들과 화목하게 지내는 삶이다. 퇴직하고 느낀 것이 돈보다 건강관리, 화목한 가족관계를 유지하는 것이 훨씬 어렵다는 것이었다. 지금부터 새롭게 은퇴 이후 삶의 목표를 정하고 바로 실행하기 바란다. 과거의 시계보다 미래 시계는 훨씬 빠르게 움직인다. 머뭇거리지 말고 즉시 행동하기 바란다. 수많은 책을 읽고 높은 수강료를 지불하고도 배운 지식을 실천하지 않는다면 아무 소용이 없다. 책을 읽지 않아도, 많은 공부를 하지 않아도 누군가의 조언을 바로 실행하는 사람이 변화된 삶을 살 수 있다. 아인슈타인은 미친 짓이란 '똑 같은 일을 반복하면서 다른 결과를 기대하는 일'이라고 정의했다. 직장인일 때는 변화보다 주어진 일에 충실한 삶을 살았다면, 은퇴자는 거기서 벗어난 삶을 살아야 한다. 돈을 위한 삶에서 진정으로 자신이 좋아하는 일을 오래도록 지치지 않고 즐기는 삶이 내가 주장하는 진짜은퇴의 삶이다. 그런 진짜은퇴의 삶을 직접 보여주시는 '더로드' 조현수 대표님은 여든 살에도 자신이 좋아하는 출판 일을 즐기며 청춘의 삶을 살고 계신다. 이런 출판사 대표님을 만난 것도 우연은 아닌 것 같다. 현역에서 은퇴한 모든 직장인들의 행복한 노후가 돈보다 의미 있고 가치 있는 삶이 되기를 소망한다. 이 책이 평범한 직장인들이 꿈꾸는 행복한 노후전략을 돕는 상담자 같은 역할이 되었으면 좋겠다.

수많은 책을 읽고
높은 수강료를 지불하고도
배운 지식을 실천하지 않는다면
아무 소용이 없다.
책을 읽지 않아도,
많은 공부를 하지 않아도
누군가의 조언을 바로 실행하는 사람이
변화된 삶을 살 수 있다.